花脸小姐

屋里丝丝 著

SPM 南方传媒 | 花城出版社

中国·广州

CONTENTS 目录

尽欢

○○○

郁瑶劈腿了。

用手机与人聊天时总是傻笑，出门前总是反复检查妆容，朋友圈里也多了许多发春的自拍。

种种迹象都表明，我的侄女郁瑶正在陷入热恋，对象却并不是她那位青梅竹马的男友赵尽。

虽然他们才二十岁，但两人已经认识十年，早就进入了老夫老妻模式，平时连手都懒得牵。

凭借一个过来人的直觉，我无须求证就可以断定，让郁瑶露出初恋般悸动表情的人，绝不会是赵尽。

我心急如焚。

赵尽是我心中唯一认定的侄女婿，他和郁瑶从小学就熟识，是典型的两小无猜。

当年我哥嫂忙着做生意，经常把这个闺女丢给我爸妈，我爸妈再丢给我，因此从严格意义上说，郁瑶算是被我拉扯大的。

虽然我只比郁瑶大九岁，却过早就开始承担起了小姑姑的责任。当与我同龄的女孩沉迷于化妆打扮和追星时，我却在忙着带孩子。

而赵尽，作为郁瑶的小竹马，几乎每天放学后都会跟着她来我们家蹭吃蹭喝。

于是，我从带一个孩子，变成了带两个孩子。

记得第一次见到赵尽时，他还很小，我惊叹于现实中居然会有如此粉雕玉琢的俊美少年，情不自禁地揉了又揉他的小脸，被郁瑶当场喝止："流氓姑姑！赵尽不喜欢别人随便碰他！"

我连忙收回手，发现赵尽低垂着头，脸已经红透了。

最可贵的是，作为有钱人家的小少爷，赵尽身上没有一丝桀骜，反而比同龄小孩要早熟，也更加懂事，每当见到我时，他都会乖乖道一声"姐姐好"。

后来在我的耐心纠正下，他才慢慢把"姐姐"这个称呼改成"姑姑"。

辈分不能乱。

虽然赵尽性子内敛低调，很少提及自己的家境，然而言谈举止间还是会透露出掩盖不住的贵气。他还总是在逢年过节时送郁瑶一些自己精心挑选的礼物，而且每次都会额外准备一份给我。爱护女友，又不忘讨好女友的姑姑，让我甚是欣慰。

因此，我一直暗自盼望着郁瑶有朝一日能够嫁进赵家。

站在理性的角度，我知道豪门深似海，有钱不一定就会幸福。但站在姑姑的角度，比起外人，我当然更想把侄女交给长得帅、性格好、又有钱的赵尽。

这些年来，赵尽甚至比郁瑶还要尊敬我，在我面前始终乖巧温顺，一口一个姑姑。

不是亲侄，胜似亲侄。

我一直以为，几年后他会跟郁瑶顺理成章地领证结婚，成为我的法定侄女婿。

然而现在，郁瑶劈腿了。

我此生最痛恨的就是劈腿者。

倒不是我有多么正义，而是因为我目前为止交往过的几个男朋友，全都劈腿了。

全部，一个都不例外。

而且每一任都是被我亲手抓到劈腿证据的。有的是暧昧的聊天记录，有的是衣领上的口红印，甚至还有一个是当街被我撞见与小三约会的。

不知是因为我比较倒霉，老是碰上渣男，还是因为男人本来就没一个好东西，无论遇见谁都是一样的结果。

以至于我抓劈腿都抓出了经验，后来连恋爱都不敢谈了。

如果劈腿的人是赵尽，我还可以帮着自家侄女痛骂富二代渣男，狠狠给他十几个巴掌，从此跟赵尽老死不相往来。

结果劈腿的人偏偏是我那不争气的侄女。

作为同病相怜的受害者，我一定坚决站在赵尽那边。

然而作为郁瑶的亲姑姑，我又无法跟她老死不相往来。

一时间我竟然不知道如何去拆穿这件事。

就连洗澡的时候我都在苦思冥想，以至于洗完澡走出卫生间后，才听见不知响了多久的门铃声。

我以为是郁瑶回来了，打开门刚准备兴师问罪，却发现站在门口的人是赵尽。

这间公寓是我为了独居而买的，对恋爱彻底失望后，我已做好了孤独终老的准备。原以为终于可以一个人过清净日子，结果郁瑶以她父母管得宽为由，死皮赖脸跟着搬了过来，因此赵尽也三天两头往这儿跑。

于是，这对小情侣就这么把我家当成了私人堡垒，明目张胆地进进出出。

我不止一次想要建议他俩滚出去租房子同居，不要来打扰本人的独居生活。

然而一想到他们才刚满二十岁，还属于毛头小孩，同居后说不定会闹出什么意外，我只能忍下来。

这就是我的命，身为姑姑的命。

我顶着湿漉漉的头发，随口问："郁瑶没跟你一起？"

赵尽先是愣怔地望着我，随后又移开视线，低声答："她应该跟闺密逛街去了。"

一副无条件信任女友的模样。

我恨铁不成钢地瞪了眼赵尽，发现他手上拎着大大小小的袋子，有水果、零食，以及我最爱吃的红豆糕。

心头顿时涌起怜惜，我伸手拉他进屋："说多少次了，以后来家里不要买东西。"

赵尽轻笑："姑姑爱吃就好。"

我捏起一块红豆糕往嘴里塞："我刚才在洗澡，你是不是在门口站了很久？"

赵尽声音低低地回答："没事的。"

我从鞋柜抽屉里拿出一把备用钥匙，随手递向他："以后直接自己开门进来。"

赵尽愣了愣，小心翼翼地接过钥匙，声音低到我几乎听不见：

"谢谢姑姑。"

唉，多么乖巧、内敛、听话的好孩子。

虽然郁瑶已经劈腿，但我实在不想失去这位侄女婿。

他们毕竟有十年的感情基础，如果我不拆穿，一切或许还有挽回的余地。

说不定郁瑶只是玩玩而已，最终还是会回心转意，继续跟赵尽交往下去。

但我很快又清醒过来。

我也曾遭受过男友的背叛，如果旁人劝我"他只是玩玩而已"，我又会做何感想？

恐怕只想打烂对方的嘴。

于情于理我都不该欺骗赵尽。

于是我立刻给郁瑶发消息：马上回家，赵尽在等你，我也有事要跟你谈。

没有回复。

我怒火中烧，又发了一条过去：郁瑶，滚回家！

仍然没有回复。

因为只差九岁，郁瑶从小就不怎么把我当长辈看，叛逆又张狂，经常把我气到昏厥。

我试探地问："赵尽，你跟郁瑶最近还好吧？"

赵尽眼神躲闪："挺好的。"

好个屁！

我正恼火着，赵尽却指着我湿漉漉的头发，提醒道："姑姑，这样会感冒的，先把头发吹干吧。"

我挥挥手："懒得吹，过会儿就干了。"

赵尽却拧了下眉，抓着我的手走进卫生间，拿起吹风机，认真地帮我吹起了头发。

我心中无奈，不禁打量起镜子里的赵尽。

他动作很轻，指尖每一次触碰到我的头发都极其温柔，仿佛在对待无上珍宝。

一个豪门少爷，为了讨好女朋友的姑姑，甘愿充当理发店小哥。

我不禁想掐死郁瑶，这么好的男孩，郁瑶居然背叛他。

赵尽无意间望了过来，透过镜子与我对视，随后忽地脸颊一红，匆匆移开视线。

我不明所以，然后低下头，猛地意识到自己洗完澡后没穿胸罩。

虽然外面穿着睡裙，但因为布料单薄，穿没穿胸罩还是一眼就能看出来的。

怪不得赵尽从进门到现在一直不敢直视我。

我算是看着赵尽从小长大的，所以从来没把他当成异性看待过。

但毕竟男女有别。

当年那个瓷娃娃般乖巧可爱的小男孩，早就长成了如今这个修长俊逸的公子哥。

每次无意间离赵尽太近时，我都会被他高高的个头吓得往后退几步。

此时他与我挤在狭小的卫生间，身体几乎快要贴到一起，实在不妥。

作为长辈，我平常都很注意分寸，只是今天被郁瑶气得一时疏忽了。

好不容易吹干头发，我咳了咳，故作自然地进卧室穿上了胸罩。

都怪郁瑶那个混账。

如果不是因为她，赵尽也不会经常往我家跑，我也不必在自己家还要穿胸罩。

实在是勒得慌。

走出卧室，发现赵尽已经在厨房煎起了牛排。

浓郁的牛肉香味让我想起自己还没吃晚饭，肚子也不自觉地叫了起来。

赵尽冲我弯起眼睛笑："马上开饭。"

我一时间百感交集。

连亲侄女都没对我这么好过，平时只有我伺候她的份儿。

但只要有赵尽在，我什么事也不用干，他总是神奇地处处都能照顾到我。

赵尽的存在，并不仅仅是郁瑶的男朋友这么简单，倒更像是一个跟我没有血缘关系的侄子。

比那个有血缘关系的亲侄女还要孝敬一万倍。

郁瑶劈腿的事一旦被拆穿，赵尽就有很大概率会跟我们郁家彻底断交。

一想到可能要失去这么好的侄子，我禁不住悲从中来，万念俱灰。

作为补偿，我决定在最后的日子里对赵尽好一点儿。

吃完饭，赵尽并没有要走的意思，看来是打算等到郁瑶回来。

我往沙发上一瘫，招呼他一起看电视。

开两瓶冰可乐，吃着赵尽带来的零食，看着热闹的综艺，就像往常每个平凡的夜晚一样。

或许也是最后一个有赵尽陪伴的夜晚了。

大概是过于劳神，不多久我便身子一歪，沉沉睡去。

醒来时我发现自己整个人都倒在赵尽怀里，两只手还紧紧环抱着他的腰，口水差点儿蹭到他的衣服上。

赵尽似乎是害怕把我弄醒，全程一动也不敢动，只是默默盯着我。

我愕然，蓦地坐起身。

看了眼时间，已经凌晨三点多，我更加愕然。

都凌晨三点多了，郁瑶居然还没回家。

简直无法无天！

我咬牙切齿地准备打电话怒骂郁瑶，却被赵尽阻止："姑姑别生气，我已经联系过郁瑶了，她今晚睡在了闺密家，都这个点了，肯定已经睡着了。"

好暖心的男朋友，全然不知自己可能被绿了。

我痛心疾首。

赵尽从沙发上站起："那我回去了，姑姑。"

我于心不忍道："算了，你今晚就睡这儿吧。"

一个等待劈腿女友等到凌晨三点的傻孩子，我怎能忍心让他这么晚一个人孤零零回去？

赵尽身形一僵，眼中既有愣怔也有意外，声音很哑："姑姑愿意吗？"

虽然他经常来我家，但从未留宿过。

在姑姑眼皮子底下，郁瑶估计也不太好意思留男朋友过夜。

我点点头："睡郁瑶房间吧。"

赵尽低下头，藏起脸上的表情，轻声道："好。"

临睡前，我躺在床上紧紧盯着卧室门，犹豫、挣扎、思索。

到底该不该反锁门。

以前我是从不反锁的，但今晚家里毕竟有个异性。

不过那是赵尽，是跟我认识十年的晚辈，又不是外人。

难道还怕他闯进来把我吃了不成？

最终，我在纠结中进入梦乡。

早上醒来时，赵尽已经离开了。我床头摆放着他准备好的红豆糕和牛奶。

感动之余，我又意识到那小子竟然敢在我睡觉时进我房间，说不定还看到了我糟糕的睡姿。

果然还是应该锁门。

郁瑶回家后，我跷着二郎腿瞪她："说吧，跟谁鬼混了一晚上？"

她理直气壮："都说了睡在闺密家！"

我冷笑："你最近是不是有喜欢的人了？"

郁瑶脸一红，难得露出羞赧的表情："姑姑，你怎么知道？"

我愕然。

世上竟有如此不要脸之人。

这个人居然还是我亲侄女。

我抄起抱枕就往她身上砸："你果然劈腿了！我就知道自己的直觉不会有错！你还是人吗？你对得起赵尽吗？你就一点儿都不觉得羞愧吗？你知道他昨晚等你等到凌晨三点吗？我们郁家怎么出了你这个劈腿的人渣！"

郁瑶夺走抱枕："那么这位姑姑，你的直觉有没有告诉你，我和赵尽其实并没有在交往？从一开始就是你自己脑补我们在谈恋爱而已！赵尽跟我只是哥们儿，我们从头到尾都是清清白白的！我从来都没有喜欢过赵尽！"

我愣住，第一反应是郁瑶在狡辩，然而她认真的眼神告诉我，他们确实没有在谈恋爱。

刹那间，天崩地裂。

"怎么可能？你们青梅竹马、两小无猜，看上去那么亲密和般配，从十岁开始就朝夕相处、形影不离，无论是放在小说还是电视剧里，你们都是一定会在一起的！赵尽那么好的一个男孩子，你怎么会不喜欢他？你凭什么不喜欢他！"

郁瑶很镇定："因为我喜欢的人比他好一千倍。"

荒谬！

世上怎么可能会有人比赵尽好一千倍？

"所以从小到大一直是赵尽单恋你吗？"我不禁为赵尽感到心痛，隐隐有落泪的冲动。

郁瑶瞪着我，一副恨铁不成钢的语气："姑姑，你也算是谈过好几段恋爱的人了，难道真的意识不到，昨晚赵尽根本不是等我等到凌晨三点，而是找借口赖在你家赖到凌晨三点吗？他想见的人一直是你，从一开始就是你。"

……

我猛地冷静下来："算了，你们年轻人的事我不便多问，先走了。"

郁瑶一把抓住我："别想逃避事实！你知道十年前我和赵尽是怎么认识的吗？有一天他突然找上我，不停地打探你的消息，然后提出要跟我做朋友。我心知肚明他是打算利用我去接近你，不过看在他把每月的零花钱全给我花的分儿上，就勉为其难同意了。"

所以这丫头因为一点儿零花钱就把我卖了。

不对。

这不是重点。

"赵尽为什么要接近我？"我一时不知该为哪件事生气。

"因为一块红豆糕。"

"什么？"

"赵尽他爸早逝，他妈忙着家族企业，生活中经常对赵尽放任不管，很少给过他什么关爱，但对他的成绩要求很高，考试分数稍微下降一点儿就会罚他不许吃饭。有一次甚至还罚他在校门口站着，赵尽又饿又累，差点儿晕过去，是你及时出现，给了他一块红豆糕。那天才是你们真正的第一次见面。"

我想起来了。

那天我本来是去接郁瑶放学的，结果她早早跟同学一起走了，我便无所事事地在附近闲逛，买了一块红豆糕，还没来得及咬一口，就瞥见了那个摇摇晃晃的小身影。

可怜巴巴的，一看就是正饿着肚子。

于是我顺手就把那块红豆糕递向了他。

就只是，顺手而已。

普通到，我转头就把这件事忘了。

因为那时赵尽低垂着脑袋，我甚至都没有看清楚他的长相。

怪不得后来每次见我，赵尽都会带一份红豆糕。

郁瑶一副看戏的姿态："从那以后赵尽就盯上你了，小小年纪就处心积虑地想办法接近你，几乎天天往我们家跑。一开始我以为他只是被他妈虐待怕了，潜意识想要从你那儿获取母爱，后来……"

我打断她："什么母爱不母爱的？我年纪也没有那么大吧？"

郁瑶继续道："后来随着年龄增长，我发现他看你的眼神越来越不对劲，他不喜欢别人随便碰他，却每次都会乖乖任由你捏他的脸，只要有你在场，他的视线就始终粘在你身上，腻腻歪歪的。直到高一那年暑假，你监督我们写作业，不一会儿就自己趴桌上睡过去了，我起身出去拿冰棍吃，回房时却发现赵尽正小心翼翼地靠向你，几乎差一点儿就要亲上去了。"

我捂住胸口，隐隐感觉要被气晕过去。

"为什么你从来没告诉过我？"我声音发着抖。

郁瑶脸上略带歉意："我很讲义气的，从不出卖朋友，何况赵尽每年发给我的红包实在太多了……"

我恨不得掐死郁瑶。

倒了八辈子血霉才会摊上这么个白眼狼侄女。

郁瑶自知理亏，凑过来抱住我的胳膊："还没讲完呢。后来你误会我在跟赵尽谈恋爱，对他的态度也越来越亲近，我本想解释清楚，还鼓励赵尽向你告白，他却觉得一旦你知道他的心思就肯定会疏远他，慢慢地再也不理他，倒不如让你误会下去，那样他就有足够的理由出现在你身边了。"

没错，我不仅会疏远他，不理他，我还会打他。

我现在就很想打人。

非常想。

"对了，我之所以搬来跟你住也是因为赵尽。当初你买了房子自己独居后，赵尽每天想见你都想得快中了魔障似的，但他一个人又没有理由来找我，我没办法只能跟着搬过来，这样他就能以找我为借口顺理成章地出入你家了。为了赵尽，我真的付出太多了。"郁瑶故作委屈。

我冷冷地瞪她，心中思考着什么样的打人方法能够又疼又不致命。

罢了，打死拉倒。

"现在不一样了，我有了喜欢的人，还白白担了劈腿的恶名，所以不打算再替赵尽隐瞒了。"郁瑶表情变得正经起来，"不过姑姑，我求你，千万不要让赵尽知道我把一切都告诉你了，大家好歹这么多年的感情，赵尽性子又那么敏感，很容易受伤的，就算你不喜欢他，也不要做得太绝。"

所以，我被骗了这么多年，现在还要反过来考虑骗子的感受。

我闭上眼，劝自己要忍。

耳边响起郁瑶的笑声："往好处想想，你现在可以亲自嫁入豪门了呀，只不过得等两年了，毕竟赵尽才二十岁，还不到法定结婚年龄。"

忍不了了。

我扑过去一把薅住了郁瑶的头发。

……

缓了好几天，我才渐渐冷静下来。

先前那些藏在暗处飘忽不定的事物，此刻都一一清晰起来。

去除了"侄女婿"这个身份，我才恍然意识到，从小到大，赵尽对我的一举一动有多么暧昧不明。

对学生而言无比珍贵的假期，他却全都用来见我。

作为优等生，他却经常找我咨询一些再简单不过的课题。

每当我无意间靠近他，或是碰到他，他都会迅速红了耳朵。

公寓里那些吃的、喝的、玩的，都是他一样接着一样添置的。

我所有的喜好，他都一清二楚，每个生日都想方设法为我制造惊喜。

从需要仰视我的稚嫩孩童，到低下头才能与我对视的纤长少年，眼中始终不变的，是藏在深处的眷恋。

那一声声温软的"姑姑"，似呢喃，似低语，更似化在心口的糖水。

记得三年前我发现其中一任男友劈腿后，抄起菜刀要去见他最后一面。

倒不是因为被劈个腿就要杀人，不至于，犯不着，没必要。

毕竟老娘也不是什么恶毒之人，一刀砍断他下面就够了。

刚打开门，就看见赵尽正站在我家门口，额头上有一道醒目的伤口。

我举着菜刀，愣住了："你干吗去了？"

赵尽扯了下嘴角："去找你前男友打了一架。"

"打赢了吗？"我皱皱眉。

"嗯。"赵尽点头。

那就好。

我看着那道还在渗血的伤口："疼不疼？"

赵尽冲我笑："别担心，不疼的。"

那年他才十七岁，脸上写满青葱的孩子气，却为了我跑去挑衅一个成年男子。

我叹了口气。

转身，回屋，放下刀，拿出酒精棉签，给赵尽额头上的伤口消毒。

"下次不准再打架了。"我担心会留疤。

赵尽目光定定地望着我："我只是想帮你出气。"

我露出和蔼的微笑："我一点儿都不生气啊，只是分个手而已，没什么大不了的。"

赵尽语气变低："姑姑，生气也没关系，在我面前不用伪装的。"

短短一句话，瞬间戳中了我的泪腺。

眼泪开始源源不断地往外流。

我背过身去，不想被赵尽看到自己这么丢人的样子，手腕却忽地被抓住，然后他轻轻一拉，将我拽进了他的怀里。

我靠在他肩上，心头的委屈一浪接着一浪翻涌，不自觉地哽咽：

"再也不会有人喜欢我了。"

赵尽先是温柔地搂住我，然后越拥越紧，紧到几乎把我整个人裹进了怀里。

片刻后，他在我耳边低语："还有我在，我喜欢你，姑姑。"

我笑出了声，随手推开他："你不算，我们是亲情。"

那时我以为赵尽只是单纯在安慰失恋的我而已，却不知那个拥抱，以及那句告白，暗藏了多么汹涌的欲望。

这些所谓的暗恋细节，放到一对正常的男女身上，自然是一场令人怦然心动的爱情故事。

然而我和赵尽并不是正常的男女关系。

这十年，他在我心中，是乖巧懂事的晚辈，也是细致贴心的准侄女婿，但，从来都不是男人。

谁又能坦然地接受，一个你看着他一天天长大的孩子，竟然从一开始就是在蓄意接近你。

这份感情，并不健康，甚至令我后背发凉。

我必须断了他的念想。

作为一个比他大九岁的长辈，我有这个义务。

下班回到公寓，我一眼发现门缝中透出一丝光亮。

我清楚记得自己出门前是关了灯的。

连忙发消息询问郁瑶在不在家，对方回复：在闺密家。

有一秒钟，我想要掉头回公司继续加班。

在门口僵持了片刻，我深吸一口气，掏出钥匙开门。

只见屋内灯光大亮，赵尽从厨房探出身体，冲我柔柔地笑着："姑姑，欢迎回家。"

后悔。

好后悔。

我当初就不该手贱，把家里的备用钥匙给赵尽。

赵尽今晚做的是番茄鱼，刚尝了第一口，便暂时抵消了我心中对他的怨气。

好吃到让人气不起来。

以前我还纳闷过，为什么一个有钱人家的少爷厨艺会这么好，听郁瑶讲了他小时候的事后，才恍然大悟。

摊上一个总让人饿肚子的冷漠亲妈，不自力更生是活不下去的。

吃完饭，刷完碗，我开始翻脸不认人："郁瑶今晚应该还是会住闺密家，你不用等她了，早点儿回去吧。"

如果我是旁观者，一定会大骂自己贱人。

明知道他并不是在等郁瑶，明知道他只是想多见见我，却装成一无所知的样子赶他走。

但我别无他法。

我不可能接受他，因此更不能纵容他。

半晌无人应答。

我抬头看他："还有事吗？"

赵尽眼里有些委屈，执拗地注视着我："我想陪姑姑。"

我有一瞬的心软，又迅速硬起心肠："我又不是老得走不动路了，不需要人陪。"

赵尽语气放柔："那姑姑陪我，好不好？"

如果他还未成年，我一定会疯狂揉捏他那张白嫩的小脸，把他当成一只黏人的狗狗去怜惜、疼爱。然而如今他已满二十岁，比我高了整整一个头，各方面都已发育成熟，算是一个真正意义上的成年男性了。

最重要的是，我已清楚他的心思。

我不能明知道他喜欢我，还任由他黏着我，讨好我。

那跟养备胎有什么区别？

虽然我也不是什么好人，但我不能那样对待一个认识十年的晚辈。

于是我直视赵尽，语重心长道："小尽，你这个年纪应该多跟同龄人一起玩。比如郁瑶，你们从小一起长大，肯定很有共同语言。"

我心中无比痛惜。

虽然郁瑶那丫头从小就爱惹我生气，但她在我心中仍然是世上最好的女孩。无论从长相、性格，还是年龄来看，郁瑶跟赵尽都是绝配。

他们本该是最合适的一对。

赵尽没有说话，只是用一种隐忍又受伤的眼神默默盯着我。

我与他站在客厅相对无言了一会儿，气氛实在太过怪异。

我咳了咳，假装很忙的样子："我还有工作要忙。"

"那我不打扰姑姑了。"赵尽终于转身，朝门口走去。

"赵尽！"我叫住他。

赵尽回头看我，眼中溢满期待。

"备用钥匙还给我吧，以后没事尽量不要过来了。"我朝他摊开手掌。

我是为他好。

曾经最讨厌大人对自己说这句话。

如今我却在心中对赵尽疯狂呐喊着：不要怪我，我真的是为你好。

他眼中的期待一点一点被灰暗取代，一把冰冷的钥匙落入我的掌心。

客厅门缓缓打开，又轻轻关上，挡住了赵尽寂寥的身影。

我颓然地倒在沙发上，心口被翻涌的愧疚淹没。

注定没有结果的感情，就得及时扼杀在摇篮里。

我真的，是为他好。

周末，郁瑶又出去浪了，我一个人在家打扫卫生。

门铃响起，不用猜也知道是赵尽。

邀请他进门就等于在给他希望。

我躲进卧室，假装不在家。

门铃响了几声便停了，我微微松了口气，继续打扫卫生。

忙了一会儿后，还是有点儿不放心。

我一边觉得自己想太多，一边走向门口，透过猫眼朝外望去。

赫然发现赵尽正倚靠在墙上，眼神落寞地盯着地面，手上还拎着红豆糕。

似乎见不到我就不打算离开。

我目瞪口呆。

这小子是真的中了魔障了。

我迅速打电话给郁瑶，让她赶紧劝赵尽回家。

郁瑶无所谓道："反正他回家也是面对那个冷冰冰的亲妈，还不如让他在你家门口站着呢。"

我怒斥："你还是人吗？怎么这么无情无义？"

郁瑶抬高音量："无情无义的到底是谁？有本事你就开门让他进来！只要你肯点头，我保证他会毫不犹豫地扑向你！"

我狠狠挂掉电话。

一个对我没大没小的不孝侄女。

一个从小就敢偷亲我的兔崽子。

我郁欢，活了二十九年，到底失败到什么地步，竟然没一个晚辈尊重我?

那我就狠给他们看。

不见,不想,不开门。

反正我没有对不起任何人。

……

下狠心果然有用,赵尽一连几天没再出现。

郁瑶时不时用谴责的眼神瞥着我,仿佛我干了什么丧尽天良的大恶事。

拜托,如果我开开心心跟赵尽谈恋爱,那才叫真正的丧尽天良好吗?

我冷冷地瞪她:"你们小屁孩懂什么?如果确定自己不会接受对方,那就果断疏远并拒绝,不要给对方留任何念想,这样对谁都好。"

郁瑶还是一脸困惑:"可你以前明明把赵尽捧上了天,夸他这也好那也好,一个劲儿地撺掇我嫁给他,天天盼着我嫁入豪门,结果现在大好机会摆在你自己面前,干吗一副避之不及的模样?你们明明只差九岁而已!这年头谁谈恋爱还在意年龄?"

"那是因为我站在你的角度考量,赵尽自然是最合适的人选!可我不一样,这么多年相处下来,我早就把赵尽当成了跟你一样的晚辈。这不仅仅是年龄问题,还有不可逾越的辈分,试问哪个长辈会跟自己晚辈谈恋爱?"我气不打一处来,"我之所以想让你嫁入豪门,也是希望你未来能过得衣食无忧。但我不同,我自己养活得了自己,有工作、有房子,不需要嫁什么豪门就已经过得很好了。而你,以后能不能顺利毕业都不知道!"

"您还真是双标呢。"郁瑶阴阳怪气道,"可怜的赵尽,最近都没见他笑过了。"

我心很累。

一会儿觉得自己坦坦荡荡、问心无愧，一会儿又觉得自己是该被千刀万剐的罪人。

直到一位中年妇女突然找上我。

高傲、冷淡、贵气，眉眼间似曾相识。

中年妇女淡淡地开口："郁欢小姐，请你解释一下，为什么我儿子手机里存的全是你的照片？"

那一刻，我真想杀了赵尽。

"什么照片？美颜了吗？"我惊魂未定。

记得以前有一次赵尽突然拿手机拍了张我的侧脸，我发现后恶狠狠地勒令他删除。因为那小子居然是用原相机拍的，丑得让我心惊肉跳，他却勾起唇说很好看。

我以为那次只是他心血来潮，但没想到还是个惯犯。

赵母皱皱眉："说吧，你跟赵尽是什么关系？"

来了。

豪门恶婆婆甩着支票让穷酸灰姑娘滚的狗血戏码，最终还是来了。

不知道这位阿姨会出多少钱。

一百万？两百万？五百万？

我隐隐有些小激动。

不过我跟赵尽根本什么都没发生，无论他妈出多少钱，我好像都没有资格收。

当然，不管什么情况下我都不该收人家钱。

我遏制住自己的贪财本性，解释道："阿姨，您误会了，我只把赵尽当晚辈。"

赵母笑了一下："我知道你们认识很多年了。从小到大，只要赵尽保持住第一的成绩，他想跟谁交朋友，想去谁家玩，我通通都默许了。然而最近我发现他似乎有点儿越界了。一开始我以为他在跟你那个侄女谈恋爱，小孩子玩玩嘛，我作为长辈也不介意，反正迟早是要分的。结果我无意间翻了下他的手机，才发现他竟然在痴迷一个快三十岁的女人。"

我慢慢冷静下来，不再开口。

"郁欢小姐，我儿子刚满二十岁，大学还没毕业，而你已经进入社会很多年了，该有的阅历肯定都有了，关于你这些年是如何一步步诱导他迷恋上你的，我就不追究了。但是作为成年人，你应该有点儿自知之明，无论是你侄女郁瑶，还是你郁欢，谁都不可能进我们赵家的门。

"当然，赵尽只是一时被迷惑心智罢了，相信不久他就会突然醒悟，意识到自己心心念念痴迷的那个所谓梦中情人，其实根本配不上他。他的所有行为，都只是一个无知少年的冲动与好奇罢了，甚至算不上是爱情。小孩子不懂事没什么，我们成年人可不能把这种孩子气的感情当真，否则就太可笑了，对吧，郁欢小姐？"

可您儿子也是成年人。

我张了张嘴，想要帅气地反驳她。

可她已经转过身，只留给我一个高贵的背影。

"我时间不多，暂时先只讲这么多，希望你都听进去了。方便的话，你最好能从赵尽的生活中彻底消失，谢谢。"

说罢，赵母潇洒离去。

原来人家压根儿不打算冲我甩支票。

就只是，单纯地羞辱我一顿而已。

我在原地静默良久，掏出手机给郁瑶发了条消息：赵尽在哪儿？

郁瑶很快回复：跟我们一起喝酒呢，干吗？

我收起手机，拦了辆出租车，直奔酒吧。

一进酒吧，我就看见了正在面无表情灌自己酒的赵尽。

他周身散发着生人勿近的气场，眼里带着幽幽寒意，与一旁欢笑的人群形成巨大反差。

"看看他被你伤成什么样了！"郁瑶谴责道。

我生出一丝愧疚。

"不过他只有在你面前才是乖宝宝，平时一直都那么冷漠，没人敢接近他。"郁瑶又说。

我惊了。

梳理好情绪后，我径直走过去坐到了赵尽身旁。

他这才注意到我的出现，表情一滞，握着酒杯的手在微微发抖："姑姑，你怎么来了？"

"心情不好，过来喝两杯。"我抽走他手中的酒杯，一饮而尽。

赵尽沉默不语，视线始终落在我脸上。

三杯酒下肚，我歪歪斜斜地趴在了桌上。

郁瑶嘲讽道："姑姑，你酒量也太差了吧。"

我猛然想起自己长辈的身份，瞪着她："差点儿忘了找你算账，郁瑶，你小小年纪竟然敢泡酒吧，等着，我要去跟你爸告状。"

"我又没喝多少！赵尽，快送这位老年人回家吧！"郁瑶连忙撇清关系，说罢顺手将我推向了赵尽。

我毫无防备地倒在了赵尽怀里，他下意识扶住我的腰，又迅速收回手。

坐上回家的车后，赵尽小心翼翼地与我保持距离，似乎生怕惹我不高兴。

我闭上眼，将脑袋靠在了赵尽肩上："头好晕。"

赵尽身体一僵，片刻后，伸手轻轻拥我入怀："那就睡一会儿吧，姑姑。"

声音温柔得不像话。

其实我头一点儿都不晕，也根本没喝醉。

又不是什么初出茅庐的小白兔，怎么可能会被区区三杯酒放倒。

我说过，我不是什么好人。

所以，我绝不会让自己被白白羞辱。

明明什么都没做，却莫名被赵母一顿讥讽和奚落。

太冤了。

也太亏了。

那不如，干脆做点儿什么好了。

人在气疯了的情况下，什么事都干得出来。

曾经的我，受了刺激后总是会自暴自弃，把内心彻底封闭。

但是，凭什么？

我凭什么要那样压抑自己？

什么道德、伦理、辈分、三观，全都滚蛋。

反正我循规蹈矩了这么多年，也没见有人夸过我。

我正式决定，勾引赵尽。

他妈不是责怪我诱导他吗？

那我就让这位阿姨见识一下，什么才叫真正的诱导。

我一路装睡，回家后，赵尽将我扶到卧室床上，帮我脱鞋，脱外套，盖被子。

空气陷入片刻安静，我闭眼躺在床上，感觉到赵尽温热的指尖在我脸颊缓缓游走，低沉的呼吸盘旋在我耳畔，似乎随时会袭上我的唇。

"姑姑睡着了吗？"他声音无比沙哑。

我躺着不动。

不知过了多久，他忽然低喃了一句，似在自言自语。

"郁欢。"

这是他第一次叫我的名字。

真是大逆不道。

接着，我又听见了一句话。

"我爱你。"

我缓缓睁开眼，与他四目相对。

我们离得很近，鼻尖几乎快要碰到一起。

赵尽眼中闪过一丝无措，见我并没有发脾气赶他走后，又慢慢平静下来，愣怔地与我对视。

时间缓缓流动。

我仔细回味着刚才从他口中说出的那三个字 —— 我爱你。

真是毫无诗意的告白。

太简单，也太俗气。

但又带着一股沉重的认真。

二十岁的小孩，真的懂什么是爱吗？

脑中忽然响起郁瑶说过的：只要你肯点头，我保证他会毫不犹豫地扑向你。

"赵尽。"我伸手拽住他的衣袖，柔声叫他。

"嗯？"赵尽指尖微颤。

我忽然犹豫起来。

内心仅存的良知开始苏醒。

这样真的好吗？

因为一时赌气，去利用眼前这个单纯懵懂的孩子。

我还是人吗？

然而现实并没有让我反省太久，猝不及防之间，赵尽的唇猛地贴了过来，身体也随之重重压向我，炽热滚烫的气息透过唇齿之间袭遍我全身。

我条件反射地挣扎，然而一米八几的个头岂是我能推得动的，唇舌交缠之际，赵尽的掌心也探进我的衣服里，修长纤细的手指轻轻一钩，瞬间解开了我的胸罩扣子。

我顿时头皮一麻。

这进展也太快了。

虽然我算是给了他小小的默许，但我以为他没那么大的胆子，最多也就偷偷亲一下。

谁承想几秒钟之内竟然连胸罩都被他解了。

明明我才应该是主导方！

简直是奇耻大辱。

我暗骂自己自作孽、不可活，刚准备拼死抵抗，赵尽却忽然用力抱住我，在我耳边低语："对不起，姑姑，我从很久很久之前就想这样对你了，我知道你一定会生我的气，但我没办法停下来。每一分、每一秒，我都在渴望着自己有朝一日能够拥有你。从小到大，每次看到你跟郁瑶那么亲密的样子，我心里都嫉妒得发疯。凭什么郁瑶就可以肆无忌惮地亲你、抱你，赖在你怀里撒娇，而我却不可以？"

呃，可能是因为，郁瑶是我的亲侄女，而你不是？

"十岁，你在我最无助时出现，给了我一块红豆糕，那是我吃过的最香甜的红豆糕。从那以后我便记住了你的样子，每天都盼着能够再见到你。随后我发现你经常在放学时来我们学校门口接侄女回家。于是，为了离你近一点儿，我跟郁瑶成了朋友。

"十一岁，我总是找各种理由赖在你家，连假期也不例外。你嘴上很嫌弃我，嘲笑我是郁瑶的小跟屁虫，然而每次都会为我倒果汁，准备点心，还经常带我和郁瑶去小区里荡秋千、骑木马、玩跷跷板。那是我童年时期最快乐的时光。

"十三岁，因为跟妈妈顶了一句嘴，我大晚上被赶出家门，失魂落魄地往你家的方向走，正碰上出来散步的你。我不想让你知道自己被妈妈惩罚的事，怕你觉得我软弱。于是你什么都没有问，牵起我的手，回家给我煮了一碗热气腾腾的面。

"十五岁，我第一次见到你的男朋友，心中惶恐又嫉妒。每当看到你亲密地挽着其他男人的胳膊，冲他露出甜蜜又幸福的笑容，我都好想冲上去把你拽回来，让你眼中只剩下我。但我一次又一次，忍住了。因为我害怕被你讨厌。

"十六岁，趁你睡着时，我再也克制不住，差点儿就偷亲了你。但仅仅一个吻怎能令我满足呢？我知道自己大逆不道，罪大恶极，但我克制不住地一天比一天更加渴望独占你。

"还有十七岁、十八岁、十九岁，每一年、每一天，我的世界都只有你，仿佛我生来就注定要喜欢你。我恨自己比你晚出生那么久，只能眼睁睁看着你越走越远，似乎永远都做不到与你并肩而行。我真的，好不甘心。"

赵尽低低地讲述着自己的一生，毫无保留地向我揭开他的脆弱与秘密。我的记忆似乎也跟着穿越到了过去，回顾着这十年间的一幕又一幕，那些曾经我从未察觉过的、被我忽视与错过的细枝末节，此刻全都落进了我的心里。

"姑姑，如果，只是如果，你心里也有那么一点点喜欢我，可不可以不要推开我？"

少年温温软软的哀求透过耳朵传递进我的胸口。

语气里带着欲望，带着决然，以及隐隐的哭腔。

我望着近在咫尺的赵尽，他眼中似乎上了雾，让我忍不住想要伸手摸一摸。

赵尽又一次吻了过来，而我没有再推开他。

……

醒来已是第二天早上，赵尽还在熟睡，两只手紧紧勒在我腰间。

此时此刻，气也消了，神志也恢复了，我方才意识到自己昨晚干了一件多么丧尽天良的事。

总之，先在赵尽醒来前穿好衣服。

我小心翼翼地掰开他的手，钩过床尾的睡裙，如同做贼般慢动作穿上。

大脑飞速盘算着，等会儿要不要假装自己只是酒后乱性，跟赵尽撇清关系。

穿好睡裙后，我悄悄回头，却见赵尽不知何时已经醒了，正直勾勾盯着我。

我顿时心虚地僵住了背。

赵尽静静地凝视了我一会儿，然后哑声开口："姑姑，我可以抱抱你吗？"

什么？

我疑惑地点了下头。

下一秒赵尽便靠过来紧紧抱住了我，呼吸喷在我的颈间："真好，姑姑是真实的，昨晚不是我在做梦，姑姑真的属于我了。"

我愣了愣。

刚才那些盘算、推脱、懊恼，突然全都消失不见。

他的怀抱，似乎很温暖。

这些年，我心动过，失望过，受伤过。

按赵母的话讲，该有的阅历，都有了。

从少女到阿姨，一颗心早就被摔碎了无数次。

原以为自己早已百毒不侵，练就出了金钟罩铁布衫般的硬心肠。

只要我不敞开心扉，任何人都伤不了我。

然而却还是情不自禁地对赵尽心软。

他每一次抱着我时，都会让我想到永远。

那么迫切，那么用力。

仿佛永远都会这样抱着我。

让我情不自禁地相信，如果把心交给赵尽的话，他一定，一定不会摔碎它。

这世上，似乎只有赵尽会如此待我。

只有他。

不过，这小子也太黏人了。

每次接我下班，赵尽都会不顾周围人的目光大踏步奔过来搂住我。导致同事意味深长地问我是不是在外面斥巨资包养了男大学生，我咬牙微笑："免费的。"

无论什么场合，赵尽总会猝不及防地凑过来亲一下我，有一次甚至当着郁瑶的面把我按在沙发上深吻，搞得我颜面尽失，被郁瑶起哄揶揄了好长时间。

就连我洗澡的时候他也要跟着一起，我连忙推托："浴室太小了，挤不下两个人。"

赵尽箍住我的腰，脑袋伏在我肩上，声音很低："姑姑不想跟我一起洗吗？"

当然不想！

虽然已经是上过床的关系，但我心中的罪恶感一时半会儿还没有彻底消除。

脑子里经常会浮现出赵尽小时候那张白净稚嫩的小脸，用脆生生的童音唤我姑姑。

结果现在是被他压在床上叫姑姑。

天哪，我这个禽兽。

每当赵尽吻向我，柔声叫我姑姑，我都默默把他当成杨过，把自己当成小龙女，借此减轻心中的罪恶与羞愧。

然而郁瑶无情地提醒我："知道吗？其实小龙女只比杨过大四岁。"

我欲哭无泪。

不久后郁瑶忽然提出要搬出去住，美其名曰为我和赵尽腾地方。

我生怕她是去跟什么老男人同居，警觉道："打算搬去哪儿？你才二十岁，谈恋爱没问题，但不准跟人同居。"

郁瑶翻着白眼："你自己不也正跟二十岁的小男友同居？"

我大怒："赵尽只是偶尔过来住而已，算不上同居！况且是他死皮赖脸缠着我！"

一旁的赵尽低下头露出受伤的表情。

郁瑶敬佩道："姑姑，论人渣，您才是大前辈。"

我连忙摸摸赵尽的头，柔声哄道："我开玩笑的啦。"

然后又瞪向郁瑶："反正我不准你跟男人同居！"

"我是搬去跟闺密住，"郁瑶无奈叹气，掏出手机给我看她和一个同龄女孩的合影，"她爸妈常年在国外，一个人住别墅太孤单，我正好过去陪陪她。"

不是男人就行。

我稍微松了口气，但还是有点儿不放心："你们两个小姑娘住一起安全吗？"

郁瑶嫌弃道："比住你家安全多了，我闺密平时都有专门保镖和司机接送的，这事姑父也知道。"

什么姑父？

赵尽默默点头："是的。"

他完完全全承认了姑父这个身份。

我的脸颊莫名发烫，连忙转移话题："对了，郁瑶，你喜欢的人到底是谁？"

"反正是你见过的人。"郁瑶笑了笑，拖起行李箱就走。

啊？

谁？

我什么时候见的？

缓过神后，我第一反应是想要追上去，却被赵尽抓住手腕，冲我轻声道："她是认真的。"

所以这小子什么都知道。

这两人从头到尾都在串通一气。

不等我开口抱怨，赵尽便温柔地抱我入怀，在我耳边低语："我也是认真的。"

我再次愣住，靠在他怀里，没有说话。

年轻人的爱恋，总是充满炙热和认真。

无论是看上去没心没肺的郁瑶，还是平日里低调内敛的赵尽，一旦陷入爱河，眼中便有了无限闪耀的光。

因为他们才二十岁，对爱情充满期望的二十岁，未曾受过现实折磨的二十岁。

我真的，能承担得起一个二十岁男孩的认真吗？

又一次见到赵母，是在我家楼下。

今天她没有像上次一样优雅，而是抬手就给了我一巴掌。

活了二十九年，这还是我第一次被人甩耳光。

我冲她笑道："打我也没用，您儿子爱死我了。"

赵母一脸惊愕："你还要脸吗？"

我想了想，决定跟她讲讲道理："阿姨，想知道您儿子为什么会喜欢上我这种不要脸的女人吗？因为他从小就有一个冷漠疏离的母亲，只关心他考了多少分，不曾给过他一丝一毫的呵护与尊重。既然从最亲的家人那里得不到任何温柔，他就只能去找外人索取，所以他很容易会被旁人随手给予的温暖打动，而我恰好就是那个旁人。"

"闭嘴！什么时候轮到你来指点我怎么教育儿子了！"赵母怒不可遏。

我当然不会闭嘴，继续说："如果上次您能好好跟我交流，我会告诉您，放心，我跟赵尽什么都没有发生，并且绝不会接受他。结果您却不分青红皂白地羞辱了我一顿。阿姨，如您所言，我快三十岁了，可不是什么任人欺负的小白兔，谁得罪了我，我就要让谁付出代价。毕竟我可不能被您白白冤枉。

"托您的福，现在我和赵尽交往得非常开心，以后也会一直开心下去，就算有一天分手了也无所谓。反正我已经享受了您儿子最年轻的岁月，无论如何都不亏。"

我笑容灿烂，活脱脱一个歹毒贱妇。

谁让她扇了我一巴掌呢，本人有仇必报。

赵母气急败坏地扬起胳膊，打算再给我一巴掌，一个身影却蓦地挡在了我身前。

是赵尽。

不知他是何时出现的。

赵母立刻对赵尽道:"小尽,你都听见了吧?这个女人根本不是真心跟你在一起的,她只是在利用你报复我!"

我沉默着,没有反驳。

我想象了无数种赵尽的反应,总之他一定会恨我,怨我,离开我。

然而他却只是轻声说:"妈,你以前答应过我,只要我每次考试都能拿第一,无论做什么你都不会管。这些年我没有一次不让你满意过,而我现在唯一想做的,就是跟郁欢在一起。如果你不接受,可以像小时候一样把我赶出家门,只是这一次,我永远不会再回到你身边了。如果你还想要一个帮你拿第一的儿子,就先回去吧,以后别再来找郁欢的麻烦了。"

虽然只是平静淡然的语调,却让赵母脸色突变,呆在原地,久久没有言语。

然后赵尽牵起我的手,转身上楼,回了公寓。

进门后,我愣愣地看着他,等待他冲我发脾气。

赵尽眼神温柔,伸手轻抚我刚才被赵母扇的那一侧脸:"很疼吧?"

我摇摇头。

赵尽低下头,呼吸贴近我的唇,开始吻我。

呃,现在是亲热的时候吗?

回过神后我抵住他的胸膛,困惑道:"赵尽,你不生我的气吗?"

"为什么要生气?"赵尽比我还困惑,"我知道你刚才只是在我妈面前装装样子而已,就算你真的是在利用我也没关系,因为正是你的利用才促使了我们在一起。至于我妈说你并不喜欢我 ——"

赵尽幽幽地盯了我几秒，继续道："没关系，反正姑姑已经答应跟我在一起了，想反悔也来不及了，我迟早会让你真心喜欢上我的。"

我忍不住叹气："可我不是好人。"

赵尽低低道："我也不是好人。"

我失笑："胡说什么？这世上没有比你更好的人了。"

"不，姑姑，我比你想象中更坏。"赵尽垂下眸，"你前几任男朋友劈腿的事，其实都是我设计的。"

我愣了愣，缓缓僵住身子。

"是我故意雇人去引诱他们，故意留下种种证据让你发现，我了解你的性子，哪怕只是精神出轨，你也会立刻跟对方分手。姑姑，是我害得你一次次受情伤，害得你对恋爱产生心理阴影，都是我。"赵尽声音颤抖，不敢直视我的眼睛。

我沉默了足足三分钟。

第一分钟，是难以置信。

第二分钟，是脊背发凉。

第三分钟，是恍然大悟。

所以，三年前的那次，赵尽先是雇人诱使我男朋友出轨，然后去找我男朋友打了一架，再带着伤口跑到我面前，趁我最脆弱的时候，抱住我，安慰我，充当我的英雄。

他当时那么小，居然已经狡猾到那种程度。

我深呼吸，慢慢推开赵尽，与他保持距离。

赵尽慌了神，立刻攥住我的手腕："姑姑，你想怎么惩罚我都行，但不要离开我好吗？"

我甩开他的手，大踏步走进厨房，审视着挂在墙上的器具。

锅铲？不行，杀伤力太小，根本达不到解气的效果。

菜刀？不行，弄不好会闹出人命，那小子罪不至死。

擀面杖？不错，力道、大小，都正好。

于是我抄起擀面杖就要往赵尽脑袋上砸，却在目睹他那双闪着泪光的眼睛后，蓦地停下了动作。

每当他露出这种楚楚可怜的表情，我就只想摸摸他的头，什么脾气都没了。

是啊，在得知赵尽心意的那一刻，我就该明白，面前这个男孩，从来都不是什么单纯懵懂的小白兔。

他的乖巧与温顺，从来只针对我一人。

冷静下来想想，就算一切都是赵尽有意设计，也不代表我那些前任是无辜的。他们没有抵抗住诱惑是事实，背叛我也是事实。

大家都不是什么好东西。

我这个人，虚荣、冲动、小心眼，但赵尽也阴险、狡诈、城府深。

能摊上对方，我们谁也不亏。

不过就算我内心已经想通，也不能就这么算了，必须给他个教训。

于是我握着擀面杖，打算轻轻敲一下他的脑袋，以示惩戒。

伴随着一个清脆又响亮的咚声，我意识到，自己并没有控制好力道。

那一刻，我竟然不争气地有点儿心疼他。

默默放下擀面杖，我咳了咳："疼吗？"

赵尽摇头，轻声问："姑姑，你不生气了吗？"

"当然气。"我瞪着他。

"那你打算怎么罚我？"赵尽垂下头，一副任我蹂躏的姿态。

"就罚你——"我抬起手，轻轻揪住他的脸，"给我买红豆糕吧。"

赵尽忍不住低笑，眼底是肆意泛滥的温柔。

"好，我要给姑姑买一辈子红豆糕。"

傻瓜，一辈子很长很长的。

长到，谁也无法预料明天会发生什么。

但，如果有面前这个人陪伴的话，或许可以期待一下明天。

因为他是赵尽。

从很早便蓄意接近我的小屁孩。

心机深沉的小屁孩。

乖巧懂事的小屁孩。

非常，非常，爱我的，小屁孩。

- 完 -

少爷的报恩

○ ○ ○

在我迄今为止的平庸人生中，做过最不平凡的一件事，就是救了徐慎。

那年我才十四岁，还是个无知无畏的黄毛丫头，为了救人，连自己的性命也可以不顾。

徐慎是一位有钱人家的少爷，比我见过的所有男孩都要好看，从救下他的那一刻起，我就已怦然心动。

他承诺，长大后一定会向我报恩。

辛辛苦苦单相思了十年，终于等来了徐慎的召唤。

七八位黑衣保镖在我面前排排站，邀请我去徐家的豪宅见他。

当时我正跟闺密温小晚逛街，迫不及待就拉着她一起走了。

徐慎还跟我记忆中一样英俊，只不过比年少时多了几分高冷气质，就在我低下头害羞，情不自禁幻想一场"霸道总裁爱上我"的浪漫故事时，他却对我旁边的温小晚一见钟情，两人电光石火间就相爱了。

我成了他俩的红娘。

我试图提醒徐慎，虽然我的闺密长得美若天仙，但他的救命恩人是我，而不是她。

徐慎点点头，随手赏了我一栋别墅。

虽然十年暗恋打了水漂，但拥有了一栋带花园的豪华别墅，我很快便平复了心情。

然而没等我摸清这栋别墅里到底有几间房，就在客厅撞见了刚从国外回来的徐岸，也就是徐慎的弟弟。

原来他也住这里。

这兄弟俩关系很差，而且徐岸常年不住国内，导致徐慎一时忘了自己有个弟弟。

而徐慎最近正忙着跟温小晚如胶似漆，实在懒得应付我，便让我先跟他弟一起住，反正别墅是他名下的，他弟不敢有异议。

我当场就想往徐慎脸上泼酒，霸气地告诉他，滚吧，老娘不奉陪了！

为了尊严硬气一回！

我猛地端起杯子，停顿几秒，仰头喝光了里面的酒。

没钱谈什么尊严呢？

于是我直接开出条件："你不是要报恩吗？那么从今天起，我再也不上班了，你负责为我提供衣食住行。我救你一条命，你养我一辈子，很合理吧？"

温小晚目瞪口呆："梁初，你怎么变得这么不要脸了？你以前不是这种人啊。"

我很有礼貌地微笑："是啊，我以前只是一个苦苦等待徐大少爷娶我的傻白甜而已，直到他被我唯一的好闺密抢了。"

温小晚心虚了，立刻命令徐慎："马上同意她的要求！"

于是，我不要脸地赖在了那栋别墅里，成了一条名副其实的寄生虫。

虽然偶尔也会产生一丝丝罪恶感，但一想到徐慎和温小晚那对狗男女，我又觉得自己还不够狠。

与徐慎住处的热闹景象不同，这栋别墅里格外冷清，平日里只有我和徐岸两个人相依为命，连个用人都没有，晚上关了灯，就仿佛误入凶宅。

所幸这位二少爷看上去温温柔柔的，讲话轻声细语，脸上时刻挂着淡淡的笑容，比他哥不知和善了多少倍。

他甚至会细心地拂去沾到我头发上的灰尘。

从小到大，只要我和温小晚同时出现，所有人的目光都只会落在她身上。就连我亲手救下的心上人也是如此。

如果她是绚烂的红宝石，我就是黯淡的石灰粉。

哪怕我被货车当场碾死，大家也只会关心温小晚今天穿了什么新裙子。恐怕还会嫌弃我尸体喷出来的血碍了他们的眼。

然而，当我和温小晚又一次同时摔倒后，在场其他人，包括徐慎，纷纷毫无悬念地冲向温小晚，只有徐岸朝我伸出了手。

全世界，只有徐岸关心我有没有受伤。

那一刻，我再一次怦然心动。

虽然这样很有见一个爱一个的嫌疑，但徐慎都不要我了，难道我还得为了他黯然神伤、守贞三年？

去他的徐慎。

与这么一位治愈系帅哥同居，我实属占了大便宜。哪怕他只是随便冲我笑一下，我都会在心里放起烟花。

徐岸的存在，让我心中的怨气消了一大半。

谁对我好，我就也对谁好。

徐岸对我温柔，我就对他更温柔。

比如，他总是忙到凌晨才回家，于是我每晚都待在客厅看电视，一直等到他回来，确保他一打开门，看到的不是冷冷清清的屋子，而是躺在沙发上的我。

比如，每次去哪儿玩都一定要给他带小礼物，哪怕只是出门逛个商场，也必须买几样我认为他有可能会喜欢的东西回家，导致他房间里堆满了各种废品。

比如，他偶然间感冒发烧，我立刻化身贴心小护士，从里到外地悉心照料他。从喂药到做饭，甚至夜里还要陪床，犹如在看护一位快不行了的重症病患。

徐岸失笑："只是发烧而已，不需要这么夸张的。"

我很严肃："当然需要。"

其实我只是想趁机跟他近距离接触而已。

晚上我趴在徐岸床边迷迷糊糊打了会儿盹，醒来后发现他已经熟睡，并且伸出一只手紧紧攥住了我的大拇指，像个害怕大人会离开的孩子。

这下轮到我失笑了。

同居这么久，徐岸在我面前从未有过少爷的架子，甚至有时候还让我隐隐觉得，他很珍惜我这个唯一的室友。

多奇妙，我这种凡人居然也会被珍惜。

天长日久，我们之间的关系越来越近。

温小晚提醒道："你可别喜欢上徐岸。"

我疑惑："为什么？"

温小晚欲言又止："他不是好东西。"

我迅速骂回去："你才不是好东西！"

温小晚当即带我去了徐岸最常去的那家夜店。

灯红酒绿之中，我看见徐岸正叼着烟，跟一群狐朋狗友混在一起，左右各贴着一位大胸美女。他时不时与她们亲热一番，眉眼之间充斥着轻浮的笑意。

我终于明白，他为什么每天都是凌晨才回家了。

温小晚叹气："他啊，表面上是风光无限的徐家二少爷，其实是徐家最没地位的一个私生子。他亲妈是个情妇，二十年前就去世了，从小到大，他在徐家连个下人都不如。如今整日流连花丛，醉生梦死，是圈里出了名的花花公子。徐慎根本懒得承认有这么个蛀虫般的弟弟。"

不远处那位花花公子抬起头，与我四目相对，笑容渐渐僵在了脸上。

那一刻，我很想礼貌地道一声："打扰了。"

温小晚语重心长："改天我让徐慎重新为你安排住处，你不能再跟徐岸待一起了，免得越陷越深。"

我迅速撇清关系："什么越陷越深？我根本就没陷进去过好吗？"

虽然曾经心动过，但老娘收放自如。

大不了换个人喜欢，反正我见一个爱一个。

同时我也认清了现实，这些富家少爷绝不可能看上我这种人。即使我是他们的救命恩人，即使我们有着命运般的羁绊，当他们一看到我普普通通的长相，便会飞速摆摆手，选择用钱打发我。

哪怕是灰姑娘，也必须拥有与众不同的美貌，才有资格吸引王子的注意。

而我，再怎么努力化妆打扮，也只不过是一个涂脂抹粉的普通人而已。

所以，尽管徐岸那么耀眼又温柔，还总是第一时间察觉到我的微小情绪，每时每刻都在不露声色地给予我细腻关怀，我也绝不能再对他抱有幻想。

幻想破灭的滋味，徐慎已经让我体验过一次了。

遭受一次伤害，大家或许还会抽空同情一下你，如果再有第二次、第三次，那你就是活该，是缺心眼。

还好，徐岸是个花花公子，我终于有了不去喜欢他的理由。

当晚，徐岸又一次在凌晨回到家，我正躺在沙发上看一部丧尸大片。

他愣怔地望向我："为什么你还愿意等我回家？"

我更愣："啊？"

徐岸眼神中充满迷茫："通常情况下，你不是应该厌恶我、疏远我、再也不理我吗？"

看样子他经常被女人甩。

我笑出了声："我为什么要厌恶你？如果非要评价的话，那我只想夸你眼光好，因为在那群狐朋狗友中，就数你身边的女伴长得最漂亮。"

毕竟，我又不是徐岸的女朋友，哪怕亲眼见到他跟别人舌吻，也跟我没半毛钱关系。

说到底，徐岸根本没有对不起我。

即便他是私生子、花花公子，即便他流连花丛、醉生梦死，只要他在我面前还是那个温柔和善的室友，其他就随便吧。

别让自己再动心就行。

徐岸垂下眸，脸上没了表情。

不久后，温小晚开始给我介绍对象。

她苦口婆心道："不要整天丧着一张脸，赶紧去找人谈个恋爱，那样我也不会老觉得自己对不起你了。"

我想破口大骂，却在看到那位叫王皓的相亲对象后迅速熄了火。

因为对方长得还不错。

虽然比不上徐家兄弟俩，但在普通人中也算是挺显眼的了。

王皓是徐慎公司的员工，性格很是亲切健谈，每时每刻都在找话题，充满热情与活力。他还很喜欢夸我，哪怕我并没有什么值得夸的地方。

相处了半个月后，他正式向我发出交往邀请。

我，见一个爱一个，自然是毫不犹豫地点头答应。

为了不辜负王皓的夸赞，我一改先前的懒散丧气，开始积极向上起来。

减肥，健身，打扮，学做饭。

努力让自己越来越好。

我们像所有普通情侣一样逛街约会，牵着手走遍大街小巷。然后他在晚上送我回到家门口时，按住我的肩膀，俯身吻上我的唇。

我闭上眼，心想，原来自己也可以被爱。

目送王皓离开后，我转过身，看见了正倚靠在门口的徐岸。

他直直地望着我，轻声道："我还以为你喜欢我哥。"

我皱起眉："他不配。"

徐岸突然笑起来，眼睛弯成了好看的月牙，我也跟着笑，像两个傻子。

那之后，徐岸彻底放飞了自我，开始频繁地带各种不同的女人回家。别墅里整日充斥着糜烂浪荡的气氛。

为了不做电灯泡，我尽可能地待在自己房间，然而还是避免不了偶尔在客厅撞见他们。

有一次，某个女伴风情万种地依偎在徐岸怀里，上下打量我："二少爷，这位是你女朋友吗？"

我立刻抢答："不不不，我们只是普通的室友关系，我有男朋友的！"

徐岸勾起唇角，眼中却没有任何情绪："是啊，她只把我当室友。"

一副我是负心汉的语气。

搞得好像老娘才是花花公子。

心中隐隐生出怒气，我忍不住想要争辩几句，最后还是憋了回去。

算了，反正我已经有王皓了。

然而变化总是来得猝不及防。

当我还沉浸在热恋中时，王皓对我的态度却已经慢慢变淡。

他开始旁敲侧击地让我替他向徐慎美言几句，比如夸夸他的工作能力，比如暗示给他升职加薪。遭到我的拒绝后，他便会无休止地冷落我。

仿佛之前的热情与活力都只是装出来的。

又一次冷战后，我问他："你当初之所以跟我交往，是不是就为了讨好徐慎？"

王皓连表面功夫都懒得做了："不然呢？难道你以为我真的会看上你？要不是徐总女朋友亲自介绍，我怎么可能跟你这么普通的女人约会？你知道我每次昧着良心夸你的时候，需要消耗多少脑细胞吗？结果这么久了你也没帮我升上职，真是浪费我的时间。"

原来我一秒钟都没有被爱过。

这就是我闺密给我介绍的对象。

我风风火火地闯进徐慎家，想要撕烂温小晚那张脸，却见她正在试穿一件无比昂贵的婚纱。而沉浸在未婚妻的美貌中的徐慎，无意间看到我，不耐烦地皱眉："又有什么事？"

徐大少爷并不是一直对我这么冷漠的。

十年前，当我们还是稚嫩的少男少女时，他在河里无助地扑腾，我正巧路过，毫不犹豫地跳了下去，拼尽全力把他救了上来。

就像童话里拯救王子的小美人鱼。

我们浑身都湿透了，躺在岸边大口喘气，庆幸着劫后余生。

然后少年转过头，眼中带着无限柔情，冲我微微一笑："我叫徐慎，记住这个名字，长大后我会娶你。"

那天的风与阳光，甚至是从树枝上掉落的叶子，都被我牢牢记在心里。

最令我铭记于心的，还是徐慎那个倾倒人心的微笑。

记了整整十年。

十年后，王子爱上了我的漂亮闺密。

我想大声抱怨自己的委屈，我想让徐慎马上开除王皓那个浑蛋，可我望着眼前这对即将步入婚姻殿堂的甜蜜男女，突然一个字都说不出口。

回到别墅，我打算大醉一场，稍稍祭奠一下我这段精心又硌硬的恋爱，却听见徐岸房间传来声响。

我拿着酒瓶晃进徐岸的房间，想要找他诉诉苦。

心中有团火，不发泄出来我会憋死。

此时此刻，徐岸是我唯一能够依靠的人。

只见徐岸正披着浴袍，懒洋洋地半躺在床上，手里捏着一根点燃的烟。

然而他并不是在抽烟，而是将烟头用力按在他裸露的小臂上。徐岸似乎完全感觉不到疼痛，在自己白皙的肌肤上留下一道又一道丑陋的烫痕。

我连忙扑过去阻止了他："你干什么？"

徐岸却像往常般冲我温柔微笑："别担心，只是玩玩而已。"

他把自残，称作玩玩。

我猛地扯开他身上的浴袍，发现他浑身上下布满了大大小小的伤痕，有烫伤，有划痕，有割伤，甚至还有密密麻麻的针眼。新伤与旧伤交替在一起，触目惊心。

我小心翼翼地触碰着那一道道伤疤，眼泪大滴大滴往下落："为什么要这样对自己？"

他还是那般柔声细语："徐家所有人，包括我哥，都巴不得我从世上消失。那我就如他们所愿，去堕落，去自残，去当个令人作呕的蛆虫。这样应该会死得快一点儿吧。"

我摇头："你才不是蛆虫。"

徐岸轻笑："你不觉得我很恶心吗？"

我连连摇头："一分一秒都没有。"

徐岸语气越来越低："没有人会喜欢这样的我。"

好巧，也没人喜欢我。

我自嘲地扯起嘴角："不会的，你有那么多朋友，还有那么多女伴。"

徐岸笑意更深："他们只是需要我结账而已，一旦徐家停了我的卡，他们会消失得无影无踪。"

我低声说："一定会有人真心喜欢你的。"

徐岸直直盯着我，眼神透着深不见底的幽暗，几秒后，他忽然将我拽进怀里，声音剧烈颤抖着："这个人可以是你吗？"

我愣住。

回神后，我连忙想要推开他，徐岸却抱得更紧，用一种近乎哀求的语气在我耳边低喃："不要再跟别人恋爱，不要再让别人吻你，只喜欢我一个人，好不好？"

我大脑一片空白，稀里糊涂地点了点头。

那一天，失恋的人是我，最该被安慰的人也是我。

然而我却一时圣母心泛滥，充当了一个安慰他人的角色。

甚至答应了跟徐岸在一起。

等我清醒过来，顿觉晴天霹雳。

我连忙去找温小晚："你老公到底什么时候给我安排别的住处？难道想让我跟他弟住一辈子？有他这么报恩的吗？"

她正忙着筹备婚礼，深情地握住我的手："梁初，你可以做我的伴娘吗？我和徐慎需要你的祝福。"

我狠狠抽回手："滚。"

那对狗男女是指望不上了。

绝望之下，我决定自己掏钱出去租房子住。

速战速决地相中了一套廉价公寓，我立刻开始收拾行李。

徐岸冷不丁出现在我房间："做什么？"

我条件反射地撒谎："旅行。"

徐岸打量着我巨大的行李箱："去哪儿？"

我开始结巴："还……还没想好。"

很蹩脚的谎言。

但我不敢告诉他，我反悔了，我不能喜欢他，更不能跟他在一起。因为他总有一天会厌烦，然后果断甩了我，我可不想再当一次弃妇，所以我现在必须跟他保持距离，直接从他家搬走。

徐岸笑了笑，拖走我的行李箱："那正好，陪我去海边玩。"

压根儿没有给我拒绝的机会。

同行的还有徐岸的几个朋友，以及他们的漂亮女伴。

我咳了咳："你这次怎么没带女伴？"

徐岸伸手圈我入怀："傻瓜，因为我有你了。"

他那些朋友恶劣地起哄，我尴尬到恨不得原地消失。

徐岸又接着凑到我耳边："以后都只有你，好不好？"

不愧是花花公子，肉麻话说起来一套一套的。

我一个字都不敢当真。

到了酒店，发现自己和徐岸竟然被安排在同一个房间后，我紧张得坐立难安。

徐岸低笑："别担心，我不会对你怎么样的。"

我顿时冷静下来。

也是，在一位阅历丰富的花花公子眼里，我的吸引力可能相当于一根木桩。

徐岸接着道："除非经过你的同意。"

我又愣住了。

徐岸慢慢靠近我，眼中似乎闪着光："所以，我的女朋友，愿意吗？"

我的，女朋友？

我此刻无比清醒。

我知道，富家少爷的心有多么变幻莫测。

也知道，一个花花公子爱上我的概率有多小。

但我就是，忽然不想管那么多了。

即使总有一天会消逝，我也要抓住当下这份温柔。

我踮起脚，钩住徐岸的脖子，在他愣怔的眼神中，毅然吻了上去。

毕竟，我已经答应跟他在一起了，做人要言而有信。

我们在海边玩了很长时间，那是我人生中最美好的一段时光。

虽然之前我也体验过些许美好，但从未如此深刻地体会到被人需要的感觉。

晚上睡觉的时候，徐岸总会紧紧箍住我的腰，哪怕我只是随便翻个身，他也会立刻醒过来，把我往怀里勒得更紧，在我耳边哑着嗓子说："不准走。"

有异性跟我搭话的时候，徐岸站在一旁板起脸吃飞醋，我提醒他人家只是找我问路，他孩子气地与我十指相扣："你眼里只能有我一个人。"

在海边散步的时候，徐岸忽然蹲下来，伸出食指在沙滩上写下我的名字，遭到他那群朋友的猛烈嘲笑。于是我也蹲下来，在旁边写下了徐岸的名字。

明明早已是满目疮痍的大人，我们却像两个刚经历初恋的小朋友。

旅行最后一天，徐岸带我去了一家无比漂亮的海底餐厅。

那个地方梦幻得就像是偶像剧场景，我沉浸其中，很老土地不停拍照。

徐岸冲我宠溺地笑："这家餐厅很适合用来求婚。"

他的朋友们又开始起哄："怎么？徐二少爷打算向女朋友求婚？"

徐岸依然在笑："不可以吗？"

我莫名紧张起来，匆忙找个借口溜去了卫生间。

我当然清楚徐岸只是在开玩笑，我们才在一起没多久，不可能进展得如此飞速。

但我站在洗手池旁，看着镜子里那个脸颊通红的自己，还是忍不住低头笑起来。

未来，应该可以稍微期待一下吧？

走到包间门口时，我听见里面传来说话声。

其中一人的声音："我说徐岸，你该不会真的爱上那女的了吧？"

另一人的声音："你想多了，如果当年大少爷顺利淹死，那么整个徐家的产业就全是二少爷的，结果就因为那女的多管闲事，害得徐岸这些年在他们徐家受尽欺辱。就冲这一点，咱们徐二少爷怎么可能放过她？"

然后是一阵哄笑。

说话声还在继续："这女的也是够可悲的，随便塞点钱给她那个前男友，他就迫不及待地甩了她，据说分手前还狠狠羞辱了她一顿，显然本来也没喜欢过她。徐岸，你现在打算怎么整她？等她死心塌地爱上你后再毫不留情地踹掉？"

有人并不满意："那也太便宜她了，不如把她搞怀孕，然后折磨到流产，再下点儿药迷昏了，随便扔给一群地痞流氓玩玩。没办法，谁让她当年救错了人呢？"

有人揶揄道："就她那种长相，恐怕没有流氓愿意玩吧？"

又是一阵哄笑。

通常情况下，在偶像剧里，女主角遇到这种事时，总会愤然掉头就走，从而错过男主角的那句："不，我是真的爱上了她。"

我不想错过那句话。

于是我站在原地，等徐岸开口。

里面的人七嘴八舌地讨论起各种折磨我的点子。

徐岸始终没有说话。

那群人不高兴了："徐岸，干吗不说话？你该不会是真动心了吧？"

我终于听见了那道熟悉的、清朗的声音。

只有四个字——怎么可能。

于是，一切都说得通了。

在我摔倒时，冲我伸出来的那只手。

每一次对视时，那温柔似水的眼神。

甚至是那次绝望无助的自残。

全都是为了引诱我，报复我。

我回到卫生间，缓缓蹲在地上，拨通了徐慎的电话。

他还是那么冷若冰霜："什么事？"

我问："徐慎，你还记得自己要报恩吗？"

徐慎听出了不对劲，语气放缓："梁初，你怎么了？"

我轻声说："麻烦你，救我一下。"

我的人生，总是充满随便。

暗恋十年的男人对我的闺密一见钟情，随便吧。

认真交往的男朋友其实根本瞧不上我，随便吧。

被冷落、被忽视、被戏弄，是我在很久以前就已经习惯的事。

从最初的心灰意懒，到如今的麻木随便。

所以这次我也没有太多惊讶，甚至可以说，意料之中。

就算他在徐家再没地位，那也还是二少爷，一个游戏人间的花花公子，怎么可能会瞎了眼喜欢上我？

早该想到的。

我甚至没有多余的时间去伤心失望，当务之急是先稳住徐岸那群人，保障自己的安全。

于是我拍了拍冰凉的脸颊，若无其事地回到包间。

徐岸抬头看我，眼神还是那么柔情蜜意。

我坐到他旁边，感叹道："这里真的好美。"

徐岸笑着握住我的手："那以后常来。"

饭桌上其他人也都在盯着我笑，我垂下头，轻轻按住发抖的双腿。

晚上，徐岸像往常一样压倒我，指尖缓缓滑进我的衣服里。

我回避道："徐岸，我有点儿累。"

徐岸停下动作，柔柔拥我入怀："那好好休息，我抱着你睡。"

多么浑然天成的演技啊！

明知道都是假象，我却还是克制不住心动。

我依偎在他怀里，没忍住笑了出来。

笑我自己。

第二天，一下飞机，我就看到了在机场候着的徐慎。

他一身笔挺西装，散发着威严气场。身后还站着一排黑衣保镖。

徐岸微微讶异："哥，你来干什么？"

徐慎望向徐岸怀里的我："接她。"

徐岸愣了一下："什么意思？"

我沉默着，慢慢脱离了他的怀抱。

按照昨晚我们在电话里的约定，徐慎会接我去新公寓，并且派人二十四小时保护我的安全，禁止徐岸以后接近我。

徐岸脸色变得阴沉："徐慎，她是我的。"

徐慎始终面无表情："让她自己选。"

我拖着行李箱毫不犹豫走向徐慎。

徐岸猛地攥住我的手腕，一脸的难以置信："为什么？"

三四个保镖冲上来按住了他，阻止他靠近我。

徐岸试图挣扎，被保镖们随手甩到了地上，就像在对待一个破败的垃圾。

他望向我，眼神中满是哀求："别走。"

我转过头，避开了他的视线。

徐岸忽然意识到了什么，颤声问："昨晚在海底餐厅，你都听到了，对不对？"

我扯起嘴角，笑了一下。

徐岸愣在原地，脸一点一点变得惨白了。

我头也不回地上了徐慎的车。

后视镜中徐岸的影子一点一点缩小，最终彻底消失不见。

车上，徐慎轻描淡写道："是我的疏忽，不该安排你跟那种蛆虫待在一起。"

他不是蛆虫。

我下意识想要这么反驳。

想了想，又觉得好笑。

一路无言，下车时，我开口："徐慎，十年前我救了你，今天你救了我，我们从此两清，不需要你养我了，再见。"

然后我大力地甩上车门，觉得自己潇洒极了。

结果一搬进廉价公寓我就后悔了，由俭入奢易，由奢入俭难。

早知道应该向徐慎多要点儿钱的，尊严果然不能当饭吃。

不过，这本来就是我以前的生活。

柴米油盐，上班下班，得过且过。

我只不过是离开了不属于自己的世界而已。

除去伤了几次心，其他也没什么损失。

何况，我的心，并不值钱。

不久后的一天晚上，我接到了徐岸的电话。

这是我们分开后他第一次联系我。

他的声音还是那么清朗："睡了吗？"

我盯着天花板："嗯。"

他轻笑："可我睡不着。"

自然得仿佛我们只是一对叙旧的老朋友。

片刻后，徐岸轻声道："我好想你。"

我依然盯着天花板。

徐岸继续说："我试了无数种办法，试图让自己别那么想你，可是怎么都做不到。每到夜幕降临，我就总觉得，你还坐在沙发上，随便打开一部电影，耐心地等我回家。"

我解释道："其实我不是刻意在等你，只是习惯了熬夜而已。"

徐岸声音里带着笑意："别这么残忍。"

我不再争辩。

他嗓子哑了哑："如果我说，其实我从未想过报复你，你是无辜的，也是世上唯一关心我的人。你是我的救赎，我的希望，我无法控制地喜欢你，需要你，渴望你，是不是太假了？"

我摸着胳膊上起的鸡皮疙瘩："有点儿。"

徐岸低笑："嗯，我也觉得。"

我捂住胸口，感受着自己的心跳，轻声道："徐岸，其实我能理解，如果我是你，也会觉得这女的多管闲事，是我自己活该，所以我一点儿都不怨你，毕竟你并没有真正伤害过我。我只是，无法再喜欢你了。不过也无所谓，我这种人的喜欢太廉价了，可以是徐慎，可以是王皓，可以是任何人，不值得被想念。"

对面是长久的沉默。

只听得见徐岸低低的呼吸声。

漫长的等待后，徐岸终于开口，语气很温柔："你再也不会回到我身边了，对吧？"

我顿了顿，没有回答。

徐岸笑了笑："好的。"

电话里再也没有传来声音。

十分钟后，我轻轻按下挂断键，扯起被子蒙住了脸。

我不敢了。

真的不敢了。

不敢相信他会喜欢我，不敢再轻易踏出那一步。

哪怕这一秒的确是出自真心，谁又能保证下一秒会不会变。

所以，随便吧。

一周后，温小晚约我出来，又提出要给我介绍对象。

我冷冷瞪她："滚。"

她挽起我的胳膊："人家是想让你找到幸福嘛。"

我不耐烦道："管好你自己！反正我不会做你的伴娘！"

温小晚一脸怨气："伴什么娘啊，我们婚礼暂时取消了，因为徐家要忙着办丧事。真倒霉，怎么就那么巧，正赶上我们的婚礼，本来教堂都已经订好了。"

我停在原地："谁死了？"

温小晚滔滔不绝起来："还不是那个徐岸！上星期莫名其妙躺在浴缸里割腕了，因为他一个人住，好几天了才被发现尸体，身子都泡烂了，我都快吓死了！我就纳闷了，平时身边那么多狐朋狗友，结果死了这么多天居然没有一个人想起来联系一下他！不过徐慎倒一点儿都不意外，说他从小就不正常，自残是常有的事。幸好你早早搬出去了，不然多晦气。不提他了，我今天难得闲下来，咱们逛街去吧！"

不知愣了有多久，我才恍然回过神。

温小晚正脚步轻快地往前走，虽然婚礼暂时取消了，但买几件新裙子心情就又好了，不久的将来，她会成为最漂亮的新娘，并且是我唯一嫁入豪门的闺密。

徐慎正在公司参加各项重大会议，至于那位他从未在乎过的弟弟的后事，随便交给家里下人处理就可以，他现在更关心的，是给未婚妻一场盛大的婚礼。

街边来来往往皆是车辆与路人，大家或是行色匆匆，或是悠闲踱步，或是准备赴一场令人怦然心动的约会。

只不过是一个微不足道的生命消失了而已。

阳光，树叶，微风，喧嚣。

世界并无变化，一切如常。

- 完 -

花脸小姐

○ ○ ○

- 厌倦了生存的男人 -

城市里最后一盏路灯也亮起来后，我揣着一把匕首，悄悄跟在了选定的目标身后。所谓选定的目标，其实不过是正好出现在我视线里的路人而已。

女，三十岁左右，白色裹身裙，八厘米高的高跟鞋，很浓的妆。她拎着一袋罐装啤酒，独自走向了一条僻静的小路，这正合我意。

这条小路远离闹市区，一侧是深不见底的河，夜晚不常有人经过，唯一一盏路灯还在路的尽头。白天，这里是净化空气的绿化带；夜晚，则是最完美的谋杀地点。我只需在女人走到尽头之前从身后勒住她的脖子，然后亮出口袋里的匕首，她就会乖乖任我摆布。我会给她两个选择，要么直接被我用匕首捅死再扔进河里，要么她自己主动跳河，她再擅长水性也无济于事，因为我会用事先准备好的绳子牢牢捆住她的双手。

这个女人一定恨不得化成鬼将我剥皮抽筋，明明与我素昧平生、无冤无仇，却连反抗和呼救的机会都没有，就莫名其妙被我逼上了死路。而她究竟会不会化成鬼找我报仇，已经一点儿都不重要了，因为当她在匕首的威胁下不得不绝望投河后，我也会紧跟着跳下去。河水会迅速漫过我们的嘴巴、鼻子、眼睛、头顶，她在挣扎，我在享受，最终共同跌进死神的怀抱。

黄泉路上，找个人相伴，无论男女老少，只要有个人能陪我一起，就显得没那么孤单。

我尽量放轻踩在地上的每一步，悄无声息地跟在女人身后。她没有察觉到任何异样，扭着胯故作妖娆，甚至还开了罐啤酒边喝边哼起了歌，当她唱到"我做梦都在想，你会何时出现"时，突然脚一崴，整个人毫无防备地摔向地面，一只高跟鞋直接飞到了我的脚下。我停下脚步，思考要不要趁机上前制服她，而女人维持着摔倒在地的姿势，突然号啕大哭起来，边哭边回头找鞋，看见我的身影后猛地收了声。

我把手伸进口袋里，准备掏出匕首。

女人使劲擦了擦满脸的眼泪，带着哭腔开口："大哥，可以把鞋子递给我吗？"

她以为我只是一个不小心目睹了她丑态的路人。

摸到匕首的手又放了下来，我弯腰捡起脚边的高跟鞋，上前递给她。她坐在地上穿起了鞋，我注意到她的小腿蹭掉了很大很深的一块皮，正往外渗着血液，仿佛连老天都在帮我。如果这个女人处于健康状态，或许还有 0.99 的概率能逃出我的手掌心，而现在彻底变成了0，况且她看上去醉醺醺的，毫无还手之力，今天注定要死在我手里。就在我放松警惕时，女人突然伸手抓住我的衣角作为支撑，摇摇晃晃地站起身，因为腿伤的缘故，差点儿一个踉跄跌进我怀里，我不得已只好伸手扶她站稳。

女人七手八脚地整理皱掉的裙子和凌乱的发型，试图挽回点形象。但她并不知道，因为刚才的号啕大哭，导致她的浓妆已经彻底花掉，黑乎乎的眼线顺着厚重的粉底在她脸上形成了两道不规则的泪痕，口红也沾到了下巴上，活像个滑稽的马戏团小丑。

我不禁再次把手伸进口袋准备掏匕首，女人却突然从袋子里拿出一罐啤酒硬塞到我怀里，说："我请你喝酒，你陪我一起走完这条路，好不好？"

我低头盯着怀中那罐啤酒，思考用它能不能把女人的脑袋砸开花。

"我需要有人和我说说话。"女人说，小丑一般的脸上似乎带着些许哀伤。

然后不等我回答，她就自顾自地挽住我的胳膊，把整个人的重心靠在了我身上："还需要有人搀扶，腿上的伤口太痛了。"

你只需要去死，我在心里道。

这个女人蠢得出乎意料，居然主动把自己的小命往我手里送。得智障到什么程度才敢这样毫无防备地信任我一个陌生路人？是对自己的姿色有足够自信，认为我一定会拜倒在她的石榴裙下，心甘情愿地帮助她？还是对这个世界有足够的信心，认为自己随随便便就能碰见心地善良的大好人？这个世上兴许有好人，但很可惜，我正好是个坏人。托这位花脸小姐的福，我现在不必再小心翼翼，可以正大光明地接近她，更方便下手了。

我甚至连匕首也不用掏，只需轻轻一推，女人就会顺利滚进河里。凭她现在疯疯癫癫的状态，估计不用捆住双手也会被淹死。我一声不吭，任由女人挽着我胳膊，默默带着她靠近河侧走。

"你猜我多大？"女人丝毫没有意识到自己即将丧命，没脸没皮地和我搭话。

我懒得理她。

"二十三岁。"女人又哭了起来，"二十四，二十五，二十六，二十七，二十八，二十九，我已经三十了！一转眼就三十了，都三十了还一无所有，我完了，我完了，我真的完了。"

女人的声音很尖，哭起来更是刺耳，我有些头大。

"你是哑巴吗？为什么不说话？"女人抓住我的衣领，逼我与她对视，"求你了，和我说说话好吗？"

我漠然地注视着她，很想告诉她，她对我来说只是一具无知无觉的尸体。谁会和尸体说话？

"我能理解，这条路太黑了，你看不清我长啥样，所以才不想搭理我。"女人抬手指向路尽头那盏唯一的路灯，"等走到那盏路灯底下，你看清我清丽脱俗的长相后，就会开口和我说话了。"

我扑哧一声，笑了出来。

第一，她顶着一张堪比女鬼的大花脸，自称清丽脱俗，实在很没说服力。

第二，她永远也无法走到那盏路灯底下了，因为马上就会被我杀死。

我好久没笑得这么开心了，竟有些不适应。

"你说，人为什么要活着？"女人突然和我走起了心，"明明一个个活得像行尸走肉，为什么大家还是拼命地想要活着？"

大概是，因为尿吧。

和那些被生活折磨得千疮百孔，却不敢结束生命的尿货不一样，死亡对我来说，是享受，是解脱。不是一时冲动，也不是走投无路。因为厌倦生存，所以选择死亡，仅此而已。

女人轻声说:"我的老板,一个又胖又秃的五十岁老男人,逼我跟他睡觉。如果我不从,他就要开除我。"

我不禁冷笑,这个肮脏的世界,真是让人一分一秒都不愿再待下去。

"我不甘心,超不甘心,我一次正经恋爱都没谈过,凭什么白白便宜了那个秃头男?"女人的声音再次带起了哭腔,一副很委屈的样子。

"而且那个秃头男长得超丑,眼是斜的,嘴是歪的,头上好多头皮屑,鼻孔比牛还大,身上的肉走起路来都会打战,他的啤酒肚有这么大……"女人张开双臂,努力向我比画秃头男的啤酒肚有多大。她忘了自己腿上还有伤,失去我胳膊的支撑后,她果不其然一个踉跄,再次摔向地面,我伸手轻轻一捞,将她拉回了我身边。她顺势把整张脸都埋在了我怀里,我试着扯开她,她居然紧紧搂住了我的腰。

我无比头疼,想着要不要直接勒死她。

即使把脸埋在我怀里,女人也不忘闷声讲故事:"很早很早之前,我就列了张单子,上面写着有了男朋友后必须做的几件事。第一件事,和男朋友同吃一根棉花糖;第二件事,和男朋友去鬼屋;第三件事,和男朋友看电影;第四件事,和男朋友手牵手回家。幼稚吧?无聊吧?可哪怕是这么幼稚无聊的几件事,都没有任何人陪我一起做过。十几岁的时候我在幻想,总有一天,金光闪闪的白马王子会来到我身边,带给我很多很多爱,和很多很多钱。二十几岁的时候我又在幻想,算了,不奢求什么白马王子了,只要有一个我喜欢他并且他也喜欢我的普通人,陪我一起开开心心过日子,就够了。现在三十岁了,摆在我面前的,只有那个满脸横肉的秃头男。拒绝他,我就会失去一切;顺从他,我就有可能得到一切。即使那是丑恶的、肮脏的、令人作呕的,可也是一次机会,一次可能得到一切的机会,就连同事都在背后议论，像我这样的老女人，有人愿意潜规则我已经算走运了。"

女人抬头看我："你说，我还有资格活在幻想里吗？也是时候回到现实世界了，对吗？"

我忽然很想让她闭嘴，因为她接下来要说的话，可能会让我恶心。

女人停顿了一会儿，慢慢松开搂在我腰上的双臂，嘴边带着苦笑："就在一个小时前，我跟着那个秃头男去了酒店。"

果然。

果然是这样。

这就是人类争先恐后要生存下来的世界。

丑陋的，令人作呕的，毛骨悚然的世界。

每个人都在向丑恶与黑暗屈服，被折磨得体无完肤后再催眠自己，这就是现实。

我猛地弯下腰，控制不住地干呕起来。

女人惊讶地捂住嘴巴："有这么恶心吗？"

我狠狠瞪她一眼，示意她闭嘴，她却猛拍了下我的后背，大笑起来："傻瓜，我还没讲完呢。"

我皱起眉。

"去了酒店之后，我一进门就后悔了。那个秃头男实在太胖了，一坐上床，整张床垫都陷了下去，地动山摇，仿佛随时会塌。如果我躺上去，不被恶心死，也会被压死。然后我就逃了，一路夺命狂奔，高跟鞋差点儿跑掉了。"女人笑得东倒西歪，懒懒地靠在我身上。

而我，居然莫名松了口气。

天知道为什么。

大概是因为那个秃头男实在太恶心了吧。

我搀扶着一瘸一拐的女人，沿着河边缓缓往前走，周围很安静，不时有凉风吹过，惹得树叶哗哗作响。

"谢谢你。"女人突然说。

谢我把你选为杀害目标？

我失笑。

女人望向一旁深不见底的河："如果没有遇见你，我今晚或许就从这里跳下去了。"

我一怔，歪头打量她。

她一改方才的痴笑与疯癫，仿佛突然变了个人，就连刚刚还略显滑稽的花脸，也因为表情太过阴郁，渗出了一丝寒意。

"那个秃头男不会放过我的，我这一逃，就意味着彻底失去了工作，我的人生也差不多完了，没有活下去的必要了。所以我才会买这么多酒，打算把自己灌个大醉，然后酒壮尿人胆，干干脆脆地跳进这条河里。再怎么借酒浇愁也总是要醒过来的，只有死了就永远都不必醒了。在喝醉的情况下死去，应该没有清醒时那么痛苦吧？"

女人的声音越来越迷离，身体离我越来越近，我以为她又要把脑袋埋进我怀里，她却只是伸出一根手指戳了戳我的脸："然后我就遇见了你，一个奇怪的、不会说话的但很热心肠的人。"

我确信我听到了"热心肠"三个字。

这应该是我至今听过的最好笑的笑话。

如果非要把那三个字强加在我头上，那么在此时此刻剖开我的胸膛，生生掏出里面的心肠，应该算是热乎的吧。

"你一定以为我是疯子吧？"女人小心翼翼地摸摸我的肩膀，似乎在试着安抚我，"是啊，正常人哪会大半夜缠着不认识的路人絮絮叨叨，讲一大堆废话呢？而且还一会儿哭一会儿笑的，你居然没把我当成女鬼一板砖拍死，简直是奇迹。"

女人并不知道，我想过把她用匕首捅死、用绳子勒死、用啤酒瓶砸死，就是没想过把她一板砖拍死。

"虽然你一句话都没有说，但我说的每一句话你都在认真听。没有离开，没有反驳，没有抱怨，没有不耐烦。第一次试着挽住你胳膊时，其实我做足了心理准备会被你大力推开，可你居然没有，而是默默挽扶着我，安静地听我发牢骚。甚至当我讲到自己跟秃头男进了酒店时，你还流露出了担忧的神色，连我亲生父母都没这么宠过我。

"我知道这个世界一点儿都不美好，但至少此时此刻站在我面前的你，比我之前遇到的大部分人都要美好。只凭这一点，就足够让我放弃自杀的念头，支撑我继续活下去了。

"果然还是要活下去才对呀。只有活着才有机会遇见美好。"

女人抓住我的胳膊作为身体的支撑，不顾腿伤努力踮起脚，嘴唇轻轻碰了下我的右脸颊。

"所以，谢谢你。"

那一刻，我突然发现，漫无边际的夜空中，原来还挂着几颗发亮的星星。在此之前，我看到的只有黑暗。

当我回过神来时，我和女人已经走到了路灯下。路尽头的唯一一盏路灯。

这条路，原来这样短。

女人双手捧脸，冲我自信地微笑："怎么样？现在看清楚我的长相了吗？是不是惊为天人？"

没有一丝意外，依然是一张马戏团小丑般的大花脸。

我再次将手伸进口袋，触碰到冰冷的匕首后，又放了下来。

是的，我无惧死亡，却害怕孤单。

生前不被任何人需要的我，却希望在黄泉路上拉个人做伴。

随便谁都好，只要能陪我一起死就行。

这个念头大概从我记事起就开始酝酿，原以为已经在我大脑里根深蒂固了，却在与一个女人走完一条再普通不过的小路后，开始动摇了。

是从那句"我需要有人和我说说话"开始动摇的，或是从那句"再怎么借酒浇愁也总是要醒过来的，只有死了就永远都不必醒了"开始动摇的，还是从那句"谢谢你"开始动摇的？我全然不知。

明明只是一个再庸俗不过的女人，讲着再庸俗不过的故事，最后发表一句再庸俗不过的心灵鸡汤，集合了所有我深恶痛绝的元素。

何其可笑的一句"只有活着才有机会遇见美好"。活着，最有机会遇见的，是孤独，是丑恶，是黑暗。而所谓美好，其实只是戴着伪善面具的杀人犯。

如果现在掏出匕首把女人拖进河里，应该还来得及。

我直直盯着女人，女人也笑脸盈盈地盯着我。三十岁，白色裹身裙，八厘米高的高跟鞋，被眼泪弄花的浓妆，我的右脸颊很有可能还印上了她的口红，她腿上刚摔出来伤口，走起路来一瘸一拐，一只手正在紧紧挽住我的胳膊，另一只手拎着一大袋啤酒，其中一罐被她硬塞在了我手里。

一个我随机选定的目标。

一个小丑。

一个蠢货。

一个疯子。

一个……虽然只与我走了短短一条路的时间，但真正需要过我的人。

我有九十九次想要掏出匕首杀了她，却在第一百次时，忽然觉得她很可爱。于是先前那九十九次全部化为了泡影，通通不再作数。

我拧开手中那罐啤酒，仰头灌了一大口。

这是第一次有人请我喝酒。

味道不错。

我抽出那只被她挽住的胳膊，退后几步，低声说："再见。"

然后我转过身，把她留在了路灯下。

就当，她是真的遇见美好了吧。

- 想要活下去的女人 -

我一走进那条小路，便察觉到身后跟了个人，保持着不远不近的距离，始终走在我后面。

如果只是一个和我顺路的普通人，绝不会刻意放轻自己的脚步，掩饰自己的气息。四周那么黑，那么静，简直是谋财害命的最佳地点。我第一反应是掏手机报警，但很快便打消了这个念头，别说身后的人根本不会给我机会按下110，就算我成功报了警，等警察赶到的时候，估计尸体都凉了。凭我爬个楼都会喘的体力，靠搏斗逃离歹徒的概率几乎为零。

那一瞬间，我觉得自己完了。

人总有一天会死，我幻想过无数次自己会怎么死，病死、老死、意外死，就是没想过会被人杀死。

如果我真被杀了，会不会上一次头条呢？

毕竟我也是个出道十年的演员。

是的，我是个演员，一个出道十年却没上过一次头条、没演过一次主角的十八线演员。

估计就算我被分尸了也无人问津吧。随随便便在网站角落登个迷你小标题《女演员深夜惨死在回家路上，尸体遭河水浸泡一周才被捞起》，网友纷纷表示"她谁啊"，我的人生便从此结束了。

何其悲凉。

我刚接了个有可能大火的剧本，千求万求才得到了一个戏份较多的女二号角色。对于炮灰专业户的我来说，这已经算是一个很大的进步了，终于不用再打酱油，可以尽情发挥自己的演技。如果在这种时候死，也太憋屈了点。

所以我必须活下去。

我并不清楚身后那个人的目的，可能是劫财，也可能是劫色，无论是这两种中的哪一种，我都只需满足他，讨好他，便有可能活下来。可如果是无差别杀人，那我下场只有死。

但是，哪怕只有 0.99% 的机会能够活下来，我也要试一试。

首先，我绝不能让男人知道我已经看穿他的歹意。然后，尽可能地装疯卖傻，让他渐渐对我失去防备，往好处想，或许还有可能感化他。

从我唱起歌时，便是在演戏。之后的摔跤、哭闹、讲故事种种，都只是为了降低男人的戒备心而已。我在心里对自己喊了声 action，然后藏起所有恐惧，开始扮演一个天真愚蠢、没心没肺的醉酒女。

我是一个演员，一直以来都靠演戏吃饭。

而如今，我居然在靠演戏活命。稍有差池，便会丢了性命。

所幸，我成功了。

当我站在路尽头的那盏路灯下，确定男人的背影完全从我视线里消失后，身体便如同散架般瘫倒在地，汗水瞬间浸湿了我的后背。因为双手双脚抖得太厉害，我试了好几次才勉强站立起来，一刻也不敢再停留，连滚带爬地逃回了家。

我生平第一次觉得自己那间简陋狭小的出租屋是如此安全和温暖，暗暗发誓以后再也不会走河边那条路。

可我做梦都没有想到，第二天，那个男人居然再次出现在了我面前。我像往常一样下楼买早点，却一眼看见他正站在不远处直直注视着我。我这才意识到自己昨晚被跟踪了，差点儿没晕死过去，立即报了警。

当警察要我拿出男人伤害我的证据时，我蒙了。

男人并没有伤害我，他只是出现在任何我出现的地方，用一种我看不懂的眼神注视着我。我去包子铺吃包子，他也去包子铺吃包子；我去便利店买零食，他也去便利店买零食；我去电影院看电影，他也去电影院看电影，坐在离我不远的地方，但凡我无意间瞥到他，都能发现他在盯着我看。

就像一个……痴情的追求者。

这让我毛骨悚然，难以相信男人会喜欢上那个我为了活命而临时编排出来的醉酒女。

他相信了醉酒女的那句"我知道这个世界一点儿都不美好，但至少此时此刻站在我面前的你，比我之前遇到的大部分人都要美好"，自以为是我人生中的美好，也或许，把我当成了他人生中的美好。可他并不知道，真正的我根本不是他喜欢的那个醉酒女，他喜欢上的，是一个不存在的人。

就在我为男人的存在胆战心惊时，导演突然通知我，原本属于我的女二号角色被另一个名气更大的演员取代了。我穿着戏服，站在剧组一动不动，无论工作人员怎么劝说，都不肯离开，直到导演叫来几个保安把我架了出去。我死死拽住身上的戏服，不肯让他们扒走，最后把戏服扯得破破烂烂，他们才骂骂咧咧地把我丢在了大街上。其实在此之前我已经被顶替过无数次了，每一次我都默默忍了下来，只是这一次，哪怕沦为众人的笑柄，我也不想妥协。

然而不想妥协也必须妥协。

一夜之间，我便失去了支撑自己活下去的理由。

我的世界下起了倾盆大雨，无论我逃到哪儿，都会被绝望淹没。

当那个阴魂不散的男人再一次出现在我面前时，我终于不再逃避，大踏步迎上去，一把揪住他的衣领，说："帮我杀个人。"

男人愣怔地看着我。

我瞪视着他："你不是喜欢我吗？既然如此，应该什么事都愿意为我做吧？马上去把那个浑蛋导演杀了。"

男人站着不动。

我冷笑："没用的废物，看来那天晚上就算我没演那场戏，你也不敢下手。"

"演戏？"男人声音有些沙哑。

"我知道那天晚上你口袋里藏着刀，我为了活命才演了一场戏忽悠你，那晚我对你说的每一句话、每一个字都是编出来的，就连腿上摔的伤也是我自己故意在地上蹭出来的，故意挽你的胳膊，故意往你身上靠，故意亲你的脸，你是这辈子没碰过女人吗？居然三言两语就被我耍得团团转？该说我演技太好呢？还是你太废物了呢？"我尽全力向对方展示自己的嘲讽与刻薄。

男人没有说话，代表他默认了那天晚上的确对我有歹意，这让我更加火大，抬手就给了他一巴掌："你这个变态！浑蛋！灾星！自从遇见你，我就没遇见过一件好事，赶紧滚，从我眼前消失！"

男人没有如我想象那般恼羞成怒，而是沉着地走近我，我以为他要掏出匕首捅向我，却只是伸手摸了摸我的脸，低声说："我可以帮你杀掉那个导演，然后从你眼前彻底消失。"

我愣住。

"条件是，你再演一次那天晚上的花脸小姐。"

花脸小姐？这是他对醉酒女的昵称？

我想笑，却在接触到男人认真的目光后收了声。

我沉默了好一会儿，开口："你要我做什么？"

男人抓过我的手，将我的手指轻轻捏在他手心，说："陪我一整天。"

我任由男人牵着，相对无言地走过一条又一条街，直到男人在一个棉花糖摊停下，柔声问我："喜欢什么口味的？"

他的眼神、声音都太过温柔，却让我毛骨悚然，我避开他的目光，答："草莓。"

然后男人将一根粉红色的棉花糖递到我面前，示意我咬一口。我踌躇着凑上前，男人与此同时也凑了过来，我们两人僵硬得像在举行某个神圣的仪式，严肃又正经地同吃着那根棉花糖。

我终于忍不住笑出声，男人歪头看我，眼里也带着浓浓笑意。

那一刻，我们像极了一对正在进行甜蜜约会的情侣。

吃完棉花糖，男人又带我来到了鬼屋。

虽然我一直很渴望去鬼屋探险，但真正到了门口，却又怯了，磨蹭半天也不敢进去，男人握紧我的手，低笑："害怕的话，就躲在我怀里。"

你算老几？凭什么让我躲进你怀里？

虽然很想这样反驳他，但想到我正在扮演花脸小姐，便忍了下来，硬着头皮跟男人进了鬼屋，虽然我清楚地知道那些"鬼魂""丧尸"都是工作人员扮演的，某种意义上跟我也算同行了，可我还是被吓得胆战心惊，也顾不上自尊了，一头扎进男人怀里，出了门还不敢放开他。

"有那么可怕吗？"男人一脸无奈。

"超可怕。"我心有余悸。

"比我还可怕？"男人弯起嘴角。看起来他心情不错，居然开起了玩笑。

我不甘示弱，环住他的脖子，凑到他耳边轻声说："我才不怕你。"

他的耳朵一下子就红透了。

我大笑，当即确信他真的没碰过女人，我只不过是贴着他耳朵讲了句话，居然就害羞成那样。

接下来，我们又来到了电影院。

其实男人已经以跟踪狂身份间接陪我看过好几场电影了，只不过前几次都没有坐在一块儿。

这次男人带着我坐了传说中的情侣座，看的是一部文艺清新的爱情电影，内容无非就是帅哥与美女相遇、相知、相爱，我却哭得稀里哗啦。

其实故事并不怎么悲惨，可我就是控制不住想要流眼泪。我一直觉得，电影院是一个非常适合流泪的地方，即使流了满脸鼻涕和泪，也不会有人用异样的眼神打量我，都以为我只是被影片剧情打动了而已。在这里我可以尽情大哭，把以往不敢在人前流的泪一次流个痛快。所以我经常一个人看电影，哭断气都不会有人来烦我。

而今天，我身边坐了个男人。

他伸过一只手，轻轻搂住了我："你又哭成了大花脸。"

"谁让我是你的花脸小姐呢。"我白了男人一眼，心想：看完电影又得补妆了。然后慢慢地，靠在了他肩上。

眼泪忽然就停了下来，那些难过的、不甘的、委屈的事，奇迹般地，从脑海里一一散去。

原来难过的时候有个肩膀可以依靠，是这种感觉。

一眨眼就到了晚上。

男人与我十指相扣走在回家路上，正是我们初遇那条小路，还是那么黑，那么静。

实在受不了死一般的寂静，我慢悠悠地哼起了歌："我做梦都在想，你会何时出现，又会何时离开，你像道光，在我生命里闪耀，又在我生命里绽放，最终……"

男人开口道："好难听。"

我抬手想给他一巴掌，手机突然振动起来，是导演发来的短信。

"什么事？"男人问。

"导演答应再给我一次机会。"我说。

"条件呢？"男人又问。

"你以为别人都像你一样啊，做什么事都要条件。"我冷哼。

"所以不用杀他了？"

"当然不用。"

本来也只是一时冲动撂下的狠话而已，我可不想因为教唆杀人而坐牢。

男人抬头望着天空："今晚的星星比那晚的多。"

他倒是挺有闲情逸致，居然欣赏起了星星。

我大着胆子问他："那天晚上，你打算对我劫财还是劫色？"

男人扑哧一笑："你有财、色给我劫吗？"

我当机立断甩开他的手，一个人加快脚步往前走。男人很快便追上来，轻而易举地从身后抱住我，低笑："就当我是想劫色吧。"

"还真是勉强你了呢。"我直翻白眼。

"你是我一生中见过的最可爱的女人。"男人说。

"你们男人都喜欢说这种假透了的情话吗？你才多大年纪，哪来的资格谈一生？以后的日子长着呢，谁能保证你不会遇到另一个更加可爱的女人，然后对她说同样的话？"我不屑一顾。

"别人有没有资格讲这种话我不知道，但我肯定有资格。"男人语气坚定，一副确信无疑的样子。

如果我们是在正常谈恋爱，或许我就相信他了吧。

转念一想，他是在夸花脸小姐可爱，又不是在夸我，我到底在纠结什么劲？

我低下头，不再吭声。

"那天晚上，我是太孤单了。"男人重新牵起我的手，继续往前走。

我满脑子问号，这什么逻辑？因为太孤单了，所以想杀个人玩玩？

变态的心思好难捉摸。

"现在你还孤单吗？"我问。

男人没有立即回答，而是深深地注视着我，我被他盯得浑身不自在，想离他远点儿，但一只手被他紧紧牵着，根本走不开。

男人看出了我的不适，笑着移开目光，说："我以前很害怕孤单，现在不怕了。"

虽然觉得他有点儿答非所问，但我还是顺着他的话接了下去："不怕就好。"

然后又陷入了沉默。

我踌躇了好久，终于下定决心开口道："你有了女朋友之后最想做什么？"

"怎么了？"男人问。

"我不是傻子，棉花糖，鬼屋，电影院，手牵手回家，都是我有了男朋友后最想做的事，这一整天你都在扮演我男朋友讨我开心，搞得好像我占了你大便宜似的，我可不想欠你。告诉我，你有了女朋友之后最想做什么，我来陪你做。"话一出口我便后悔了，万一这个变态说出"最想做爱"这种下流话，我岂不是跳河的心都有。

可男人只是笑了笑："你已经做过了。"

"什么时候？"我纳闷。

男人歪过头，指指自己的右脸颊："你吻过了我的脸颊。"

我愣了愣，按住胸口，试图抚平骤然加快的心跳。这种感觉，就像那天晚上发现男人跟在自己身后一样，心慌意乱，手足无措，但又有点儿不一样，因为那晚更多的是恐惧，而今晚，我好像并不害怕。

男人突然停下了前行的脚步，我这才发现，我们已经走到了路尽头的那盏路灯下。

"就到这里吧。"男人说，"谢谢你陪我一整天。"

话虽如此，我们两人的手却仍然紧紧牵在一起，他没有放，我也没有松。

我站在路灯下，第一次认真打量男人的脸，平淡又普通，是扔在人堆里绝对找不出来的类型。但，很温柔。

"你确定不想杀那个导演了吗？"男人望向我的眼神带着关切。

"我确定。"我说。

"你那天晚上讲的故事，并不全是假的吧？秃头男就是那个导演，对不对？"男人仿佛洞悉一切。

我沉默。

"他刚才答应给你一次机会，其实还是附加了条件吧？"

我还是沉默。

"你会接受吗？"男人执着地想要从我这里要到个答案。

"你是在问我还是花脸小姐？"我反问。

男人一愣，顿了几秒才回答："花脸小姐。"

我努力咧开嘴，给了男人一个大大的微笑："让秃头男滚蛋。"

男人紧盯着我的眼睛，似乎想探寻些什么，我始终笑脸相对，男人张开怀抱，温柔地将我拥进怀里："那我就可以放心地从你眼前消失了。"

虽然很想告诉他，我现在已经不希望他消失了，可最终，我只淡淡问了句："你要去哪儿？"

"一个我原本就打算去的地方。"男人说。

"那儿很远吗？"

"很远。"

"一个人去？"

"以前我想找个人陪，现在不需要了。"

"永远不回来了？"

"不回来了。"

"一定要去吗？"

"原本我早就该走了，只是因为遇见你，推迟了几天。"

"所以你这几天一直跟着我，只是为了让我陪你度过短短一天的时间？"

"一天的回忆，足够了。"顿了顿，男人继续说，"谢谢你出现在我身边。"

我沉默下来，心里莫名涌过一阵难过。我不知道自己在难过什么，但就是非常难过，比任何时候都要难过。并且这股难过，已经剧烈到发疼的地步，疼得让我说不出话来。

男人慢慢松开了一直紧握我的手，退后几步，低声说："再见。"

在他转身的刹那，我的眼泪也跟着流了出来。

好奇怪啊，为什么会这么难过呢？

我与男人素不相识，甚至互相不知道对方的名字，而且他还是个曾对我图谋不轨的变态，前几天我还在恐惧他、排斥他，现在为什么又要因为与他分别而难过呢？

他的离开，对我来说明明是好事啊。我安全了，自由了，彻底摆脱了一个跟踪狂，再也不用整天提心吊胆了，多么值得高兴啊！

而男人，也去了他真正想去的地方，说不定没多久就会遇见一个比我好一万倍、会关心他、照顾他的女人，在那个地方无忧无虑地生活下去。

明明很美好嘛！

可是，那个地方，究竟是哪儿呢？

心口再次绞痛起来，眼泪大滴大滴砸落到地上，我目送着男人头也不回地走向了那条小路，他的背影很快便被无边的黑暗吞噬，彻底消失不见。我呆站在路灯下，好久都无法把视线从那片黑暗转移开，直到手机的短信提示再次振动起来，才把我拉回了现实。

又是导演发来的。

我伸手擦掉满脸的泪，新补的妆都糊到了手上，不用照镜子也知道我此刻肯定又成了个大花脸。而我却再也不是那个人的花脸小姐。

故事的最后，花脸小姐勇敢逃出了秃头男的魔爪，即使丢了工作，也无愧于心地活了下去，最终成功遇见了属于自己的美好。

故事结束后，我拿起手机，输入了一个"好"字，按下了发送键。

该回到现实世界了。

我做梦都在想，你会何时出现，又会何时离开。

你像道光，在我生命里闪耀，又在我生命里绽放。

最终消失不见。

消失不见。

- 完 -

你为什么没人爱

○○○

　　清晨的第一缕阳光透过窗户的缝隙照进房间，你关掉看了一夜的电视剧，在床上翻了个身。今天原本答应了跟朋友聚会，但你不知不觉就熬了通宵，实在没精力出门了，还是先睡觉吧。

　　一觉睡到下午三点，被朋友打来的电话吵醒，催促你马上赴约。你还没睡够，困得睁不开眼，迷迷糊糊地找各种借口推托。你经常这样，这对朋友来说已经是家常便饭了，她今天不打算吃你这套，坚决要你出门。

　　你不情不愿地起床，准备刷牙洗脸，发现自己已经好几天没洗头，头发脏得可以榨油了，于是顺便打开淋浴洗了个澡。你一直如此，什么时候出门就什么时候洗头。

　　洗完澡，你照了照镜子，看见你的黑眼圈又深了许多，眼周细纹也多了好几条。第一次发现自己长了眼纹时，你焦虑又恐慌，四处求医问药，买遍了各种牌子的眼霜，不明白年纪轻轻的自己为何这么早就有了象征衰老的皱纹，身边人告诉你：因为你老熬夜啊，你不长眼纹谁长？不调整作息，神仙牌的眼霜都救不了你。

你明白熬夜不好，尝试过很多次调整作息，可无论使用哪种办法，白天半死不活的你，一到夜晚，就会马上变得精神抖擞。灵感、灵魂、灵气通通只在夜晚出现，天一亮就没了影。甚至有时候，即使你已经困到神志不清，还是坚持抱着手机不闭眼，好像得了强迫症般，觉得早睡就亏了。

如今你已经习惯了自己的黑眼圈和眼纹，学会了与它们和谐共处，眼霜慢慢也懒得抹了。

打开衣柜，你开始挑选出门要穿的衣服，但没有一件令你满意。你有些焦躁，懊恼自己不该因为懒得逛街就老在网上买衣服，网购来的衣服不是尺寸不适合，就是质量不行，还有更多的 —— 尺寸合适，质量也没问题，可穿在你身上就是不好看。

因为你越来越胖了。不运动，不锻炼，在电脑面前一坐就是一整天，零食、泡面吃了一箱又一箱，又没有被上帝眷顾的吃不胖体质，你不胖，谁胖？

蝴蝶臂、水桶腰、扁平臀，曾经引以为傲的小细腿也渐渐粗壮，更别提原本就没什么优势的大饼脸了。硬要从你身上找个优势的话，也只剩下胸大了。然而你心里清楚，你的胸部之所以大，不过是因为你肉多而已。而且你平时不注重保养，导致胸部早早就开始下垂，毫无美感。所以，胸大，对你来说，除了让你穿衣服更显胖外，没有任何作用。

你一泄气：算了，反正是去见朋友，又不是见情人，打扮给谁看？于是随便穿了一件便出门了。

你没有化妆，因为你永远搞不懂别的女孩是怎么把她们的眉毛修出好看的形状，怎么把眼线均匀地填满睫毛根部，怎么把眼影、高光、腮红打得那么自然的。就算是照着网上的视频教程，你也完全做不到，手跟废了似的，好像天生跟化妆无缘。但粉底液之类的你还是会抹的，用来遮住你脸上那些因内分泌失调而长出来的痘痘。偶尔还会涂涂唇彩，不过通常会马上跟着食物被你一起吃进肚子里。

你匆匆赶到跟朋友约定的地方，发现今天并不是你想象中的闺密小聚——朋友带上了她的男朋友，还有一个陌生男青年。朋友悄悄告诉你，那个青年是她男朋友的铁哥们儿，年轻有为，温和谦逊，还是单身。你也是单身。这明摆着是一次为你量身打造的相亲。你单身二十几年，长年宅在家，不见人、不见光，日夜对着电脑，已经很久没有喜欢过一个人了，都快遗忘了心动的感觉。朋友都替你急。

你非常排斥朋友的这种行为，看似用心良苦，其实就是多管闲事。之前朋友也擅自介绍过几个对象给你，一个张口就问你介不介意婚后跟他父母住，一个嘲笑你这么大的人了还看动画片，还有一个在你朋友圈自拍底下评论"胸真大"，一度让你对恋爱和婚姻绝望透顶。但因为今天那个青年长得还不错，你决定暂时不生朋友的气。

虽然你饿了可以自己泡面、生病了可以自己买药、饮水机没水了可以自己换水、水管坏了可以自己修、电梯坏了可以自己扛着两大箱行李爬上楼，但没有人不想被爱，当你因为痛经蜷缩在被窝里发抖时，也曾渴望过有个人可以让自己依靠一下。这个人会给你温暖、给你激情，让你有动力减肥、化妆、早起，越变越好。

你曾相信缘分天注定，不需要刻意寻觅，该出现的时候自然会出现。于是你活活单身了二十几年，连个鬼都没出现。

现在，是时候主动踏出那一步了。

你在朋友的安排下坐到了青年旁边，青年冲你点头微笑，然后你猛然意识到——你完全不知道怎么跟异性打交道。你可以跟女性朋友从天南聊到地北，钩着女性朋友的脖子肆无忌惮地讲黄色笑话，到了异性面前却连个"你好"都说不出口。

情急之下，你低下头，装作玩手机。

青年礼貌地向你介绍自己，你鼓起勇气抬头看他，一不小心与他四目相对，你心里一惊，迅速移开目光，为了掩饰发烫的脸颊，你再次摆弄起手机。

你知道自己表现得太差劲了，不想让青年觉得你拒人于千里之外，试图给青年一个亲切的微笑，却因为太过僵硬变成了难看的苦笑。

于是你只好再次低下头，装作玩手机。

青年刚开始还很热情，积极寻找话题与你搭话，你"嗯""是啊""哈哈"地回应着，任谁看来都很敷衍。只有你自己心里清楚，不是故作矫情，也不是冷艳高贵，你只是真的不知道该说些什么。如果用手机和青年聊天，你可以把一个话题衍生成一百个和他聊到天荒地老，可现实中的你，却只做得到尴尬假笑。

后来，青年再也没主动开过口。

外形不突出，性格也不突出，没人会对这样的你一直热情。

聚会结束后，天已经很晚了，青年提出送你回家，被你条件反射地回绝了。天地良心，你一点儿都不讨厌青年，甚至还很有好感，他皮肤很白，声音好听，笑起来的样子很好看，每一处都讨你喜欢，可一想到要跟青年独处，你就紧张到快要窒息。

于是，像往常一样，你一个人走在回家的路上。

你开始回顾这一天的经历，后悔昨晚通宵熬夜，导致你今天的气色很差；后悔吃太多又不运动，身上的肉都快藏不住了；后悔没有好好打扮，脸上的痘痘都没遮住；后悔没有热情地回应青年，他讲的笑话其实很好笑；后悔拒绝了青年送你回家，两个人走走夜路或许会很有气氛。

然而回到家，一打开电脑，你便马上把这些抛到了脑后。你知道这样不行，这样不好，你会后悔，会羞愧。但最终，你还是选择继续通宵，继续发胖，继续好几天不洗头，继续加重痘痘、眼纹和黑眼圈，继续找各种借口推托朋友的约会，继续在喜欢的男生面前变成僵硬的怪胎，继续在清晨的第一缕阳光照进房间时关掉看了一夜的电视剧。

你说，你为什么没人爱。

- 完 -

客厅里的说话声

○ ○ ○

第一次听见客厅里传来说话声，是在某个深夜。

那日我与男友陈天因为琐事吵架，他突然用力给了我一巴掌，我的半边脸瞬间肿了起来。

我浑浑噩噩地回到家，趴在床上哭到了半夜。

就在我好不容易平复心情后，忽然之间，听见客厅响起了窸窸窣窣的说话声。

起初我以为是陈天过来道歉了，然而仔细一听，却发现是个女人的声音。

难道是客厅电视机传来的？

但我晚上根本没开过电视。

说话声还在继续，声音非常尖细，似乎在自言自语。

也不知哪来的胆子，我抄起床头用来防身的棒球棍，没头没脑地冲出了卧室。

客厅里空无一人，门窗紧闭，根本不可能有人进来。

那晚我翻遍了家里所有柜子、抽屉以及床底，确定哪儿都没藏人后，一时间不知是喜是忧。

如果家里并没有进贼，那么我听到的说话声究竟来自何处？

我只能猜想大概是隔壁邻居的声音，再一次确认门窗上锁后，重新躺回了床上。

刚躺下，客厅便再次传来了说话声，并且还伴随着令我发怵的窃笑。

可当我竖起耳朵想要听仔细时，说话声又自动消失了。

就好像，声音的主人知道我在偷听似的。

一定是我想多了。

人在面对未知事物时，总是会条件反射地安慰自己想多了。

仿佛只要不去多想，一切就不会发生。

然而第二天、第三天、第四天，客厅那令我毛骨悚然的说话声，几乎每晚都会准时响起。

第五天，我不再轻举妄动，而是故意闭着眼调整呼吸，装作一副熟睡的模样。

因为跟陈天还在冷战中，我并不想找他帮忙，只能靠自己。

静谧的黑夜，以及对未知的恐惧，让我的听觉变得无比灵敏。

我清楚地听见一个凄怨的女声在不停数数。

"第一块、第二块、第三块、第四块……"

这次的声音是如此清晰，毫不留情地提醒我，它的的确确来自我家客厅。

当她数到第八十四块时，声音戛然而止，取而代之的是非常缓慢的脚步声。

嘎吱，嘎吱，嘎吱。

脚步声由远及近，从客厅一点一点挪动到我的卧室，最后停在了门口。

我的后背骤然冒出冷汗，清楚感受到有一双眼睛正在隔着门板死死盯着我。

经历了漫长的死寂，幽怨的女声再次响起："我知道你在听。"

声音就在门后。

此时我从头到脚都已被汗浸湿，僵挺在被窝里一动也不敢动。第一天的勇猛早已无影无踪。

她分明是在跟我说话。

我用尽全力捂住嘴，不敢发出半点儿声音。

女声发出诡异的低笑："你骗不过我的。"

意识到鬼魂真实存在的震惊，以及生命受到威胁的恐惧，两者交织在一起，如同绳索一般紧紧勒住了我的喉咙。

我瘫在床上，死死屏住呼吸，似乎连心跳都变得缓慢起来。

第一天搬进这间出租屋，我就感觉异常阴冷，即使是炎炎夏日，屋内也泛着寒意。

那时我还暗自欣喜可以节省空调费了。现在才知道这屋子之所以清凉，原来是被鬼缠上了。

苦苦熬到天亮后，女鬼的气息终于消失。

我立刻跑去质问房东这屋子以前是不是死过人，却被对方三言两语搪塞过去，并且明确表示绝不可能退还租金。

从房东闪烁的眼神看来，估计他早就知道这房子闹鬼，所以才低价出租。我当初还图便宜交了年付。对方看我是个独居女性，断定我不敢把事情闹大。

如果我因此放弃租金搬走，岂不是让房东白白捡了便宜？

虽然不算巨款，那也是我自己辛苦打工赚来的血汗钱。

我打电话给陈天求助，他却嗤笑道："想和好就直说，编这种鬼故事来糊弄我，当我是三岁小孩？"

我挂断电话，赌气般地在这间房子继续住了下去。

每逢夜幕降临，客厅都会准时响起窸窸窣窣的说话声。

那个凄婉哀怨的女声每天都在数数，总会在数到第八十四块时戛然而止。然后重新开始数。

她尖细的声音从客厅钻进卧室，又从我的耳朵钻进大脑，日日夜夜折磨着我。

这么一折腾，我很难再睡个好觉。影响了白天的工作不说，脸色也愈发憔悴，黑眼圈一天比一天严重，如同被吸干了精气。

于是我咬咬牙，花钱在家里装了监控，只要拍下客厅里的女鬼，作为证据拿给房东看，便可以合情合理地要回租金。

恐怖片里都是这样演的，肉眼看不见的鬼魂，摄像头却能准确捕捉到。

晚上，我反锁住卧室的门，把脑袋蒙在被窝里，壮着胆子打开手机里的监控视频。

客厅一片寂静。

并没有什么异样。

等了不知多久，依然没看到什么，当我准备退出视频时，屏幕里蓦然出现一团黑影。

鬼影的轮廓一点一点在黑暗中显现出来，那是一个清瘦纤长的女人，虽然看不清她的五官，却能清晰感受到从她身上散发出来的强烈怨气。

我屏住呼吸紧盯着监控视频，看见那道鬼影在客厅站了一会儿，忽然开始往我所在的卧室缓慢挪动。

不是走过来，而是挪过来，或者说，拖过来。

根本不是正常人类走路的样子。

最终，鬼影停在了我的卧室门口。

一分钟、两分钟、三分钟，僵持了仿佛有一个世纪。

我以为会像前几次一样，她停留在门外，我蜷缩在被窝，熬到天亮后，她自然而然地消失。仿佛什么都没发生过。

然而这一次，伴随着咔嗒一声，我的心，骤然沉入深渊。

那是卧室门把转动的声音。

门锁这种东西，对鬼魂自然是无用的。

身上的睡衣早已被冷汗浸透，我死死盯着监控视频，眼睁睁看见那个鬼影从画面中消失，缓缓进入我的卧室。

嘎吱，嘎吱，嘎吱。

脚步声越来越近。

从隔着门板，到隔着被子。

那东西此时就站在我床前。

刺骨的凉意正在缓慢包围我。

我试图发短信向陈天求救，手指却因为剧烈颤抖而无法打出字。

突然响起一声低笑，近到仿佛就在我耳畔。

我僵硬地掉转视线，透过手机屏幕的亮光，看见了一颗人头。

它不知何时出现在了我身旁，长长的黑发在被窝里散开，正冲我微微咧起嘴角。

以往受到惊吓时，我总是夸张地尖叫出声，或是手忙脚乱地四处逃窜。

可那时的我，虽然浑身上下每一个毛孔都在打战，却怎么也动不了。喉咙发不出任何声音，四肢像被人点了穴，连根手指都抬不起来。

身体的每一处器官似乎都暂停了功能。

叫不出，逃不了。

头顶一凉，我身上的被子被猛地掀开，一具没有头的躯壳正直直站在我床边。

短短几秒钟，我的大脑已经为自己设想出无数种死法。

我迫切渴望自己能够两眼一翻直接晕过去，那就不用再面对这毛骨悚然的一幕。

然而随着室内气温骤降，我的神志愈加清醒，眼睁睁看见女鬼拎起床上的人头，装回了她自己的脖子上。

她喉咙里发出翻滚的咕噜声，隐隐传出几个字："第八十四块。"

我突然明白了她这些日子到底在数什么。

——她的尸块。

女鬼的身体看上去支离破碎，就像一个拼装娃娃。

我自欺欺人地闭上双眼，不敢与她对视。

直到听见她的脚步声渐渐远离卧室，我才慢慢睁开眼，看到地板上拖出长长一段黑红的血迹，一直延伸到门口。

我瘫软在床上，仿佛丢掉了半条命。

天亮后，我迅速打开视频，打算拿昨晚的监控录像去跟房东对质，却发现什么都没录到。

进度条从头拉到尾，只有一片黑。

我彻底绝望，正式决定换住处，那点儿租金跟性命比起来，不值一提。

再住下去，我一定会死。

然而一时找不出位置和租金都合适的房子。

与陈天恋爱后，他控制了我的所有社交，本就不多的朋友也渐渐与我疏远，以至于我现在根本找不到人求助。

我只能硬着头皮去找陈天，却在走到他家楼下时，亲眼看见他正亲密地搂着一个年轻女孩。

我转头就跑回了出租屋，又一次趴在床上大哭起来。

哭着哭着，忽然想起来这屋子闹鬼，我连忙擦干眼泪开始收拾行李，准备先去住酒店。

不知不觉收拾到了天黑，我匆匆拖起行李箱，一回头就看见了正站在卧室门口的女鬼。

她直勾勾盯着我，身上散发出令人起鸡皮疙瘩的阴冷气息。

我突然觉得心灰意懒。

就算我真的搬出去，跑到十万八千里，估计也逃不出这个女鬼的手掌心。

按照恐怖片的套路，鬼魂这种东西，一旦沾上，就怎么也甩不掉了。

既然如此，我何苦出去花钱住酒店？

还不如认命。

反正，早死晚死都得死。

一个刚经历男友劈腿的怨妇，最容易自暴自弃。

于是我打开行李箱，取出刚刚叠好的衣物，一件一件挂回了衣柜里。然后往床上一躺，玩起了手机。

女鬼愣了一下，似乎很困惑。

我默默等待她扑过来掐住我的脖子，或是撕烂我的肚子。然而半个多小时过去，当我再抬头时，发现女鬼已经不见了。

她并没有杀我。

为什么？

总之，我就这么破罐子破摔地在出租屋住了下去。

不知为何，之后很长时间女鬼都没再出现过。

我自然不会天真到以为她会就此消失。每晚临睡前，我都会克制不住地望向卧室门口，总觉得她就站在门外，与黑夜融为一体，隔着门板直勾勾地盯着我。

失眠越来越严重。

又一夜翻来覆去睡不着后，我终于憋不住，出声问道："你在吧？"

若是旁人看见这般情景，一定会笑我大半夜独自对着空屋子说疯话。只有我自己知道，在我家客厅里，正站着一个全身腐烂的女鬼。

过了半晌，没有任何回应。

我在黑暗中盯着卧室门："我知道你在。"

那晚我耗尽了毕生胆量，压制住庞大的恐惧，一门心思想要追问出结果。

不知过了多久，那道熟悉的女声终于从门外响起："怎么？不怕我了？"

听到她声音的那一刻，不知道为什么，我紧绷的神经居然一下子松懈了，甚至还长长地松了一口气。

我老实回答："当然怕，我都怕到好几个晚上没睡着觉了，失眠的滋味比死还难受，所以还不如直接摊牌，一次性将恐惧放到最大，后面也就无所谓了。"

门外的女鬼发出一声嗤笑："你并不是第一个看到我的，之前有个大学生，有一天晚上不小心看见我后，痛哭流涕地逃走了，再没回来过。"

原来之前的租客也见过鬼，我更加确定房东是在故意骗租金。

"人家毕竟还是个学生。"我暗暗惊叹自己竟然就这么跟女鬼聊起了天。

"你刚开始不也想搬走？人都一样，愚昧而胆小。"女鬼声音愈发森冷。

您死前难道就不是人？

我没敢这么问，而是解释道："请你谅解，毕竟没几个正常人敢跟鬼魂住在同一屋檐下。"

女鬼语气不悦："你以为鬼魂就想跟人住一起？若不是离不开这间屋子，我才懒得跟你废话。"

我恍然大悟："原来你被困在这里了？"

女鬼冷笑："没错，人死在哪儿就会被困在哪儿，只要出了这间屋子，我就缠不上你了。现在你是不是巴不得立刻搬走？"

我摇头："为了租金我也要继续住下去。"

大概是我的贫穷彻底让女鬼震惊了，她再也没开过口。

那一夜，我难得睡了个好觉。

虽然心中依旧残留着恐惧，但似乎没之前那么难熬了。因为我隐隐觉得，女鬼对我并没有恶意。

既然如此，干脆主动跟她搞好关系，毕竟我还需要在这房子里住很久。

之后，每到夜幕降临，我都要对着空气问一句："鬼小姐，你在吧？"

因为我知道，她只在晚上出现。

看电视的时候，我会对着空气讨论剧情。

吃饭的时候，我会对着空气认真评价口味。

刷到陈天朋友圈的时候，我会对着空气疯狂抱怨。

就这么持续了好几天，女鬼始终没理过我。

直到那晚，我刚躺到床上准备睡觉，忽然听见卧室门外的女鬼不耐烦道："你废话真多。另外，鬼小姐是什么莫名其妙的称呼？"

我忍不住笑了。

到底谁废话更多？

是谁前不久还每晚都在客厅发出窸窸窣窣的说话声？反反复复地从一数到八十四？

想到这个，我心口一堵。

虽然已经猜到答案，但我还是踌躇着问："鬼小姐，可以告诉我，你每天晚上是在数什么吗？"

女鬼笑得很诡异："好奇心这么重，要不要我亲自走到床前跟你聊聊？"

门把手立刻传来转动的声音。

随后又停顿了一下，似乎在等待我做出害怕的反应。

我从床上坐起，按住狂跳的心口："请进。"

虽然已经做好了十足的心理准备，但看到那个身影从门口缓缓挪动到床边时，我还是避免不了生出怯意。

但这一次我没有退缩，而是大着胆子迎视上去。

女鬼披散着长发，身体残破不堪，仿佛曾遭受过无比残忍的折磨。她浑浊的目光直直落在我身上，反复审视着我。

我也安静地看着她。

八十四块。

她绝不可能是自然死亡。

人在什么地方死去，鬼魂就会被困在什么地方。

所以，她是在这屋子里被杀的。

想到这里，我脱口而出："有什么我能帮你的吗？"

说完我有点儿懊恼，如果像电影里一样，她委托我帮忙寻找尸骨或者凶手，我该怎么办？我一个凡夫俗子，甚至不敢跟骗钱的房东吵架，真的能帮上她的忙吗？

气氛僵持了一会儿，女鬼才出声："你少说点儿废话就行。"

果然。

我对她而言一无是处。

我莫名失落，接着问："房东一定知道你的存在吧？"

女鬼冷笑："那老头明知道我的存在，还肆无忌惮地招租客进来，我烦透了吵闹的活人，所以每晚都故意在租客面前现身，看着他们惊恐万分地尖叫着逃走的样子，真是开心极了。"

"大家也只是想找个便宜地方住。"我叹了口气。

女鬼发出不屑的冷哼，从一开始，她就对所有人都持敌对态度。

我对她的故事愈加好奇，却不好意思问出口，毕竟直截了当询问一个鬼的死因，实在有点儿冒犯。

女鬼似乎会读心术，阴森森地笑："想知道我是怎么死的？"

我惭愧地点头。

女鬼故意弯腰靠近我，浓烈的血腥味扑面而来，我极力忍耐着没有后退。

她声音压得很低很低："先从手指开始，一根一根慢慢切掉，然后是胳膊、脚趾、腿，剁成许多截，最后是整颗脑袋，不过在切断脖子之前，他先把我脸上的皮剥了下来，就像在剥一颗西红柿。"

"全程他都想办法让我保持清醒，感受着冰冷的刀具划开我的血肉，剁开我的骨头，感受着自己被切成一块又一块。"

"八十四块，一些扔进垃圾桶，一些扔进下水道，还有一些被凶手自己吃了。他还真是咽得下去。"

她语气淡然，像在讲述一件再普通不过的小事。

我不忍心再听下去："别说了。"

女鬼嘲讽道："知道怕了？"

我摇头："不怕，但心疼。"

女鬼呆住："你有病吧？"

我直视着女鬼："凶手是什么人？为什么要那样对你？"

到底是什么深仇大恨才会对一个人做出那么可怕的事？

不，无论什么深仇大恨，都不应该做出那么可怕的事。

女鬼答道："因为我长得太漂亮了。"

我望着她那张阴气森森的脸，欲言又止。

她是在开玩笑？

女鬼咬牙切齿："生前很漂亮。"

我点点头："好的。"

可因为长得漂亮而被杀，是什么逻辑？

"因为长得太漂亮，所以被一个心理扭曲的追求者缠上了，不停跟踪、骚扰我，我为此报了八百回警，换了一个又一个住处，结果还是被他找上门杀掉了。"女鬼讽刺地笑起来，双手却在发着抖。

我心头一梗，忽然觉得无比压抑。

好冤。

因为这种事被杀，好冤。

她被生生剥掉了脸皮，被切成了八十四块。

没有扑朔迷离，没有阴谋世仇，就只是因为一个神经病。

我闷声问："那浑蛋后来怎么样了？"

女鬼漫不经心道:"早死了,畏罪自杀。"

"这么简单?"

"就这么简单。"

犯了那么不可饶恕的罪,居然只是轻飘飘地以自杀了结。

女鬼甚至连找凶手报仇的机会都没有。

畅快淋漓的报应与复仇,只存在于电影里。

受了那么多苦,最终,还被困在了这间屋子里。

与黑夜为伴,陷于无尽的孤独。

不过,既然凶手已经死了,那她为什么无法投胎?难道是还有什么心愿未了?

女鬼打断我的思绪:"所以你打算什么时候搬出去?"

我迷惘道:"为什么要搬出去?"

通过这次聊天,我心底已经没有一丝恐惧,更加不打算搬出去。

女鬼很恼怒:"你这女的好厚脸皮。"

我傻笑:"有我在这里陪着你不好吗?我们都是女孩子,相处起来也方便些,而且你把租客都吓跑了,如果以后再也没人敢住进来,彻底荒废了这间屋子,你不会觉得孤独吗?"

女鬼语气鄙夷:"孤独那种无聊的情绪只有活人才会有,鬼魂没有。"

我抱着枕头:"那就算是你陪我吧,我刚失恋,最怕孤独了。"

女鬼彻底无语:"请问你还记得我是鬼吗?麻烦你有点儿危机意识,毕竟你勉强也算漂亮,可别哪天像我一样被变态找上麻烦。"

竟然被一个女鬼夸了漂亮,我忍不住翘起了嘴角。

然后我认真凝视着她:"鬼小姐,长得漂亮并没有错。"

女鬼皱眉:"什么?"

我继续说:"他之所以干出那么丧尽天良的事,不是因为你长得漂亮，也不是因为你危机意识差，就只是因为他太坏了，一切都是他的错。"

女鬼愣住，久久没有开口。

我冲她笑："对了，我叫小玉，你叫什么名字？"

女鬼声音变轻："名字对我来说已经没有意义了。"

我没有再追问："那我就继续叫你鬼小姐，听起来很可爱。"

女鬼也笑了，却是带着自嘲之意："原来还会有人夸我可爱。"

我打了个呵欠："不知不觉都凌晨了，我白天还得上班，先睡了哦，明晚再聊。"

女鬼皱起眉："谁要跟你明晚再聊。"

这一晚，我卸下了所有的防备和不安。在外人看来可能无比离奇、荒谬，然而我却真实地，不可思议地，对一个女鬼产生了怜悯之心。

因为，她也曾跟我一样，只是一个普通的女孩子。

之后我便跟女鬼迅速熟识起来。

当然，只是我单方面觉得跟她熟而已。

因为我每次找女鬼聊天时，她都是一副极不耐烦的态度："你没有朋友吗？找她们絮叨去。"

当我老老实实闭嘴时，她又冷冷出声："怎么不说话了？"

让我哭笑不得。

只要天一黑，我就会条件反射对着空气问一句："鬼小姐，你在吗？"

女鬼每次都会在现身后瞪我："你问上瘾了？"

每天晚上跟女鬼聊会儿天，似乎已经成了一种习惯。

要么是——

"鬼小姐，今天同事又把自己犯的错推到我头上了，领导把我叫进办公室训斥了很久，我连为自己辩解一句的胆子都没有。唉，真讨厌这样的自己。"

"把错误推给别人的恶毒同事，不分青红皂白的冷漠上司，不去讨厌这些人，却非要讨厌最无辜的自己，平时大道理一套一套的，怎么轮到自己就这么蠢？"

"谢谢你的安慰，下次我一定会争取为自己辩解的。"

"谁安慰你了？"

要么是——

"鬼小姐，今天是我生日，我订了一个又大又漂亮的奶油蛋糕，你陪我一起吹蜡烛吧！"

"你人缘是差到什么程度了才会找个女鬼陪自己过生日？多出去交交朋友行不行？省得天天赖在家里烦我。"

"鬼小姐就是我的朋友啊。"

"你在说什么疯言疯语？"

要么是——

"鬼小姐，这么多天过去了，陈天还在跟我冷战，连一条短信都没给我发过，我们应该算是彻底分手了。这么多年的感情，说散就散了。"

"先是给你一巴掌，接着又与其他女生亲密，你是自轻自贱到了什么地步，才会去留恋这种男人？"

"是啊，我真贱。"

"咳，他更贱，你比他好一万倍。"

一万倍。

多么令人欢呼雀跃的一万倍。

随着日积月累的相处，我慢慢摸透了她的脾性。虽然女鬼看似冷酷无情，实则内心无比柔软。

就好像一个陪伴在我身边的朋友。

不，好朋友。

这天，我仔细打量女鬼："鬼小姐，感觉你的外表没有刚开始那么瘆人了。"

女鬼故意朝我伸出长长的指甲："哦？是吗？"

我好奇道："你可以变回正常形态吗？"

女鬼语气变凉："不可以，老娘怨气未消。"

我立刻精神起来："要怎么消？"

女鬼戏谑道："想办法温暖我，感化我。比如，给我一个拥抱。"

她挑衅地看着我，似乎断定我没那个胆子。

此刻女鬼长长的黑发与血混到一起，凝结成块状，周遭散发出无比刺鼻的血腥味。

我起身，毫不犹豫地扑过去抱住了她。

刚才还一副看戏姿态的女鬼，顿时呆在了原地。

她身上冷极了，我加大力气搂紧她："鬼小姐，这样会温暖一点儿吗？"

女鬼语气愕然："你真的有病。"

随后她的脑袋猛地一歪，直直摔在了地上，滚了好几圈最终停到我脚边。

——她的头，被我抱掉了。

我尖叫着捧起那颗脑袋装回到她脖子上，花了好几秒才对准血肉模糊的切口。

女鬼冷冷瞪我："下次动作轻点儿。"

我点点头，随后情不自禁笑出了声。

哪怕只是一点点微小的力量，我也希望能帮到她。

渺小如我，无法像电影主角一样，追查真相，勇斗凶手，化解女鬼遭受的所有冤苦。我唯一能做的，只有每天都给她一个拥抱。

女鬼总是很介意："你衣服上沾到血了。"

我摆摆手："扔进洗衣机里转一转就好。"

从脸上没有一处完整肌肤，到渐渐露出白皙的面容。

从无数块腐肉组成的身体，到渐渐显出纤细的曲线。

虽然并没有完全恢复正常，但女鬼在一点一点变回人类的模样。

我甚至从她的嘴角看到了淡淡的笑意。

不是嘲讽，不是冷笑，而是真正的微笑。

一切都在变好。

然而命运无常，欢喜背后必有悲伤。

那晚陈天突然找上门，一身酒气地向我求复合。

前不久还令我牵肠挂肚的男人此刻就站在我面前，我心底却不再有一丝波澜。

陈天一改常态，软磨硬泡地向我道歉，解释上次那个女孩只是关系比较好的同事。

比起对方到底有没有劈腿，我更担心他会发现女鬼的存在，于是把他堵在了门口。

陈天沉下脸："你是不是在家里藏男人了？"

不等我回答，又一个巴掌甩向我的脸。

他用力推开我，大踏步闯进客厅想要捉奸，却只看到一个曼妙的背影正坐在沙发上。

纤细的腰身，漆黑的长发。

陈天刚才的怒气瞬间消失，语气变得柔和："这位小姐，请问你是哪位？"

背影没有回答他。

似是被迷惑般，陈天一步一步走上前去，伸手拍向她的肩。

美丽的背影回过头，露出了一张没有人皮的脸。

陈天倒吸一口气，连连后退。

脸颊火辣辣地痛，我站在原地一动不动。

陈天难以控制地冲我吼："你疯了？怎么一副若无其事的样子？你看不到那女人流血的脸吗？"

我喃喃道："她是鬼小姐，我的好朋友。"

陈天表情霎时变了，就像看到了两个怪物。他浑身都在抖，连滚带爬地想要逃走，然而大门似是被无形的物体固定住了，怎么都打不开。

女鬼缓缓走向陈天，每踏出一步，地板都会染上一摊泛黑的血。

把陈天逼至墙角后，她笑眯眯地问："你刚才是用哪只手打的小玉？"

陈天吓得瘫软在地，早已失了言语。

"不回答？那我就随便挑一只了哦。"

咔嚓。

我听见了骨头断裂的声音。

陈天的号叫声瞬间响彻整间屋子，他疯了般冲进厨房，抄起一把菜刀，颤颤巍巍地挥向女鬼。

女鬼叹了口气："不自量力。"

下一秒，陈天便像是被控制了神志般，举起那把菜刀，干净利落地砍向了他自己。

鲜血四溅。

剧痛让陈天猛地清醒过来。

撕心裂肺地号叫后，是痛哭流涕的求救。

"救救我！小玉，求你！救救我！"

曾经在我心中无比强大的陈天，此刻毫无尊严地趴在我脚下，死死抱住我的腿，眼泪与鲜血不断蹭到我的拖鞋上。

女鬼笑得很开心，长长的指甲缓缓伸向陈天心脏的位置。

我连忙跪在地上："鬼小姐，不要杀他。"

客厅的灯骤然熄灭。

四周顿时陷入死寂般的黑，带着浓烈血腥味的森冷气息弥漫了整个客厅。

女鬼仍在笑，声音疯狂又扭曲："为了这么一个垃圾，你竟然下跪求我？"

她生气了。

比任何时候都严重。

双手克制不住发着抖，我依然重复那四个字："不要杀他。"

凉入骨髓的寒意霎时包围了我，女鬼的瞳孔中缓缓淌出血，如同幽怨的泪。

"那你替他死好了。"

她的头发越来越长，像蛇一样缠绕到我脖子上。

脖颈处传来无比压抑的紧缚感，我僵住后背，瞬间动弹不得。

一旁的陈天趁机从地上爬起，看都没看我一眼，打开门仓皇逃走。

女鬼讥讽道："瞧，那就是你用命保护的男人。"

才不是为了保护他。

我艰难地开口："鬼小姐，你忘了吗？我还要感化你呢，我不能眼睁睁看着你杀人，让你变成失去心智的恶灵。"

女鬼直直望着我，似是听到了天大的笑话："不好意思，我从一开始就是恶灵。"

我的心蓦然沉下去。

"你不是很好奇我为什么无法投胎吗？"女鬼的身体又开始腐烂生脓。

"因为我好恨，真的好恨。我怎么也想不通，为什么偏偏是我？为什么偏偏是我遭受了那些凌辱和折磨？我究竟做错了什么？我明明已经够小心谨慎了，我报警，我随身带刀，我到处换房子，我向邻居、朋友求助，我那么努力地自救，可为什么还是逃不过？每一天，每一天，我的身体每一天都要经历一遍被切成八十四块的痛。即使肉体陨灭，化作鬼魂，疼痛还是无休无止。"

缠绕在我脖子上的头发开始缓慢用力，我的呼吸越来越艰难。

"凶手死了又怎么样？就算他在我面前挫骨扬灰，也化解不了我心中一丝一毫的怨恨。我要的，是全世界陪我一起死。"

女鬼冰凉的指尖缓缓划过我的脸。

"你太天真了，竟然以为随便几个拥抱就能轻易感化一个厉鬼？你每跟我聊一次外面发生的事，我心中的恨意都会加深一千倍、一万倍。凭什么你可以去工作，去逛街聚会，去谈恋爱，我却只能被困在这间屋子里，拖着一具腐烂发臭的躯壳，日复一日地待在黑暗中？我也曾拥有过光明的未来，我也曾鲜活亮丽地存在过，然而现在，我只是一个丑陋不堪的厉鬼。"

地面与天花板源源不断渗出血，一滴接着一滴砸落到我头顶，脚底一片湿乎乎。

"感化我的唯一办法，就是去死。"

女鬼的发丝仿佛变成了锋利的刀，缓缓划开我脖颈上的皮肤。

"所以说，你危机意识真的很差，善良用错了地方，那就是愚蠢。"

神志渐渐模糊，我挣扎着伸长胳膊，无力地抱住女鬼："辛苦了，鬼小姐。"

我大概真的被迷惑心智了。

这个充满怨气的女鬼正打算杀了我，我却只为她刚才那番自白感到难过。

即便快要疼晕过去，我也想给她最后一个拥抱。

缠绕在我脖子上的头发一点一点松开。

女鬼任由我抱着，轻声道："你是真的……有病。"

我点头："是，我又蠢又有病，身边一个朋友都没有，男友就是我的全世界，即使他有着变态的控制欲，即使被他狠狠扇了耳光，即使亲眼看见他搂着别的女人，也还是抱有希望跟他和好，直到我遇见了鬼小姐。从怕你怕得要命，到每晚都忍不住想找你聊天，以前我总是惧怕下班后一个人回到冷冷清清的家，如今却会在下班途中一蹦一跳赶回家，比起鬼小姐，反而是我更怕寂寞。幸运的是，在我最绝望无助的时候，一直有你陪在身边。你想要我的命也无所谓，将来我们两个女鬼做伴，偶尔冒出来吓吓租客，应该挺有趣的。"

客厅的灯闪了几下，最终恢复光明。

脚下的血泊一点一点消失，化为虚无的空气。

"省省吧，你心中毫无怨气，死了也变不了鬼。"女鬼还是一副尖酸刻薄的态度。

然而她身上的腐肉却慢慢复原，露出了一张白璧无瑕的脸。

这是我第一次真正看清她的面容。

清丽而又明媚。

以及褪去所有戾气后的纯净。

如果她没有死去，如果我们在别处相遇，我一定会忍不住抬头看她，心中感叹：真是像仙女一样的漂亮姐姐啊！

也或许，在过去谁都不曾留意的某一天，在地铁上、在咖啡店、在人群中，我们早就于冥冥中相遇过。

只是那时我们擦肩而过，各自淹没于茫茫人海。

我弯起嘴角："鬼小姐真漂亮。"

女鬼声音清冷："嫉妒了？"

我用力摇头："不，很喜欢。"

女鬼瞬间噎住。

我小心翼翼地拽拽她胳膊："所以，我成功感化你了，对吗？"

女鬼翻着白眼："就凭你那段做作的煽情发言？"

我笑起来："归根结底，还是因为鬼小姐你本质并不坏，比如这些年你也只是试图吓走这间屋子的租客，即使心中带着怨气，你却始终没有真正伤害过任何人，鬼小姐，你其实很善良！"

女鬼皱眉："我刚砍断你前男友的手。"

我笑得阳光灿烂："他不是人。"

女鬼点点头："也对。"

我无比欢喜："真好，以后每天都能见到鬼小姐漂亮的样子了。"

女鬼却沉默下来，轻抚我脖子上刚才被勒出来的伤痕，眼里充满歉疚，以及，悲伤。

恍惚中，我发现女鬼的身体似乎隐隐有些透明，瞬间意识到了什么。

当一个鬼魂被彻底感化后，便意味着她会停止在人世间徘徊，去投胎转世。

我与她，再也没有以后了。

不过，这样挺好。

女鬼再也不用被困在这间屋子里，再也不用拖着一副腐烂的躯壳，再也不用天天承受被分尸之痛。

这是再好不过的结局。

气氛陷入短暂的沉默。

女鬼终于开口："别一副似哭非哭的可怜样，十八年后还会再见的。"

我愣了愣："啊？"

女鬼语气惬意："我不喜欢欠人情，为了报答你，我会去投胎成绝世帅哥，十八年后白送你一位极品男朋友，所以别再瞎了眼留恋陈天那种货色了。"

我更加迷茫："可十八年后我都四十多岁了。"

女鬼点点头："不错，四十多岁应该有不少积蓄了，正好可以包养投胎成小白脸的我。"

到底是谁报答谁？

我咳了咳："您还是投胎成自己吧。"

女鬼皱起眉："绝世帅哥你都不要？"

我语气认真："只要鬼小姐。"

女鬼依旧皱眉："你是单纯抠门儿不想包养小白脸吧。"

我笑着摇摇头，伸手抚平她紧皱的眉头："这么漂亮的一张脸，不要再皱眉了。"

女鬼表情舒缓下来，与我四目相对："无论投胎成什么，我都一定会找到你。哪怕变成一朵花，我也会开在你家院子里。"

心中忽然照进一束光，可以温暖很久很久的那种。

但我还是提醒道："我家没有院子。"

女鬼黑着脸："那就努力赚钱买！"

我点点头："好。"

"还要交很多很多朋友。"

"好。"

"要跟靠谱的人谈恋爱。"

"好。"

"被欺负后要知道反击。"

"好。"

"未来重逢的时候，我想见到一个开心幸福的小玉。"

我用力点头，伸手钩住她的小拇指，露出大大的微笑。

没有哭哭啼啼，没有悲痛欲绝，就好像我们明天还会再见面一样。

入夜，我像往常一样躺进被窝里，对着卧室门问道："鬼小姐，你在吗？"

这一次，门外的女鬼没有任何不耐烦，而是无比温柔地回应道："嗯，我在。"

那是她跟我说的最后一句话。

我闭上眼，等待未来的降临。

从此，客厅里再也没有传来说话声。

- 完 -

我遇见了一个变态

○ ○ ○

- 上 -

半夜起床上厕所，发现客厅沙发上正坐着一个陌生男人，跷着个二郎腿，惬意地望着我。

我一时忘了尿意，呆站在原地与男人四目相对。

男人自我介绍道：抱歉，我是一个以杀人为乐的变态，你很倒霉，今天恰好被我选中了。

我转身进了厕所。

撒完尿，我坐在马桶上沉思片刻，然后照照镜子，整理一下仪容，走到变态身边坐下。

我：是这样的，我正好也不想活了，只是因为太尿，一直没敢付诸行动，对于您的到来我感到十分荣幸。在您动手之前，能不能给我一点儿时间写封遗书，好歹活了二十几年，不能说走就走，总要给亲朋好友一个交代，还得选一张满意的自拍作为遗照，不然我父母一定会把我的证件照搬上灵堂的，那我真是死不瞑目了。还要删删微博，我死后，一定会有各路网友前来评论里点蜡烛，万一被他们看到我那些少儿不宜的微博内容，实在有失体面。

变态：……

我将脖子伸到他的刀前：算了，猜也知道您不会答应的，还是直接动手吧。

变态却从沙发站起来：我不想杀你了。

我：……

变态：我是一个以杀人为乐的变态。你知道什么叫变态吗？就是跟正常人不一样，就是嗜血、狂暴、残忍、凶恶，看着一个个因恐惧而扭曲了面孔的人类死在我的刀下，我会有种疯狂的快感。而你的脸上没有一丝恐惧，甚至还渴望着死亡，我杀了你岂不就是在做慈善？老子又不是观世音菩萨。

我拽住变态的胳膊：您这是逆反心理，青春期少年才会有的，咱们都是成年人了，做事要言而有信。

变态：请你自重。

看样子他是下定了决心不杀我，而我的死亡热情却已经高高燃起，事到如今只能靠自己了。于是我拉开阳台窗户，刚准备往上爬，却被人猛地拽了下来。

我：你怎么还没走？

变态：作为一个变态，最见不得别人好，你那么想死，我偏不让你死。

我：……

变态：你为什么想死？

我：现在是要给我做心理辅导吗？

变态：反正我也无聊，你讲讲吧。

我叹了口气：觉得累。

变态：具体哪方面？

我：你好奇心很重呢。

变态：少废话。

我叹了口气：活着就是在受苦。生活压力、工作压力、人际压力，种种压力堆积在一起，已经快把我压垮了。一事无成也就罢了，还那么在意别人的眼光，无比惧怕自己被淘汰，小心翼翼地经营着每一段关系，结果身边朋友却越来越少，就连亲生父母也嫌弃我没用。这个世界上没有任何人喜欢我，就连我也不喜欢我自己。每天早上起床后看到镜子里的自己，我都发自内心地厌恶与痛恨。身边每个人都在给我施加压力，结果最终连我也开始给自己施加压力。

变态：那为什么不去杀掉那些给你施加压力的人？

我：不是所有人都像您那么有本事。

变态：要不，我帮你把他们杀掉？

我立刻握住他的手：真的吗？

变态：做你的春秋大梦吧，跟你开个玩笑而已。老子又不是观世音菩萨。

我：……

我再次往阳台上爬：那请您不要再阻止我自杀了。

变态又把我扯下来：我不允许有人在我面前擅自结束自己的生命。

我：这是什么霸道总裁式的台词吗？

变态：你必须给我去上班、社交、谈恋爱，被工作与人际关系摧残，被无穷无尽的失恋折磨，被不可抵挡的衰老侵蚀，被抛弃、被淘汰、被嘲讽，痛苦又绝望地活下去，这样才合我意。

我：你真是顶级变态呢。

变态：我会每天监视你，绝不让你自杀成功，就算你把自己给分尸了，我也会一块一块拼回去。

我：……

变态：晚安。

- 中 -

刚挂断男友的电话，变态就出现在了我的床边。

我：好久不见，您又来了啊。

变态：谈恋爱了？

我羞赧一笑：嘿嘿，他是我的初恋。

变态：呵。

我：对了，我最近还升职了，涨了两千块钱工资呢！

变态：两千块钱就把你开心成这个鬼样？

我：我发现只要心态一好，整个人就讨喜多了，连原本不怎么熟的同事都愿意约我出去玩了。

变态：那是因为你升职了，对方想巴结你而已。

我：总之，我现在超级无敌开心！真的很庆幸那个时候我没有自杀，否则现在拥有的一切都不会出现。

变态掏出刀：抱歉，我现在必须杀了你。

我：……

变态：作为一个变态，最见不得别人好，你现在那么开心，我当然要让你死。

我露出恐惧的眼神：不要！求求你不要杀我！

变态收起刀：好假的眼神，好假的语气。

我：……

变态：你是故意伪装出幸福快乐的样子，借此刺激我动手杀你吧？

我：没有啦，我真的谈恋爱、升职、交到朋友了呀。

变态：我刚刚听见你跟男友吵架了。这世上根本没有完美无缺的恋人，恋爱会激发出人类内心深处的所有缺点，敏感、多疑、焦虑，各种负面情绪都会在恋爱过程中一点一滴暴露出来，何况你本身还是一个畸形缺爱的人，就算你可以委曲求全隐忍对方的缺陷，对方也不会那么善良地去宽容你，你们迟早会闹分手，老死不相往来。

我：……

变态：至于升职，意味着你即将面对比之前庞大数倍的工作压力，做小员工的时候偶尔还可以偷偷懒，升职后你却不能有一丝丝懈怠，因为会有无数双眼睛虎视眈眈地盯着你，审视着你，嫉妒着你，讥讽着你。看似涨了两千块钱的工资，实则多了两千万倍的焦虑与紧张。有野心的人会继续往上爬，而你这种脆弱的人只会被慢慢吞噬，最终失去一切。

我：……

变态：而那些新交的朋友，可曾有一个了解真正的你吗？你陪他们吃饭、喝酒、唱歌，附和着他们欢声笑语，心中却比以往更加疲惫与落寞，你害怕孤独，但更害怕戴上面具去扮演一个努力讨人喜欢的小丑。因为他们只是希望你能跟他们一样，而不是真的在乎你这个人。大家各自都有烦恼，谁也无暇去理解你。

我：……

我：您不去做心理医生真是可惜了。

变态：看见你这么痛苦我就放心了。

我摇了摇他的胳膊：真的不能杀了我吗？人家遗书都准备好了呢。

变态：想得美。

我在床上摆出诱惑的姿势：来嘛，我这么一条鲜活娇嫩的生命，你真的不想动手破坏一下吗？比如砍掉我的四肢，割掉我的脑袋，掏出我的脾脏？

变态：我更想看到你被生活折磨到崩溃的样子；被领导痛批低头不敢回嘴的样子；加班到天亮犯低血糖的样子；没赶上最后一班地铁原地跺脚的样子；通宵两夜做出来的策划案被一口回绝的样子；发现男友背着你跟年轻小姑娘搞暧昧的样子；深夜躲在被窝里默默流泪的样子，每一样都很可爱。

我：你果然时刻都在监视我呢，真好，再艰难的时候也有你陪着。

变态：……

我：好了，我现在要躲进被窝里哭一下了，方便帮我关一下灯吗？

长久的沉默后，头顶的灯终于被熄灭，四周的一切都陷入黑暗中。

我用被子蒙住脸：谢谢。

变态：晚安。

- 下 -

在我拆快递的时候，变态再次出现了。

我：又想我了？

变态：你在拆什么？

我：零食。

变态打开快递箱，看见了一堆炭。

我：最近降温了，想取取暖。

变态：很好。一个无人问津的独居者在家里烧炭自杀，估计半年内都不会有人发现你的尸体。

我：是的，我分手了，也辞职了，彻底远离了所有社交。如果我死了，除了你，没有一个人会知道。

变态：乐观点儿，说不定你的邻居会知道的，毕竟腐烂的尸体很臭。

我：对了，辞职后我就出去旅行了，因为大家都说旅行可以净化心灵。我把自己这些年所有的积蓄全拿了出来，花了一个多月的时间，去了好几个网上评分极高的城市。

变态：感觉怎么样？

我：只想骂娘。除了走路就是排队，到处都是人山人海，又热又晒，连个能坐下来休息的地方都找不到，想吃顿饭还要排两个多小时的队，岁月静好的风景区全是游客在拍照。上班只是精神折磨而已，旅行却是精神与肉体的双重折磨，一天下来腿都快断了，根本就是花钱买罪受。

变态：你这个人负能量真的很重。

我：彼此彼此。

变态：……

我：跟我讲讲你的故事吧。

变态：我没有故事。

我：让我猜猜看。你一定从小就缺失家庭温暖吧，生活中想必也没经历过什么美好，不然也不会成长为一个变态。因为你从来没有体会过什么是亲情、友情与爱情，所以对别人的示好总是带着抗拒与敌意，你嘴上说自己享受杀人带来的快感，其实只是想在这个抛弃你的世界寻求一丝存在感罢了。

变态：抱歉，我父母健在，家庭和睦，从小成绩优异，事业一帆风顺，朋友众多，并没有遭受过任何打击，我就只是一个天生的变态而已。要知道，有时候变态就只是变态，没有任何理由的变态。你还是管好你自己吧。

我：……

变态：你哭什么？

我：挺可笑的。我曾经以为是各种压力堆积在一起，压垮了我的神经，才让我那么想死。可现在我明明已经远离所有压力了，我这么自由，这么轻松，这么无拘无束，应该比任何人都幸福快乐才对啊，可我竟然还是觉得活着毫无意义。每天重复一样的日子，所有美好终将逝去，再炽热的爱恋也会变淡，那些别人口中精彩好玩的事与物，对我而言只有无趣。我刚刚才意识到，原来自己只是单纯想死而已，没有任何理由地想死。因为活着，实在太无趣了。

变态：你哭起来的样子很丑。

我：难道我不哭的样子就不丑吗？

变态：算了。

我：什么？

变态：去选一张最好看的自拍照吧。

我开心地跳起来：我可以抱你一下吗？

变态：不要得寸进尺。

我只好乖乖去挑起了自拍照。

有过生日的我，吃着棉花糖的我，剪了新发型的我，穿着新裙子的我，眉毛画得很烂的我，站在景区大汗淋漓的我，冲着镜头笑容灿烂的我，努力想要展示自己最可爱一面的我。

我轻轻叹了口气。

变态：后悔了？

我：没有，只是觉得每一张都太可爱了，难以抉择。

变态：就那张傻笑的吧。

我：好，听你的。

我特意洗了头发，认真化了妆，换上最漂亮的裙子，在他面前转了一圈。

我：我漂亮吗？

变态：一般。

我：……

变态：还行。

我：我知道你为什么突然改变主意了。

变态：说说看。

我：因为变态就是嗜血、狂暴、残忍、凶恶，必须没有任何软肋，然而你已经有点儿喜欢我了，这对一个变态来说是致命缺点，所以你必须忍痛除掉我。

变态：又在做什么春秋大梦。

黑夜早已降临，而我再也不用面对乏味的明天。

我靠近他冷冰冰的脸：这次换我对你说。

变态：什么？

我笑了笑：晚安。

- 完 -

总裁与灰姑娘

○ ○ ○

婊子。

别人经常这么评价我。

讲道理，还挺符合的。

毕竟我从二十岁开始就跟顾沛在一起了。

作为一个妖艳的情妇，被骂几句婊子再正常不过。

事实上，顾沛只比我大七岁，标准的富二代，长相俊美非凡。

这也是我当初答应跟他交往的重要原因，试问，谁能拒绝一个年轻英俊的富二代？

可以住帅哥的别墅，可以跟帅哥上床，还可以尽情刷帅哥的卡，我时常觉得自己上辈子一定是拯救了宇宙，才会碰到这等好事。

开心到就连做梦都会笑出声。

至于顾沛到底喜不喜欢我，不重要。

有钱人的世界太复杂，金钱背后掺杂着无数的利益与秘密，看似光鲜亮丽的富家子弟，谁知道私底下有没有经历过什么钩心斗角、尔虞我诈、你死我活之类的心理阴影。

所以顾沛性格非常怪异，说他纨绔吧，可人家又是个事业有成的现任总裁；说他优秀吧，他又可以抬手就轻飘飘地毁掉一个员工的前程。

我好奇地追问他原因，他的语气十分惬意："因为那人走路的姿势很讨厌。"

吓得我那阵子经常对着镜子观察自己的走路姿势，生怕有一天惹他生厌。

谁也无法走进顾沛的内心深处。

我只知道他很反感跟异性打交道，每次碰上热情似火的追求者，他的表情都像吞了苍蝇，充满厌恶与阴沉，仿佛恨不得活埋对方。

不过他需要一个女伴，陪他参加各种上流宴会，陪他应付各种商业伙伴，以及给他暖床。

因此他找上了我。

清纯貌美的女大学生就这么落入了他的魔爪，一天一天沦为别人口中的婊子。

我也曾怀疑过他会不会是同性恋，故意拉我当幌子，虽然我这人毫无原则可言，但还是不太愿意做同妻的。

后来，见识到了他超强的床上技术，几乎每晚都要把我折腾得死去活来，我便打消了疑虑。

确定了关系后，我便住进了顾沛其中一套别墅里。

起初我以为这位爷只是心血来潮，没事找个女大学生玩玩，顶多一年就腻了，没想到我在这栋别墅里一住就是好几年。大学毕业后，顾沛甚至还直接让我去公司做了他的秘书。

霸道总裁与俏秘书。

在外人眼里，顾沛完全死心塌地爱上了我。

然而私底下，他曾不止一次提醒我，老老实实把他当成金主，千万不要对他产生任何情愫，否则下场会很惨。

他倒是挺自恋的。

只要能刷他的卡，其他我都无所谓。

我没什么难言之隐，什么身负重债，什么吸血父母，什么"扶弟魔"，全都没有。

就只是单纯贪财而已。

购物旅行，及时行乐，是我的人生终极目标。

因为正好长得还不错，所以正好被顾沛看上了，仅此而已。

这些年我尽职尽责地扮演好情妇的角色，对他百依百顺。他想让我扮清纯，我就是超凡脱俗的古墓小龙女；他想让我扮妖艳，我就是魅惑众生的天下第一名妓。

顾沛还很喜欢吃我做的菜，明明家里一大帮厨子、用人，他却每次都命令我下厨。

比起情妇，我更像个厨娘。

当然，活儿也不是白干的。每做一次饭，他都会往我卡上打进长长的一串数字。

反正不亏。

二十三岁那年，我刚刚进入公司工作，表面上是总裁秘书，其实每天就负责给顾沛端茶倒水，偶尔坐到他腿上一边摸他一边看他办公。

没多久，我从员工口中得知，顾沛即将跟某位富豪千金订婚了。

我并不意外，顾沛这种身份，迟早有一天是需要商业联姻的。

他已经三十岁了，是该成家了。

当晚，跟顾沛一起泡在大大的浴缸里，我随口问："顾总，你未婚妻漂亮吗？"

顾沛贴近我，缓缓勾起唇角："吃醋了？"

我立刻摆正身份："哪敢。"

他用指腹轻轻摩擦我的耳朵："宝贝，希望我结婚吗？"

他经常叫我宝贝，虽然恶俗，但他声音低沉、有磁性，无论叫什么都很好听。

鬼使神差地，我回了一句："我不想做小三。"

顾沛笑着吻向我："那就不结了。"

我愣住。

浴缸里溅起许多水，喷洒到我脸上，与我眼角滑落的泪融在了一起。

那一天，我对他心动了。

尽管我每天都在提醒自己，不要爱上他，千万不要爱上他，可我还是爱上了他。

顾沛真的没有结婚。

我为此感动了好一阵子，比往常更加殷勤地伺候他，哪怕他在板着脸凶我，我也忍不住欢呼雀跃。

事后我才知道，顾沛压根儿就没打算跟那位千金结婚，联姻只是噱头，商业合作才是最终目的。

白瞎了我那几滴泪。

然而，已经动了的心，就轻易收不回来了。

我只能认命。

婊子也有情，婊子也有爱，婊子也会犯傻喜欢上一个不可能的人。

当然，我有自知之明，不可能傻到认为他也会爱上我，只能默默祈祷可以被他包养久一点儿，再久一点儿。只有在偶尔喝醉时，才敢壮着胆子在心中把他意淫成男朋友。

男朋友，这三个字，光是想一想，就让人面红耳赤。

我经常用痴迷的眼神呆呆地凝视他，一旦他转头望向我，我又会迅速恢复以往的媚态，生怕被他看出来我的歪心思。

以顾沛的性格，如果发现我胆敢觊觎他，必定会果断把我踹掉。

他之所以养我这么久，就是看中我的没心没肺。只要给我钱，我就像条乖顺的狗，保证不给他惹事。

而现在，除了钱之外，我开始贪恋他的温柔。

为了保持身材，我从不吃夜宵，有时候连晚饭也不敢吃。作为情妇，这点自我修养还是要有的，我必须确保顾沛那双修长的手摸向我的腰时，能够感受到纤细和诱惑，一丝一毫的赘肉都不可以存在。

面部保养也一刻不能停歇。

绝不能让顾沛嫌弃我。

每跟他度过一天，我都会在心里庆幸：真好，他还没有甩了我。下一秒，又开始陷入焦虑：明天他会不会甩了我？

所以说，人真的不能动心。

以前天天吃喝玩乐过得多潇洒自在，不投入感情，也就不会受伤。

我一边骂自己吃饱了撑的，一边忍不住陷得更深。

说真的，我确实很难不陷进去。

因为他这一包养，就是八年。

从二十岁到二十八岁，从懵懂少女到奔三熟女，我的身边只有他。

他对我无微不至，就连这套别墅都过户给了我。

虽然早就已经过了爱幻想的年纪，然而有时候我还是会禁不住迷惑，有没有可能，他对我是有一点点感情的？我其实是有希望成为他的女朋友的？

或许，我是可以走进他内心深处的。

就算是正常谈恋爱，能够像这样稳定维持八年，也并非易事。

可我和顾沛做到了。

阮绵绵出现的时候，我正坐在顾沛腿上，千娇百媚地钩着他脖子撒娇。

虽然我已经快三十岁了，同龄人或许已经成为两个孩子的妈，但在他面前，我还是可以像小女孩一样撒娇卖萌。

他喜欢我这样。

一进门阮绵绵就涨红了脸，但还是小心翼翼地端着咖啡走到了桌前。

作为刚毕业的大学生，她理所当然地充当着端茶小妹的角色，就跟我当年一样。

第一次知道她名字的时候，我笑得差点儿背过气去。

不过跟名字一样，这小姑娘长得又软又甜，尤其惹人怜爱。

兴许是我和顾沛的互动太过香艳，阮绵绵那张小脸越来越红，最后竟然手一抖，把整杯咖啡都洒在了文件上，还有几滴溅到了顾沛的衣袖上。

非常套路的情节。

顾沛当场沉下脸："你知道这是价值多少钱的文件吗？就算把你卖了也赔不起。"

阮绵绵低垂着头，眼眶里委屈的泪呼之欲出。

我连忙扮起老好人："重做就好了嘛。"

顾沛冷冷地瞪着我，我立刻闭嘴，再也不敢瞎说。

我以为那只是一件再平常不过的小事而已。

命运却在我未曾发觉时，悄然发生了变化。

从三亚旅行回来后，我无意间撞见阮绵绵在卫生间抹眼泪，顿时母性爆棚，忍不住上前关心。

她可怜兮兮地揪着我的衣服："姐，顾总欺负我。"

我摸摸她的头："怎么欺负的？"

阮绵绵小声道："他老是拿那次文件的事威胁我，动不动就使唤我做一些很奇怪的事，我要是拒绝就逼我赔钱。"

我突然觉得胸口有些闷："他都让你做什么？"

阮绵绵又脸红了："莫名其妙拉我去逛商场，让我换了一套又一套裙子给他看，我根本不想要，他却硬是全都买下来塞给我。还包下整个游乐园，逼我陪他去玩了一天。更过分的是，他竟然闯进我家，让我做饭给他吃，我才不干，他就自己跑去厨房做了几道菜，强迫我吃光光。"

八年了，我第一次知道原来顾沛还会做饭。

他从来没带我逛过商场，更别提游乐园了。就连每次旅行，也都是我拉拢姐妹一起去的。

我忽然不知道该怎么安慰她。

或许，该被安慰的人是我。

阮绵绵抹去眼泪："反正我不会妥协！我虽然没钱，但也有尊严。"

我望着面前这个娇小清纯的姑娘，脑中恍然浮现出三个字：灰姑娘。

霸道总裁与灰姑娘。

还挺配的。

反正比跟婊子配。

我试图安慰自己，说不定顾沛只是想要整她而已，毕竟他可是一个因为讨厌员工走路姿势就辞掉员工的冷血变态。阮绵绵把咖啡倒在了他的文件上，他必然会记仇。

又或者，他是故意想让我吃醋，想挑起我的胜负欲。

顾沛来别墅的次数越来越少，以前他几乎每天都会来过夜，如今我连他肉体长啥样都快忘了。我故意不去公司上班，以为他会因此想起我这个人，结果一个星期过去了，不仅顾沛，就连同事都没想起我。

并没人在乎一个情妇有没有去上班。

我灰溜溜地滚回公司，一推开顾沛办公室的门，就看到他正在壁咚阮绵绵。

顾沛勾起唇角，低头缓缓吻向臂弯里的小女人，眼神温柔得想要化出水来："做我女朋友，好不好？"

阮绵绵双手抵在他胸口，一脸懵懂娇羞。

我退了出去，默默关上门。

女朋友，这三个字，从来都不属于我。

于是，就这样变天了。

再怎么受宠的妖艳情妇，也总有一天会被打入冷宫。

世上有没有永久的爱，我不知道。

但我知道，不会有永久的情妇。

即使有过憧憬，有过幻想，最终还是要回归现实。

顾沛早就提醒过我，不要对他产生任何情愫，是我自己违反了游戏规则。

所以我没什么脸去抱怨命运残忍，我连骂他是渣男的资格都没有。

顾沛渣在哪儿呢？我们本身就只是金主和情妇的关系。他甚至都不需要特意通知我什么，身为情妇，什么时候留，什么时候走，都要心里有数。

我不再去公司上班，眼不见为净。

还好顾沛并没有停止往我卡里打钱，看着那长长的数字，我心中得到慰藉。这一次，不是因为贪财，而是庆幸他还没有忘记我。

不知被冷落了多久，顾沛一个电话唤醒了我。他要参加一个舞会，而我，还是他的女伴。

挂完电话，我踮起脚，情不自禁在房间跳起了芭蕾，开心得如同情窦初开的少女。

就好像，我还是二十岁似的。

我从未如此认真地打扮过自己，换上最性感的裙子，化上最精致的妆，对着镜子反复检查每一处细节，然后满意地点点头。

嗯，老娘依旧美艳动人。

见到顾沛后，我提起裙摆转了个圈："臣妾没给您丢人吧。"

顾沛低笑："还是那么贫。"

似乎有一个世纪没见面了。

你有没有想我？我想这么问。

反正我很想你。我想这么说。

然后我抬起头，看见了不远处款款走来的阮绵绵。

一袭白裙，配合着清丽淡妆，满脸倔强，宛如仙女下凡。

对比之下，我像一个庸俗滑稽的老妖婆。

顾沛眼中满满惊讶："你不是不喜欢这种场合吗？"

阮绵绵瞪着他："还不是因为你。"

我退后几步，识趣地走开。

但还是忍不住悄悄回头，发现顾沛正伸手抚弄阮绵绵的刘海，她气鼓鼓地打掉他的手，他笑得眯起眼，温柔极了。

在卫生间补妆时，我又碰见了阮绵绵。

她看着我欲言又止，我冲她笑："没关系，尽管问。"

阮绵绵委屈地开口："我还没有答应他。"

我对着镜子抹口红："哦？"

阮绵绵强撑着不让眼眶里的泪掉下来："你们是不是交往了很久？"

原来是介意我这个老妖婆。

按照惯例，如我这般的妖艳贱货，应该立刻伸出长长的指甲划向她那张小脸，告诉她我跟顾沛每晚是如何从床上滚到浴室的；告诉她这八年我们一起度过了多少日日夜夜，经历了多少酸甜苦辣；告诉她我到底有多么爱他，渴望他，思念他；告诉她，滚远一点儿，他是我的。

天知道我多想做个尽职的恶毒女二，去费尽心机拆散他们，去一哭二闹三上吊，哪怕赌上这条命，也绝不放手。

然而我笑起来，轻声道："没有哦。一天都没有过。"

舞会开始。

顾沛与阮绵绵携手共舞，成为全场焦点。

我对面是一个老男人，双手不老实地在我腰上乱摸。

我娇笑着推开他："王总，别这样嘛。"

老男人一巴掌挥向我："不过是个被顾沛玩腻了的婊子，还清高上了？瞧瞧现在他还正眼看你吗？"

婊子。

别人经常这么评价我。

讲道理，还挺符合的。

脸上火辣辣地痛，我在心中无比赞同老男人的说法。

顾沛望了过来，眼神一顿，迈开脚，朝我这边走来。

真好，他还在乎我。

下一秒，阮绵绵不小心崴了脚，拧起眉轻声叫痛，顾沛立刻回头，无比紧张地扶住了她。

他的眼中从此只有她。

舞会仍在继续，我转身退场。

回到家，我进厨房为自己准备了一顿夜宵。

好久没做饭了，老娘的厨艺依旧高超。

用人上前询问："是顾总要来吗？"

我喂了自己一大口饭，笑着摇头："不会来了。"

再也不会来了。

- 完 -

初恋

○ ○ ○

嫁给迟兴那天，他附在我耳边，一字一句说出新婚誓言："唐悦离，我这辈子都不会爱上你。"

我回以温柔微笑："老公，我也不会爱上你哦。"

我们之间便是传说中的商业联姻。事关家族，事关利益，唯独无关爱情。

婚礼前，我们甚至并无交流，就只是各坐在餐桌一端，互瞪。

然后双方家长干净利落地敲定这场婚事。

迟兴曾经有过一段荡气回肠的初恋，却被他母亲活生生拆散，被逼娶了我。因此他心中带着无限怨气，将我视作毕生仇敌，婚礼当晚连卧室门都没进。

我脱下繁重的婚纱，一个人霸占一整张床，舒服极了。

婚后迟兴要么不归家，要么睡在客房，从不曾碰我分毫。

我对此感激涕零，因为一个人睡真的很爽。

作为豪门贵妇，不用上班，不用做家务，每天的日常便是品品酒，逛逛街，做做美甲。

悠闲中带着枯燥，惬意中带着无聊。

迟兴冷冷道："无聊就滚去找个工作。"

我受惊地看着他："你好恶毒。"

不久后，闺密提醒我迟兴一直在外面跟初恋藕断丝连。

我大为震惊，连忙询问闺密："我和小三哪个更漂亮？"

闺密毫不犹豫："当然是你！"

我松了口气，继续专心研究美甲。

对于长得不如我的同性，我一向很仁慈。

每一晚迟兴回到家，身上都带着同一种女士香水味。

他毫不掩饰，甚至当着我的面大大方方地接听初恋的电话。

"宝贝，我想你。"

"别生气了，我早晚会离婚的。"

"我只喜欢你，她不过是个黄脸婆而已。"

我终于忍无可忍："迟兴！"

迟兴挑衅地望向我："有事？"

我指指他手里的电话："麻烦你帮我问一下她香水是什么牌子的，好好闻哦！"

迟兴愣在原地，表情像吞了苍蝇似的。

后来我又提醒了他好几次帮忙打听香水牌子，均被他沉着脸瞪了回去。

真是位小气的老公呢。

某日餐桌上，婆婆带着警告意味盯着迟兴："别以为我不知道你在外面干了什么，你已经是有妻子的人了，记住自己的身份。"

我若无其事地喝了口红酒。

迟兴冷笑："妻子？谁？对面那位又蠢又虚荣、只知道吃喝玩乐的无脑千金小姐吗？不好意思，我最讨厌这种类型的女人。"

我又咽下一口酒，仍然保持微笑。

太惭愧了，我又蠢又虚荣，还只知道吃喝玩乐，但偏偏，本小姐有资本这么干。

婆婆狠狠地拍了下桌子，显然被气得不轻："你怎么就这么没出息？你父亲去世后，家里企业一直被迟景亦掌权，全靠唐家的帮衬才让我们母子俩拿回一些股份，你非但不感谢悦离，居然还敢这么羞辱她！她是你的妻子！永远都是！"

我轻抚婆婆的后背："妈，您别生迟兴的气，他只是嘴硬而已。"

迟兴冲我勾起唇角："嘴硬？可惜我某个部位永远不会对你硬。"

啪——

婆婆理所当然地赏了迟兴一巴掌，喋喋不休地训斥起他。

我放下碗筷，打算远离这个是非之地，不然肯定会当场笑出声。

刚站起身，就听见一道熟悉的温柔嗓音——

"家庭聚餐怎么不叫上我？"

我们齐齐望向声音来源，看见一个俊朗非凡的男子正脱下大衣，朝餐桌信步走来。

他便是婆婆口中那位手握重权的迟景亦，迟兴同父异母的哥哥，是迟父前妻所生，比迟兴大九岁。不同于刺猬般的迟兴，迟景亦身上散发出的气息，尊贵中又带着温和。

迟兴与婆婆瞬间沉下脸，显然并不欢迎这位迟氏企业现任总裁。

如果没有他，总裁的位置就会属于迟兴。

我站出来缓和气氛："亦哥哥，欢迎回家。"

婆婆毫不客气地起身上楼："我有点儿头疼，先回房休息了。"

迟兴漫不经心地起身离开："我要去约会，晚上不回来了。"

才过去五分钟，餐桌前就只剩下了我和迟景亦。

相对无言了几秒后，我试探地问："亦哥哥，要一起吃饭吗？"

迟景亦脸上没有丝毫不悦，冲我淡淡地微笑："好。"

我立即为他摆了副新碗筷，并盛好饭菜，像个娴熟的女仆。

迟景亦动作优雅地拉开椅子坐下，认真注视着我："刚才迟兴说要去约会，是什么意思？"

我若无其事道："跟他初恋搞婚外情去了。"

说罢顺手夹了一块煎豆腐给迟景亦，这是他最爱吃的。

虽然贵为总裁，他却唯独爱吃豆腐这种再普通不过的家常菜。

跟迟兴那种挑三拣四的刻薄少爷完全不一样。

迟景亦微微蹙眉："小离，你受委屈了。"

这个家里，只有他会这样叫我。

小离。

多么悦耳动听的两个字。

我笑着摇头："一点儿都不委屈。"

毕竟，我也有自己的初恋。

迟景亦，是我法定丈夫的大哥，也是我从十五岁就开始暗恋的男人。

十年前，我爸带我去迟氏企业参观，试图把我培养成事业女强人。

那时迟父还没有去世，与我爸私交甚好。

当他们一群大人忙着谈生意时，我闲着无聊，看见桌上有一杯红酒，那是迟父用来招待我爸的。

我顺手端起酒杯，正打算偷偷尝一口，忽然伸过来一只修长的手，轻轻按住了我的肩膀。

我转过头，看见了迟景亦那张棱角分明的脸。

他冲我温柔地笑着："小姑娘，未成年不可以喝酒哦。"

从那一秒开始，我心里只有他。

初恋总是如此，来得毫无道理。

那年他也不过才二十四岁，刚刚步入社会，然而在十五岁的我心中，他无所不能。

从那以后，我总是找各种借口往迟氏企业跑。

父母很欣慰，以为我小小年纪便拥有一颗积极向上的事业心，殊不知我只是为了谈恋爱。

就这样，我和迟景亦之间的距离越来越近，近到我可以尽情冲他撒娇，甜腻腻地唤他为"亦哥哥"。

全世界只有我这样叫他。

十年后，父母提出要跟迟家联姻，我以为对方是迟景亦，毫不犹豫地答应，心中满是悸动与期待，结果见到的人却是迟兴。

我回家又哭又闹，甚至爬上了阁楼的阳台要跳下去。

父母告诉我，他们曾经试着找迟景亦谈过，但被他一口回绝。

他说："抱歉，我不喜欢小姑娘。"

一句话，轻飘飘地判了我死刑。

叫我小姑娘的人是他，说不喜欢小姑娘的人也是他。

可我偏不信命。

于是，我乖乖穿上镶满钻石的婚纱，笑容灿烂地嫁给了迟兴。

这样一来，我便可以用弟妹的身份顺理成章地靠近迟景亦。

作为外人，他可以随意地拒绝我。

然而作为弟妹，他永远也别想摆脱我。

被骂疯子也无所谓，为了迟景亦，我什么事都干得出来。

迟家所有人都忌惮他，刻意回避他。

因此，餐桌上总是顺其自然地剩下我与他。

如我所愿。

我入神地盯着他吃饭的样子，他比我见过的所有贵族都要绅士优雅。

不小心与他四目相对，我毫不回避，顺手倒了两杯红酒，一杯自己端起，另一杯递向迟景亦。

接着我眉目含情，冲他勾唇一笑："亦哥哥，提醒你一下，我早就不是小姑娘了。"

迟景亦眼神微怔，看着我仰头将杯中的酒一饮而尽。

放下酒杯，我开始跟迟景亦告状，哭诉迟兴骂我是黄脸婆。

迟景亦眼中带着无奈："别听他胡说，据我所知，小离上学时参加过市里举办的校花比赛，轻松拿到了第一名。"

当年我之所以参加那个又蠢又尬的选美比赛，就是希望能让迟景亦意识到，本小姐的美貌天下无敌，完全配得上他。

没想到竟然真的被他记住了。

还有比这更让人开心的事吗？

我雀跃又膨胀，用力点头："没错！全市第一！赢了好多学妹！"

迟景亦抬手摸摸我的头，低笑："所以，这样的小离怎么可能会是黄脸婆呢？"

那你喜欢这样的我吗，亲爱的亦哥哥？

他温暖的掌心抚过我的发间，我心底痒痒的，忍不住想要踮起脚跳舞。

晚上，迟景亦回了他自己的别墅。他很少在迟家留宿，因为婆婆不欢迎他。只是为了维持表面的和气，才会接受他偶尔回来吃顿饭。

我依依不舍地站在门口目送迟景亦的背影，恨不得当场跟着他一起回去，转头看见一脸狐疑的迟兴，才猛然想起自己有家室了。

迟兴微微眯起眼："为什么你刚才一副春心荡漾的表情？"

我冲他笑："老公，说好晚上不回家的呢，小三没留你吗？"

迟兴瞬间沉下脸："与你无关。"

我耸耸肩，笑得更开心了："彼此彼此。"

世上最好笑的东西，就是迟兴那张恼羞成怒的脸。

更好笑的是，不久后我竟然在逛街时偶遇了迟兴跟那位初恋。

两人正在大庭广众之下深情演绎偶像剧。

初恋长得比我想象中更漂亮，一袭白裙，宛若仙子，眼中泛着若有似无的泪光："我们还是分手吧。"

迟兴霸道又柔情地壁咚她："小伊，我绝不允许你离开我。"

一旁看热闹的路人连连发问："那男的谁啊？长得好帅！"

我倍感自豪，欣慰道："他是我老公。"

路人集体陷入沉默，随后又更加兴奋了，眼中充满期许，巴不得看到原配手撕小三的戏码。

小伊低垂着脸，声音隐隐颤抖着："可我不想破坏你的家庭，你妻子会伤心的。"

迟兴眼中带着怜惜，温柔地轻抚小伊脸颊，刚准备开口，被我厉声打断："不会，不会！完全不会伤心！"

迟兴愕然地望向我："你从哪儿冒出来的？"

见小伊呆立原地，我连忙安慰道："妹妹莫怕，姐姐只是正巧路过而已，你俩尽管恋爱，千万不用顾忌我，他出他的轨，我偷我的情，互不干涉，皆大欢喜。"

迟兴阴恻恻道："你跟谁偷情了？"

我冲他优雅微笑："还没偷成呢，等成功了一定通知你。"

偷情并不难。

只要我独自往酒吧一坐，自然有大把雄性围上来。

然而我想要偷的对象，不是别人，而是我老公的亲哥。

这不仅仅是道德人品问题，还涉及伦理禁忌。

以迟景亦的头脑和阅历，想要搞定他，比登天还难。

我整日绞尽脑汁，苦心钻研如何勾引迟景亦。

终于有一天，机会来了。

那晚已经接近十二点，迟家忽然接到酒保的电话，说迟景亦在外面喝醉了，需要派人去接他回家。

婆婆脸色非常难看："他身边没有助理吗？"

我飞扑到婆婆面前："我！我去接！"

婆婆甚是动容："悦离，你总是这么懂事，这么为迟家着想。"

我握紧婆婆双手："妈，他毕竟是迟兴的哥哥，作为弟妹，我一定会照顾好他。"

——以及勾引他。

我迫不及待赶到酒吧，迟景亦醉眼蒙眬地盯着我："小离？怎么是你？"

我扶住他的胳膊："亦哥哥，我来接你回家。"

迟景亦苦笑一声："我还有家吗？"

亲生父母先后离世，如今后妈不喜欢他，弟弟不承认他，无论他怎么示好，迟家都视他为瘟神。

他早就没有家了。

这是他第一次在我面前流露出如此落寞的表情。

也是我第一次真正懂得心疼一个人是什么感觉。

最终，我带他回了他自己的别墅。

扶着迟景亦进入卧室，他扯开领带，声音微哑："我没事了，你早点儿回去吧。"

可他分明连站都站不稳。

我离迟景亦更近了些，伸手去解他的衬衫纽扣："我帮你。"

迟景亦立即退后了一步："我自己来。"

我窘在原地，不禁尴尬又恼怒，他那副避之不及的模样，仿佛生怕我会吃了他。

虽然我确实有那个意思。

可如果他不愿意，我难不成还会强暴他？

有必要露出那么排斥抗拒的表情吗？

我转身不去看他，心中委屈无限放大，眼泪开始控制不住地溢出。

如果被迟景亦发现，那我幼稚不懂事的小姑娘形象肯定又会加深好几万倍，我急忙擦掉这丢人的眼泪，鼻间却忽然嗅到淡淡酒气。

迟景亦不知何时站到了我身旁，轻轻握住我的手腕，一把将我拉近他。

"生气了？"他低叹。

"没有。"我垂下脑袋，因为我们离得太近，我的额头直接抵在了他胸口。

迟景亦顺势将我揽进了怀里，突如其来的亲密让我心跳猛烈加速。

"小离，我醉了。"迟景亦声音低低的，每个字都跳动着温柔的音符，"与你共处一室，我无法预料自己会做出什么事，这对你来说很危险，所以我才会让你先回去。听话，别生气了好不好？"

胸口似乎有团火砰地炸开，我逼自己冷静，四肢却不自觉地发软。

这个男人真的知道自己在说什么吗？

巨大的欣喜后，我又陷入怀疑，他会不会只是在胡乱讲醉话？又或者，他这番话的对象，随便替换成其他异性，都是一样的，而不只是针对我一个人？

但他叫了我的名字。

不是别人，而是小离。

此时此刻，他眼里只有我。

于是，我抬头直视他："亦哥哥，我不怕危险。"

然后我钩住他的脖子，义无反顾地吻了上去。

从迟景亦的别墅出来，我走在凌晨空无一人的街道，脚步轻快地跳起了舞。

月光是我的灯，微风是我的曲。

迟景亦嘴唇的触感还在我唇边残留着余温，柔软的，温热的，带着淡淡酒气的。

刚才，他没有推开我。

我闭上眼，灵魂飘了起来，仿佛即将飞往星空。

直到一辆跑车停在我身边。

熟悉的嗓音将我唤回现实："打扰一下，路边那位正在跳舞的疯子太太，我妈担心你死在路上，让我接你回家。"

我转头，看见了迟兴那张似笑非笑的脸。

我毫不客气地坐上副驾驶，冲他抛了个媚眼："谢喽，疯子先生。"

直到很多年后，我依然记得那晚的场景。

迟兴不情不愿地开车载着我，我们时不时拌几句嘴，街边的路灯一直往前蔓延，空旷的马路只为我们二人敞开。

偶尔陷入沉默，我们各自想起自己的心上人，情不自禁地同时弯起嘴角。

那时的我们，心中充满无限希望，都以为初恋一定会修成正果，自己会拥有美好的未来。

一个人渣，一个贱货。

两个毫无道德与三观的疯子，却妄想能够得到幸福。

迟兴的恋情很快就遭到了婆婆的严厉阻挠。

按照豪门惯例，婆婆拿出一张巨额支票，命令小伊远离她的儿子。

迟兴彻底跟婆婆翻脸："从小到大，你每时每刻都在提醒我，迟家所有产业都是属于我的，要去争，要去抢，不然就会被别人拿走。然而事实上，我对继承家业毫无兴趣，只想做个不受束缚的自由人。后来你甚至以死相逼让我娶唐悦离，我不得不放弃自由去顺从你。可你为什么还是要赶小伊？居然还逼她出国？你知道小伊对我有多重要吗？父亲去世后，你一门心思忙着争家产，好像财产才是你这辈子最在乎的东西！只有小伊陪着我、关心我、慰藉我，她是我生命中唯一的光！"

婆婆永远保持着优雅贵妇的姿态："你那位唯一的光已经收下了支票。"

迟兴开始发疯："不！她不会离开我！"

我正在卧室泡澡，听见客厅传来噼里啪啦摔东西的声音，连忙披上浴袍跑出去。

只见迟兴脸上满是狠戾，抄着一根高尔夫球杆，把电视和音响砸了个稀碎。

婆婆冷笑："别管他，反正随时可以换新的。"

说完便潇洒地转身回屋。

我顿时对婆婆肃然起敬。

迟兴还在努力地砸，我把自己的笔记本电脑递向他："正好我想换台新的。"

迟兴冷冷地瞥着我："收起你那张幸灾乐祸的笑脸。"

说完他一杆子砸向茶几，霎时碎片四溅，其中一片直直飞向我。

我来不及躲开，呆立原地，迟兴反应迅猛地侧身挡在了我面前，锋利的碎片划过他的肩膀，衬衫上迅速渗出一道鲜红的血迹。

如果他没有替我挡下来，那块碎片会溅向我的脸。

大眼瞪小眼愣了几秒，我连忙拿出医药箱为他的伤口消毒。

迟兴沉着脸脱下衬衫，露出他优美匀称的腹肌。

我一时间百感交集，结婚这么久，自己居然第一次见到丈夫的身体。

总的来说，身材不错，小三妹妹有福了。

伤口不算深，我尽量放轻动作，仔细地用酒精棉签擦拭，抱怨道："你说你是不是活该？"

迟兴瞪着我："怎么会有你这么不知感恩的女人？"

我也瞪着他："又不是我让你乱砸东西的！"

迟兴板着脸陷入沉默，眼底竟然生出几分委屈。

我惊了，没想到有生之年居然能看到这个冷漠刻薄的富二代露出这种表情。

我咳了咳："好啦，多谢相公救小女子一命。"

迟兴顿时一副被恶心到的表情。

消完毒，我苦口婆心道："迟兴，你这么在家发疯也不是办法，还不如赶紧去把小三妹妹追回来。趁她还没走，去告诉她，你愿意为了她舍弃一切，离婚也好，断绝母子关系也好，彻底离开迟家也好，只要能跟她在一起，你全都做得到。反正现在你跟你妈已经撕破脸了，干吗不为了初恋勇敢豁出去一次？"

只要迟兴一豁出去，我就可以顺理成章地跟他离婚。作为这场失败婚姻中的受害者，父母自然不会舍得怪罪我，婆婆也会觉得对不起我，我再顺便掉几滴眼泪，全世界都会心疼我这位凄惨原配。

而重获自由身的我，便可以光明正大地跟迟景亦在一起。

老婆一夜之间变成嫂子，相信到时候迟兴的表情一定会非常好笑。

迟兴沉思片刻后，穿上衣服，二话不说就要出门。

我尾随在后面为他加油打气，他不耐烦地瞪我，又迅速移开视线："滚回房间把衣服穿好。"

我低下头，才发现身上的浴袍不知何时散了开来，胸口隐隐约约暴露在空气中。

见迟兴表情不自然，我故意开玩笑："都老夫老妻了，害什么臊。"

何况刚才我也看了他的腹肌，算扯平了。

迟兴眉头一皱："谁害臊了？"

我不再跟他废话，急急推他出门："快追你的小三去吧！"

结果大门一开，迟景亦正笔挺地站在门口。

顿时晴天霹雳。

我居然在迟景亦面前穿成这个鬼样子，披头散发，甚至连妆都没有化。

所幸迟景亦并没有注意到我，而是直视着迟兴，语气温和："要出门？"

迟兴没有搭腔，径自绕过迟景亦出了门，走了几步后又忽然回头瞪向我，沉声道："唐悦离，穿好衣服！"

迟景亦这才把目光转向我，眼神闪烁了一下，嘴角微微勾起。

脑中猛然浮现出那晚那个天雷勾地火的吻。

我在心底尖叫，脸颊不受控制地发起了烫，迅速蔓延到脚底。

透过指尖的烫度，我合理推断自己此刻的模样一定像只炭烤乳猪。

窘着脸跟迟景亦打了声招呼，我箭步飞奔上楼更衣补妆。

用此生最快的速度化好妆后，我匆匆出来找迟景亦，却不见他的踪影。

用人说他刚去了婆婆房间，我心下一惊，以他俩水火不容的关系，岂不是随时可能掐起来，连忙跑过去准备劝架。

走到门口，果然听见屋内传来婆婆的厉声呵斥："谁允许你进我房间了？出去！"

迟景亦语气透着关切："我刚才看到楼下一片狼藉，发生什么事了？迟兴又惹您不高兴了吗？"

婆婆漠然道："与你无关。"

我不禁替迟景亦委屈，他处处隐忍退让，却只换来迟兴母子的冷漠以对。

那日他醉酒后流露出来的落寞神情，至今还印在我脑子里，每每想起都心生怜惜。

房间门半敞着，我刚打算推门进去帮帮迟景亦，却听他轻笑一声："别这么冷漠，母亲。我还是喜欢看您笑起来的样子。不过，您好像很久都没有冲我笑过了呢。"

我鬼使神差地停下脚步，选择了继续听下去。

婆婆情绪很激动："我为什么要冲一个狼心狗肺的继子笑？少在那边装什么无辜受害者了，表面看起来是我们在排挤孤立你，事实上当年你父亲一死，你就迅速掌控整个迟氏企业，从里到外地禁锢迟家，如今就连我和迟兴的自由也被你攥在手里，我们花的每一分钱、去的每一个地方都被你实时监控着。迟景亦，你究竟想要怎么样？"

迟景亦声音异常温柔："母亲，我为什么要这么做，您心里难道不清楚吗？"

婆婆冷笑："别叫我母亲，我不是你的母亲。"

迟景亦停顿了许久，才缓缓开口："是啊，您确实不配做我的母亲。"

啪——

我听见了响亮的巴掌声。

婆婆终于忍不住给了他一耳光。

迟景亦毫无反应，似乎陷入了回忆："八岁那年，我第一次见到您，父亲让我称呼您为母亲。我出生没多久妈妈就去世了，从未体验过母爱是什么滋味。您很努力地想要在我面前做好一个母亲，然而那时您也不过才刚满二十岁，还只是个单纯懵懂的小姑娘。您带我一起闯祸，一起恶作剧，一起上天入地，比起母亲，您更像是一个温柔亲切的大姐姐。您很喜欢做煎豆腐给我吃，那是我吃过的最美味的食物，比世间所有昂贵料理都要好吃一万倍。那时的您，每天都冲我灿烂明媚地笑着，每晚都会柔声细语地哄我入睡。那是我人生中最美好的时光，我曾以为我们会就这样过一辈子。然而第二年，您怀孕了。"

婆婆的声音开始颤抖："别再说了。"

但迟景亦并没有停下："我不安极了，时刻黏着您不肯放手，您一遍又一遍向我承诺，即使生下弟弟，也绝不会冷落我这个哥哥。您真是个骗子啊，我心爱的母亲。迟兴出生后，您开始越来越忙碌，越来越懒得搭理我，您的目光始终只放在迟兴一个人身上。其实我可以理解，他是您的亲生儿子，而我不过是一个继子，您更在乎他，也情有可原。只要您在闲下来时，能够偶尔想起家里还有一个我，偶尔给予我一点点温柔，我便心满意足了。

"然而随着我和迟兴慢慢长大，您开始忌惮我会跟他抢家产，开始防着我、疏远我、回避我。我明明什么都没有做错，您却毫不留情地把我当成了头号敌人。我只是想要您的一点儿疼爱而已，可您望向我的眼神却总是充满排斥与防备，仿佛恨不得我从世上消失。曾经令我贪恋的温柔，一点一点烟消云散。既然如此，那我就如您所愿，去跟迟兴抢家产，抢公司，甚至，抢老婆。

"您好像很重视小离这个儿媳妇，如果她也被我抢走，您一定会气疯了吧？那天我喝醉，故意让酒保打电话通知您，多希望您能出现在我面前，哪怕是当面骂一骂我也好。结果您却随便打发了儿媳妇过来，真狠的心啊！"

婆婆再也没有开过口。

我想她一定浑身僵硬，不敢动弹。

正如我此时此刻的模样。

迟景亦低笑一声："说起来，我能够一路披荆斩棘坐上今天的位置，都要靠您的激励呢。我一直都对父亲感到抱歉，因为他死去那天，我心中唯一的念头，竟然是从今往后，您只属于我了。掌控整个企业，便是掌控您；禁锢迟家，便是禁锢您。您的弱点，您的软肋，您所珍视的每一样事物，都被我牢牢攥在手心里。您可以尽情扇我的巴掌，抵触我，孤立我，然而只要我想，随时可以让您跪下来求我。但您放心，我不会那么做的。得不到您的疼爱也没关系，现在，换我疼爱您了。

"所以，对我温柔一点儿，母亲。毕竟，您可是我的初恋。"

那是属于情人般的柔情低语。

我转动僵硬的脖子，透过门缝朝里望去。

那个我心中绅士优雅的亦哥哥，正贪婪地凝望着我的婆婆。

我从他脸上，看见了浓烈的，炽热的，如烈焰般旺盛的，爱意。

一切都已明了。

爱吃煎豆腐是因为她。

酒后的电话是因为她。

眼底的落寞是因为她。

不喜欢小姑娘也是因为她。

从始至终，迟景亦内心疯狂渴望的，就只有她。

回应他的，是婆婆一声奋力的嘶吼。

迟景亦仿佛早已预料到婆婆会是这个反应，若无其事地笑了笑，恢复往常的优雅姿态，转身走出房间。

看见站在门口的我，他眼中没有任何惊讶，淡声道："小离，那天谢谢你接我回家。"

他是故意让我听到这一切。

他在用行动告诉我，那个吻只是我一厢情愿，他永远也不可能喜欢上我。

我颤抖着退后一步，逃也似的离开。

这次我爬上了迟家的阁楼，坐在阳台栏杆上吹了一夜冷风。

月光还是那个月光，却已不再属于我。

不知发了多久的呆，我远远看到迟兴颓丧又疲惫的身影出现在楼下。

我安静地盯着他，仿佛感应到我的目光一般，他猛地抬起头，与我四目相对。

垂头丧气的丈夫，想要跳楼的妻子。

我咧起嘴角，觉得好笑极了。

几分钟后，迟兴也上了阁楼，坐到我身旁："要不要一起跳？"

我皱眉盯他："你怎么没把小三追回来？"

迟兴眼底一片阴霾："小伊说，虽然她真心爱我，但我妈这辈子都不可能允许她嫁进迟家，我们永远都无法光明正大地在一起。再这样耗下去，我总有一天会对她失去热情，一旦分手，我随时可以回家当阔少爷，而她最终将一无所有。还不如趁现在收下我妈给的巨额支票，出国留学也好，做生意也好，至少能够拥有无忧无虑的未来。我向她一遍遍发誓，自己绝不会变心，绝不会跟她分手，她却笑着说，誓言是世上最没用的东西。"

我忍不住鼓起了掌："好清醒的小三！"

迟兴声音中带着无尽哀伤："她彻底离开了我，再也不会回头。"

我不再调侃，伸手轻抚他的后背："虽然很难熬，但总会过去的。"

话音刚落，我又觉得这句话好像太虚伪了，连上天也无法保证痛苦一定会过去。

于是我连忙改口："也不一定，可能熬不过去。"

迟兴忽然靠过来搂住了我，身体隐隐发着抖。

我愣了愣，没有推开他。

这是我们第一次拥抱。

当初在婚礼上，司仪笑着让新人拥抱，在全场亲朋好友齐刷刷的注目下，我们非常坚定，像约好了一样，谁也不碰谁。

然而这一刻，迟兴像抓住救命稻草一样抱着我。

一个人渣，一个贱货。

两个被命运狠狠戏耍、毫无反击之力的傻子。

除了不爱对方外，我们俩真是绝配。

我和迟兴紧紧相拥，各自在心中祭奠着随风飘散的初恋，用眼泪浸湿彼此的衣裳。

迟兴皱起眉头："你哭个什么？"

我揪起他的衬衫擦着脸上的泪痕，没有吭声。

迟兴漫不经心地问："因为迟景亦？"

我愕然。

原来他没我想象中那么蠢。

迟兴接着道："别喜欢他，他是疯子。"

他似乎什么都知道。

我轻叹："说得好像我们就不是疯子似的。"

空气陷入沉默。

片刻后，迟兴开口："唐悦离，我们以后会怎么样？"

我想了想，笑道："我们可能会继续做一对没有感情的豪门怨偶。你出你的轨，做你的英俊人渣；我偷我的情，做我的妖艳贱货。我们依然把离婚视作第一目标，平时一见面就互掐，然而到了关键时刻，却会给对方一个拥抱。"

迟兴嗤笑一声，不置可否。

我继续说："也有可能你会对我日久生情，每天死皮赖脸向我求爱，无奈我心有所属，坚贞不屈地让你滚。于是你恼羞成怒之下黑化，搬出法定丈夫的身份压制我，甚至还兽性大发想要强暴我，结果被我一脚踹中命根，从此成了个废人。"

迟兴阴森一笑："也有可能是你忽然之间爱上我，每天绞尽脑汁地想办法色诱我，可惜我对你一丁点儿兴趣都没有。于是你化身恶毒原配，挨个清除我身边的女人，为了跟我睡一觉，甚至耍计谋给我下春药，最终自己发疯入魔，进了精神病院。"

我狠狠瞪向迟兴，瞪着瞪着又开始克制不住流眼泪："你说得对，没有人会对我感兴趣，没有人会爱我，我失败透顶，我一无是处。"

迟兴拧起眉："我开个玩笑而已，别哭了。"

我哭得更凶了。

迟兴从背后拿出一个盒子，表情别扭地递向我："给，你的礼物。"

我疑惑地打开盒子，看见了一瓶小巧的橘粉色香水。

是我曾经追问他无数遍的那一款，而且被精心包装过。

我不禁哽咽："老公，没想到你这么把我的话放在心上。"

迟兴嫌弃道："你想多了，这是小伊送你的。她临走时让我转告你，她是你的学妹，从小就疯狂崇拜你，曾经为了接近你，追随你参加了什么校花比赛。她甚至还假装怯场，希望得到你的安慰，你当时牵起她的手，耐心地鼓励了她。尽管你转身就忘了她的存在，但她一直都把你记在心里。得知我娶的女人是你之后，她十分错愕，跟我提了无数次分手，天天把你挂在嘴边。我严重怀疑，比起我，她好像更在意你。所以我之前才对你那么……凶。"

我愣住，记忆中那个穿着白裙子的少女渐渐从脑海浮现出来。

胆子小小的，怯怯的。

当我牵起她的手时，她立即紧紧反握住，再也不肯松开。

那时我还在心里暗笑，真是一个好尿的学妹。

从未想过，那其实是少女绞尽脑汁制造出来的一场见面。

我低头望着那瓶香水，久久未能回神。

初恋，究竟是什么呢？

是第一次怦然心动，是毫无道理的疯狂迷恋，是心底唯一温暖的光，是一抹清灵淡雅的香水味，是人生中最美好的时光……

尽管故事到最后，每个人的初恋都以失败告终。

但，这就是人生。

付出不一定得到回报，努力也不一定会有结果。

哪怕花十年的时间去痴心喜欢一个人，对方也并不是就必须爱上你。

悲伤与怅然过后，最终剩下的，似乎只有加了美好滤镜的回忆。

后悔吗？

好像也不。

迟兴瞥着我："终于不哭了？"

我轻笑："因为香水太好闻了。"

或许，在很久很久之前，我也曾是某个人的初恋吧。

- 完 -

老娘一定要侍寝

○○○

我十七岁入宫，成了皇帝的妃子。

如今二十二岁，还一次都没侍过寝。

皇帝似乎彻底遗忘了世上还有我这样一个人存在。

我甚至连个封号都没有，因为姓赵，所以就随便叫了个赵妃。

这些年后宫嫔妃们斗得你死我活，唯独我这儿无人问津。

各位姐妹连斗都懒得跟我斗。

我嗑着瓜子问身旁的遥临："我这种情况宫里多吗？"

遥临低头回答："您是独一个。"

我掩面抽泣："究竟是为什么？难道本宫长得不漂亮吗？"

遥临的声音一如既往地清冷："宫里从不缺漂亮的女人。"

我继续嗑起了瓜子："真想把你拖出去砍了。"

遥临却径自端走瓜子盘："嗑太多会上火。"

我悲愤交加。

这就是不受宠的下场，连一个太监也敢欺负到我头上。

丫鬟喜荷火急火燎地冲进来分享最新八卦："听说皇上昨晚宠幸了一个小宫女！刚才还把她封为怜妃了！"

我倒抽一口气："所以老娘还不如一个宫女？"

喜荷拍拍我的肩："娘娘，习惯就好。"

好的，连丫鬟也开始嘲讽我。

我伤心欲绝，觉得自己是古往今来最失败的妃子。

遥临不声不响地递过来一块桂花糕，顿时止住了我的泪。

我从木椅上跳下来："哪来的？"

在其他妃子眼里，桂花糕只不过是再普通不过的日常点心。

然而对于地位低下的我来说，平常是没资格吃小食糕点的。

遥临云淡风轻道："楚妃赏的。"

楚妃为人善良，有一副菩萨心肠，这些年时不时就会分给我们一些吃的、用的，所以我才不至于被饿死、冻死。

我由衷感叹："楚妃人真好！"

接过那块珍贵的桂花糕，我欢欣雀跃地咬下一口，甜味渗进了心里。

想到要靠别人施舍我才能吃上一口桂花糕，甜味又变成了浓烈的苦味。

于是，我下定决心，要想办法勾引皇帝。

老娘一定要侍寝！

喜荷为难道："可是娘娘，这五年里您都试过无数法子了，一次也没成功过。"

我怒捶桌子："这次不一样！这次本宫是真的下定了决心！"

然后我拽拽遥临的衣袖："遥临，你想想办法。"

遥临低了下眸："下个月皇官设宴，娘娘可以上台表演，皇上兴许会注意到您。"

我皱眉："可我什么都不会。"

遥临点点头："所以您才五年都没能侍寝。"

……

最终，我咬咬牙，决定学杂技。

因为喜荷以前正好练过杂技，作为导师兼助演，每日定时授课。

遥临是唯一的观众。

每练完一招，我都要认认真真地表演给遥临看，然后由他做点评。

遥临从不跟我客气——

"烂。"

"很烂。"

"一如既往地烂。"

"娘娘，再这么烂下去您很有可能会惹怒皇上。"

我练得腰酸背痛，叫苦不迭："老娘到底造的什么孽？偏偏要练难度最高的杂技！"

喜荷劝道："因为唱歌、跳舞肯定都被各宫嫔妃用遍了，只有杂技比较标新立异，有很大机会引起皇上注意，继续练吧，娘娘。"

我万念俱灰，蹲在地上大哭。

又一块桂花糕出现在我眼前。

我抬起头，看见了遥临那张白皙阴柔的脸。

我冷哼："别以为这样就能让本官原谅你的毒舌！"

拿过桂花糕，仔细掰成三小块，一块自己塞进嘴里，另两块分别递向遥临和喜荷。

喜荷笑容灿烂地接了过去："娘娘最好了！"

遥临轻轻摇头："奴才不喜欢吃桂花糕。"

我佯装不悦："你每次都这么扫兴。"

然后喜滋滋地吃下了他那一块。

真甜。

这五年里，陪在我身边的只有遥临和喜荷。

身边伺候的人一年比一年少，只有他俩不曾离开。

比起主仆，我们三人更像是患难与共的伙伴。

喜荷是明媚的光，给我这间凄凉的寝宫增添一丝活力。

遥临是守护神，尽管他清冷又毒舌，却一直护我周全。

遥临与我同岁，年幼便入了宫，深知人心与规矩。他教给我如何在这宫中安稳生存，如何在不受宠的情况下明哲保身。

那些懵懂迷茫的岁月，因为有了遥临的帮助，才能平安度过。

我这种入宫五年还未侍寝的妃子，一直是所有人的嘲笑对象。

下人们肆无忌惮地议论、讥讽我，见到我甚至都懒得行礼。

我装作一副没心没肺的样子，故意去偷听那些刺耳的对话。只有遥临看穿了我濒临崩溃的心，伸出手轻轻捂住了我的耳朵。

那一刻，我从遥临眼中看见了浓到化不开的温柔。

就算全世界都瞧不上我，他也一定会挡在我身前，无条件地维护我。

有一年冬天，我不小心染了伤风，躺在床上奄奄一息交代后事，叮嘱遥临和喜荷把我的遗物收拾收拾分了后，各自去跟个好主子。

喜荷趴在我床上大哭："娘娘，说什么傻话呢？您哪还有什么遗物啊！早都被败光了！"

我一气之下咳得更厉害了。

只有遥临始终保持冷静，从楚妃那儿拿了些药，没日没夜地守在床边照顾我。

我以为遥临天生就那么镇定自若，却在一次半夜醒来时，发现他正用掌心温柔地试探我额头的温度，脸上写满忧愁。

见我睁眼，他猛地收回手，表情恢复镇静，仿佛我刚才只是做了个梦。

不久后我终于痊愈，遥临整个人瘦了一大圈，似乎比我这个病人受的折磨还要多。

一日我睡醒后，发现寝宫里只剩下了喜荷一人。

我以为遥临终于受不了我这个拖油瓶，也像其他人一样离开了，外衣都没穿就疯了般冲出去。

见遥临正站在院子门口，我毫无形象地扑过去死死搂住他的胳膊："遥临，我再也不跟你乱发脾气，再也不生病给你添麻烦，再也不好吃懒做了，我以后什么都听你的，你不要抛下我好不好？"

如果那一幕被外人看见，然后传到皇帝耳朵里，我一定会被当场杖毙。

但我当时管不了什么生与死，一门心思只想留下遥临。

遥临沉默许久，才轻轻叹了口气："奴才只是去办点儿事。"

我的眼泪还挂在睫毛上："那你答应我，永远都不离开。"

遥临无奈地勾起嘴角："奴才绝不离开娘娘。"

我松了口气："突然很想嗑瓜子。"

遥临低声道："奴才这就去楚妃宫里拿，您先回屋，外面冷。"

我笑嘻嘻地松开他的胳膊："我等你！"

每每想起那个痛哭流涕搂着遥临胳膊的自己，我都恨不能钻进地缝里。

简直丢尽了一个妃子的脸。

但我不后悔。

因为那天之后，我确信了遥临不会离开。

他说："娘娘，别怕。"

他说："娘娘，在奴才面前，您可以尽情好吃懒做。"

他还说："娘娘，整个宫中，只有您把我当成一个人去对待，奴才永不负您。"

我皱眉："你不是人，难道是一只猫？"

说罢故意伸手去摸他的头。

遥临个子比我高很多，我很费劲才能碰到他的脑袋，他默默弯下腰，配合地靠近我。

我忍不住笑。

小临子真乖。

回到现实，练了几日杂技后，我果断决定放弃，整日躺在藤椅上晒太阳打瞌睡。

喜荷恨铁不成钢："娘娘，您这样下去一辈子都别想侍寝。"

我语重心长："本官深思熟虑了一番，其实侍寝也不是什么好事，必须跟那些嫔妃斗来斗去，一不小心还有可能丢掉小命，就算成功得到皇上的宠幸，那份宠爱又能持续多久呢？后宫那么多年轻漂亮的女人，我随时会被取代和冷落，到了那个时候又该怎么办？倒不如像现在这样，自由自在，无忧无虑，也挺好。"

喜荷一脸嫌弃："您只是懒得学杂技吧。"

我咳了咳，余光瞥向正站在院子里扫地的遥临，以为他也会跟着嘲讽几句，却见他嘴角露出一丝不易察觉的笑意，然后用很轻的声音低低道："嗯，挺好。"

心脏莫名其妙停跳了半拍。

涓涓细细的暖意袭上心头。

脑中一瞬间浮现出多年以后，我依然站在这个院子里搂着遥临胳膊的场景。

我火速移开目光，觉得自己一定是饿昏头了。

练杂技的事就这么搁置了，我整日不是嗑瓜子、打瞌睡，就是到处溜达。

这日醒来后，遥临又不见踪影，他每天总是很忙的样子。

随便吃了几口饭，我便带着喜荷出去闲逛。

途经楚妃寝宫，我顺路拐了进去，想着跟她打声招呼。我平日很少跟其他嫔妃来往，属于被孤立人群，但楚妃这些年如此照顾我，我一直对她很有好感。

走了几步，发现一间很吵的屋子。

喜荷拽住我："娘娘，别过去了，肯定是一帮下人在玩闹。"

我拨开她，透过窗户朝里望去。

首先映入眼帘的，是悠闲地靠在躺椅上的楚妃，她身边围了一帮太监、嬷嬷，每人脸上都堆满了异样的兴奋，有人拿着鞭子，有人拿着银针，有人拿着铁夹。

视线再往下，是正直直跪在楚妃面前的遥临。那个平日里清冷毒舌的遥临，此时却低垂着脑袋，用力弓着背，衣衫凌乱，一声不吭地任由那群人欺辱折磨。

我如五雷轰顶，下意识想要冲进去阻拦，却被喜荷硬生生拉走："娘娘，求您，别过去，遥临不想让您看到那样的他。"

我浑身都在战栗："为什么？"

接下来，喜荷泪流满面地告诉我，这五年里所有从楚妃宫里拿回来的东西，其实都是遥临靠挨打换来的。世上哪有免费的交易呢？楚妃从来都不是什么活菩萨，想从她那里拿东西，就必须付出代价。

我又馋又懒，受不得苦，喜欢嗑瓜子，喜欢吃桂花糕，夏日喜冰，冬日需炭。然而处于最底层的妃子并没资格享受这些，就算偶尔分到一点儿，也会被恶意扣下。所以遥临一次又一次，主动去求楚妃交换物资，用他的身体，用他的尊严，用他的灵魂。

我这些年所谓的自由自在和无忧无虑，原来都是遥临用这样的方式换来的。

遥临。

每次毒舌完都会想办法哄我开心的遥临。

因为我怕黑就整晚都守在我房门外的遥临。

总是故作冷淡去掩饰内心温柔的遥临。

我的，遥临。

灵魂仿佛被一点一点抽干，我努力想要站稳，却还是眼前一黑，直直栽了下去。

醒来后，遥临正守在我床边，穿戴整齐，头发梳得一尘不染，仿佛什么都没发生过。

不远处的桌上正摆放着瓜子和桂花糕。

他眉眼间带着担忧："娘娘，您怎么会突然晕倒？哪里不舒服吗？"

我抬起手，指腹轻轻触上遥临白皙而又冰凉的脸，遥临表情一滞，愣怔地与我四目相对，眼底有细微波澜。

既然他不想让我知道，那我就装作不知道。

我冲他笑了笑，然后说："老娘一定要侍寝。"

这次，不一样。

这次，是真的。

不是为了宠爱与地位，不是为了瓜子与桂花糕。

——只为遥临。

我怎么能，怎么会，眼睁睁看着他为我那般受辱？

人总是在一瞬间被迫成长。

我已经没有资格再懒散下去了。

即便在这冰冷的深宫，我们皆为蝼蚁，也绝不能任人践踏。

哪怕拼尽全力，也要夺回那微不足道的一丝尊严。

只要我成功受宠，一切苦难都会消失。

我开始拼了命地练习杂技，从清晨练到黑夜，专挑高难度的动作学，因为只有这样才能出类拔萃，才能引人注目。

一次次跌倒，又一次次爬起。

膝盖上蹭破点儿皮又算什么呢，远远比不上遥临曾经遭受的苦痛。

遥临始终陪在我身旁，每当我动作失误跌落下去，他都会第一时间冲过来扶起我，紧紧拧起眉，小心翼翼地处理着我的伤口。

我笑着盯他："怎么样？本宫是不是技艺精进？"

遥临低着眸："娘娘，您不必这么拼命。"

我摇摇头："必须拼命。我要一步一步往上爬，将来做宠妃，贵妃，甚至皇后。到了那个时候，你就是我身边的大总管，喜荷就是我身边的大嬷嬷，我们要横行霸道，我们要目中无人，我们要做后宫最厉害的大魔头。"

那样，你就再也不会被别人欺负了。

站起身，脚下忽地一软，差点儿又摔向地面，遥临迅速出手搂住我的腰，我整个人倒在了他怀里，他掌心滚烫，腰间隔着衣服也能感受到他的温度。

我笑着呵斥："好大的胆子，敢占本宫的便宜。"

原以为他会迅速放开我，面红耳赤地道一句"奴才知罪"，结果他沉默片刻，竟然猛地将我打横抱起，径直走向屋内的床。

一旁的喜荷目瞪口呆，我也目瞪口呆，缩在他怀里忘了反抗。

他这是打算霸王硬上弓吗？

等一下，他要用什么上？

只见遥临动作温柔地把我放到床上，声音却异常严肃："娘娘，您现在需要休息。如果您再这么透支身体，我还会把您抱回床上。"

······

虚惊一场。

终于到了宴会当天。

五年了，我第一次坐到镜前，认真地梳妆自己。

描上细眉，抹上胭脂，点上红唇。

换上初入宫时的那条裙子。

我抬头望向身旁的人："遥临，本宫漂亮吗？"

他低头不语。

我叹了口气："我是不是老了？"

宫里多的是十几岁的小姑娘，我这个年纪，已经属于老姑婆了。

遥临仔仔细细地凝望着我，低声开口："从始至终，在奴才心中，娘娘无与伦比。"

从始至终。

在他心中。

无与伦比。

——这就够了。

我微笑，缓缓起身，准备奔赴宴会。

手腕被忽地攥住，我转过头，看见遥临一向镇静的脸上布满哀伤，他的声音发着抖："奴才不愿。"

我轻声问："什么？"

遥临重复了一遍，语气无比坚定："奴才不愿让娘娘去侍奉皇上。"

我失笑："说什么傻话？"

遥临攥紧我的手腕，每个字都带着祈求："别去。"

他从未如此求过我。

我轻叹："遥临，你跟楚妃做的交易，我全都知道了。傻子，难道你要为我挨一辈子打吗？如果有一天你被打死了，我还能去依靠谁？我已经看透了，深宫中没有自由可言，无论斗与不斗，最终都会跌入旋涡。若想安稳活下去，我们唯一能做的，就是往上爬。这个道理，你一定比我更清楚。"

遥临身形一僵，垂下头，慢慢放开了我的手。

宴，起。

一步一步登上台，我望向坐在最顶端的皇帝，英姿飒爽，金光灿灿。

那是世间万千少女心中的梦。

而我却莫名觉得，似乎遥临更好看一些。

遥临眼中的温柔，是独一无二的，是只属于我的。

但我要勾引的人，必须是皇帝。

我弯腰鞠躬，开始表演练习了千万遍的杂技。

这是一场倾注了我全部心血的赌博，必须比任何时候都要认真和卖力。

力量与柔美结合在一起，以及令人提心吊胆的高危动作。

果然，全场目光都被吸引了过来。

皇帝的视线也跟着落在了台上，五年了，这浑蛋第一次正眼瞧我。

我逼自己露出最妖媚的表情，勾唇冲他嫣然一笑。

皇帝倾身向旁边的太监大总管说了句什么，大总管望向我，应和着点点头。

那一刻，我知道自己成功了。

我继续表演，却再也笑不出来。

当晚，我正在卸妆，喜荷火急火燎地冲进来："娘娘！大总管正在来的路上，皇上终于要召您过去侍寝了！"

虽是意料之中，心脏却还是抽搐了一下。

这曾是我梦寐以求的场景，如今我却只想苦笑。

遥临始终低着头："恭喜娘娘。"

我仰起脸看向他："遥临，我后悔了。"

遥临沉默，指尖却在发抖。

我伸手拽住他的衣袖，仿佛变回了当年那个初入宫的任性少女，一句接一句道："其实，我讨厌死那个狗皇帝了，他凭什么拥有那么多三宫六院？凭什么要让那么多女人为他钩心斗角？我才不想跟那种人渣上床，我才不要变成无数炮灰中的一个，我才不稀罕当什么贵妃皇后，我根本不想往上爬。我只想躺在原地当个废物，我只想每天睁开眼就能见到你，我只想跟你在一起。"

遥临僵在原地，表情慢慢凝固住。

这些话，放在平时我是万不可能说出口的，于情、于理、于身份都不可能。

然而此时此刻，仿佛是我们的命运最终章，再不开口，便只能带进坟墓了。

下人又怎么样？太监又怎么样？

我只知他是遥临，是长相白皙清俊的遥临，是声音细细冷冷的遥临，是与我同岁的遥临。

更是这五年间我心中的救赎、慰藉与希望。

谁也拦不住我喜欢他。

院子里传来大总管的声音。

我起身准备接旨，表情恢复正常："别放在心上，本官只是开个玩笑。"

遥临骤然逼近，我来不及反应便被他一把拽进了怀里。

他箍紧我的腰，气息瞬间袭遍我全身，附到我耳边低声道："奴才想犯个死罪。"

接着他低下头，温柔地吻上了我的唇。

霎时天旋地转。

多么稀奇，太监居然敢强吻妃子。

遥临丝毫没有放开我的意思，而是越抱越紧。

屋外再次传来大总管的催促声。

可惜世上没有后悔药。

我轻抚遥临的脸颊："本官赦免你的罪。"

然后我用力掰开他的手，头也不回地走向院子。

犹如奔赴刑场，堕入地狱。

冲大总管轻轻点了下头，我视死如归道："本官准备好了，走吧。"

大总管却站着不动，为难道："娘娘，皇上召的是您身边那个丫鬟喜荷。"

……

我保持着视死如归的姿势一动不动。

大总管解释道："作为助演，喜荷在宴会上表现得尤为出色，皇上一眼就相中了她，全程都舍不得把目光从她身上移开，还当场跟奴才说要封她为妃呢。"

我猛然想起，喜荷今天是协助我一起表演的。

所以，狗皇帝朝台上张望时，看的人其实是喜荷。

冷静下来想想，我这种临时抱佛脚的杂技菜鸟，就算练得再刻苦，怎么可能比得过功底扎实的喜荷？论动作的标准和优美，自然是喜荷完成得更出色，也是她更吸引人。

宴会上，我自以为风情万种、颠倒众生，殊不知并没有人注意到我。

我捂住胸口，隐隐感觉有一大口鲜血要喷涌而出。

喜荷哭着握住我的手："娘娘！奴婢对不起您！其实奴婢一直悄悄暗恋皇上，之所以天天催您练杂技，只是在计划着自己作为助演登台，让皇上注意到！喜荷能有今天，多亏了娘娘的功劳！您放心，今后喜荷，绝不会忘记娘娘，每天都会派人给您送瓜子和桂花糕！保证让您和遥临过上好日子！喜荷定会谨记娘娘的奋斗精神，一步一步往上爬，干掉什么楚妃、怜妃，最终让皇上眼里只有我一个人！"

······

我点点头："好的，祝你和皇上白头偕老。"

喜荷兴高采烈地跟着大总管侍寝去了。

我在院子里站了许久，才慢慢捋清楚发生了什么。

准确地说，无事发生。

我还是我，一个无人问津的废物。

就在刚才，我还以为自己的人生会就此颠覆，于是一时冲动，向遥临坦露了心声。

此时此刻，方觉五雷轰顶。

我居然跟一个太监告白了！

我居然被一个太监强吻了！

我的老天爷啊！

遥临此时正站在我身后不远处，但我不敢回头看他。

他的气息离我越来越近，我高度紧张，还好他只是往我肩上披了条毯子。

我立刻蹬鼻子上脸，怒指着他："说！你是不是从一开始就知道喜荷的心思？也早就知道皇上看中的人会是喜荷？还在那儿装模作样求我别上台！还在那儿跟我演什么生离死别！"

遥临眼中带着无奈："奴才确实早就猜到喜荷的心思，但并不知道皇上会看中喜荷，因为在奴才眼里，娘娘才是倾国倾城、万里挑一的那一位，除了您再容不下其他任何人。奴才今日对娘娘的紧张与不舍皆是出自真心，并且到死都不会变。"

这人好好的讲什么肉麻话？

我老脸一红："闭嘴。"

遥临靠我近了些，伸手理了理我肩上微微滑落的毯子。

我轻咳："今天发生的事，给本宫全部忘光。"

遥临低了下头："遵命。"

夜黑，月圆。

寝宫内一片寂静。

我叹了声："喜荷走后，这里只剩下我们了。"

遥临弯起嘴角："嗯，只剩下奴才和娘娘了。"

我盯着他脸上古怪的微笑，很想狠狠训斥他几句。

鬼知道他在脑补些什么！

然而遥临忽地望过来，温柔的目光直直跌进我眼睛里，荡起层层涟漪。

我再一次，不争气地，心脏停跳了半拍。

罢了。

无论未来如何，至少，珍惜此时此刻。

于是我踮起脚，轻轻吻向了身旁的他。

- 完 -

一段不那么荡气回肠的爱情

○○○

我是个丫鬟。

逛庙会时一不小心与鼎鼎大名的沈王爷撞了个满怀。

沈王爷性子冷，脸上当即抹了一层霜。

明明是他先撞到我的。

沈王爷大手一挥，命人把我带去了他府上。

我顿时意识到，自己这是被强取豪夺了。

我坐在房里盘算了一下，自己一个小小丫鬟，背后无人撑腰，哪里反抗得了堂堂王室？还好这沈王爷有钱有势，且长得眉目清秀，我倒也不亏。

于是我当即躺到了床上。

沈王爷一进屋，皱眉：干什么？

我羞赧一笑：奴婢从了。

沈王爷继续皱眉：从什么？该不会以为我看上你了吧？

我迅速从床上爬起。

沈王爷的眉头就没展开过：要点儿脸。

我尴尬一咳：那王爷看上谁了？

沈王爷：你家小姐。

我恍然大悟，这就说得通了，毕竟我今天是陪自家小姐逛的庙会。

沈王爷：本王让你来，是要你告知一些关于你家小姐的信息。

我：比如？

沈王爷：她叫什么名字？

我：小姐叫慕容曦月。奴婢叫茱儿。

沈王爷：没问你。她喜欢什么颜色？

我：紫色，就是奴婢身上穿的这个颜色。

沈王爷：本王不是色盲。她喜欢吃什么？

我：糖醋排骨。小姐说可好吃了。

沈王爷：你没吃过？

我提醒道：王爷，奴婢是个丫鬟，只能啃馒头的。

沈王爷又一次皱眉：那你怎么一点儿都不瘦？

我转身：没什么事我先回去了。

沈王爷：站住！你家小姐平时都有什么兴趣爱好？

我：弹琴，吟诗，作画。

沈王爷又连着问了几十个问题，直到夜幕降临。

沈王爷信心十足：你家小姐，本王娶定了。

我摸摸肚子：王爷，奴婢有点儿饿。

沈王爷当即命人做了份糖醋排骨端过来。

我受宠若惊。

沈王爷：带回去给你家小姐，就说是本王亲自做的。

我：不要脸。

沈王爷：？

我：奴婢的意思是，王爷您即使抛去这张美如冠玉的脸，也掩盖不了身上散发出来的英贵之气。

沈王爷大手一挥：这盘赏你了。

我狐疑地拿起筷子，吃了几口。

沈王爷：好吃吗？

我：还行。

沈王爷：怎么一副很勉强的语气？你人生中第一次吃糖醋排骨，难道不应该感激涕零吗？

我：王爷恩情，奴婢愿以身相许。

沈王爷退后一步：那倒不必。

吃饱喝足，沈王爷命人护送我回宅。

我：可是王爷，为什么你也要跟过来？

沈王爷：亲自送一个丫鬟回家，你家小姐应该会觉得本王很亲民吧。

我：王爷，有一句话奴婢不知当讲不当讲。

沈王爷：别讲了。

我：哦。

走到小姐家门口。

我：奴婢必须讲一下。

沈王爷皱眉：啰唆。

我：我家小姐已于去年嫁给"竹马"，两人可恩爱了。

沈王爷指向我：来人，杀了这个女的。

我：王爷冷静。

沈王爷：静不下来。

我：往好处想想，不就是嫁了人嘛，您还可以横刀夺爱呀。

沈王爷：先杀了你再说。

我：那奴婢死之前有个愿望，不知王爷可否满足。

沈王爷：什么愿望？

我：活到九十九岁。

说时迟那时快，一把剑横在了我脖子上。

我：开个玩笑。其实奴婢的愿望是经历一段荡气回肠的爱情。

沈王爷：俗。

我：您对我家小姐一见钟情就不俗吗？

沈王爷：本王有钱有势，想怎么俗就怎么俗，你一个连糖醋排骨都没吃过的穷酸丫头，有什么资格俗？

我点点头：也有道理。

沈王爷：所以你现在有喜欢的人吗？

我：没有。

沈王爷：那你说个屁。

我：我可以现找一个。

沈王爷一副看戏的语气：好，你找。

我的目光从护卫看向王爷，又从王爷看向护卫，最后冲护卫娇羞一笑：护卫大哥，可以陪我荡气回肠一下吗？

沈王爷顿时一脸受到蔑视的表情。

护卫：你不是我喜欢的类型。

沈王爷给予护卫一个赞许的微笑。

我一脸遗憾：算了，那就王爷您吧。

沈王爷：要点脸。

最终，我又回到了王府，原因是我家小姐大手一挥，把我送给了沈王爷。

沈王爷脸都绿了：本王解释了一万遍，我没有看上你！我没有看上你！她怎么就是不听呢！

我：一个王爷亲自送一个丫鬟回家，人家能不误会吗？

沈王爷：你给我滚！

我：王爷不杀我了？

沈王爷：多谢提醒。来人，把这个女的关进柴房，择日杀掉。

柴房内有床、有被子，关了半个多月，每天除了吃就是睡，不用出去风吹日晒地干活儿，我皮肤都变白嫩了。

别有一番滋味。

直到沈王爷踹开柴房门：给我干活儿去。

沈王爷给我安排的活儿就是每天给他捏肩捶腿。

看似轻松，其实特别考验体力，一天下来我的两条胳膊几乎酸得抬不起来，还经常被沈王爷嫌弃力气小。

府里的下人开始议论我：狐媚子，勾了王爷的魂。

我无意间听见，不禁受宠若惊。毕竟"狐媚子"这三个字，只有美人才担得起。

但我觉得还是有必要解释一下：王爷其实是在故意整我。

下人们纷纷释然：怪不得。我们王爷才不会看上这种又干又素的小破丫鬟。

我：你们还是骂我狐媚子吧。

这事传到沈王爷耳朵里，勃然大怒：就凭你？也配勾了本王的魂？

我：不敢当。

沈王爷往椅子上一躺：继续捏！大力点儿！

我敷衍着捏了捏。

沈王爷很不满意，伸手按住我的肩膀，猛地用了下力：这才叫捏肩。

肩膀顿时又酸又痛，像被狠狠掐了一顿。

我扮起了委屈。

沈王爷：不要一副被我虐待的表情。

我还是很委屈。

沈王爷板起了脸：大不了你再捏回来。

我默默使上了吃奶的力气。

晚上回房，发现桌子上摆着一盘冒着热气的糖醋排骨。

我心中一动，王爷还是有恻隐之心的，虽然没给主食。

不久后，皇帝设宴，沈王爷将我带进了宫。

我惊叹于皇宫的金碧辉煌，不留神又一次撞到了沈王爷身上，弄洒了他手中的酒。

沈王爷：你还想不想要脑袋了？

我：奴婢第一次进宫嘛。

皇帝饶有兴致地望过来：王爷，你那丫鬟长得倒是挺别致。

沈王爷：陛下的眼光真是与众不同。

皇帝：不如赐她做朕的妃子吧。

全国子民都知道，皇帝与沈王爷水火不容，二人当年为了争皇位斗得头破血流，后来皇帝大胜，开始耍各种小手段针对沈王爷。比如，只要是王爷中意的姑娘，皇帝就一定要以天子的身份插一脚。为此，沈王爷失了无数次恋。

毕竟，在皇帝与王爷之间，谁都会毫不犹豫选择前者。

我当即脑补了一段荡气回肠的大戏，沈王爷为了保护我，殊死抵抗皇帝，然而终究斗不过天子，我还是嫁入宫中，被皇帝霸王硬上弓，从宠妃一步步爬到皇后的位置。多年后，沈王爷率领千军万马闯进宫，举剑狠狠挥向皇帝，最后冲我单膝下跪：茉儿，本王来接你了。

我沉浸在想象中，动容地望向沈王爷。

沈王爷喝了口酒：她只是一个卑贱丫鬟，做妃子恐怕有损陛下的身份，还是送去扫扫粪桶什么的吧。

一副毫不在意的态度。

皇帝冷下脸：朕又不想要她了。

我：……

人生真是大起大落。

回府后，沈王爷斜眼瞥我：别以为做妃子是什么好事，如果皇帝认定你是我的女人，把你抢过去之后，会往死里折磨你，然后把你丢进冷宫守活寡。

我：谢王爷救命之恩，奴婢愿以身相许。

沈王爷：又开始了。

我：所以王爷刚才在宫里是故意装作不在乎奴婢的，对吧？

沈王爷随和一笑：那倒不是，我是真心不在乎你。

日子一天天过去。沈王爷忽然生了场重病，皮肤泛着病态的苍白，平日俊朗的五官柔和了许多，好似楚楚可怜的娇弱美人。

我日夜伺候在床边，耐心喂他喝药：王爷真好看。

沈王爷板着脸：废话。

我：比皇帝好看。

沈王爷愣了一下，似乎第一次有人夸他比皇帝好。

片刻后沈王爷开口：傻子，这句话要是传到皇帝耳朵里，你小命不保。

皇帝竟然如此小心眼。

沈王爷：以后只能在我面前这样说。

我：还是不说了。

保命要紧。

沈王爷不高兴了。

我继续喂他喝药：王爷不高兴的样子也比皇帝好看。

沈王爷又高兴了。

沈王爷病好后，善心大发：为了回报你这些日子的悉心照料，本王决定放你自由。

我甚是感动：王爷真好。

沈王爷：顺便帮你讨个好姻缘，说吧，你想嫁给什么样的男子？

我：奴婢喜欢好看的，有钱的，温柔的。

沈王爷：要点儿脸，这话我已经说倦了。

我：那奴婢就不嫁，永远留在王爷身边。

沈王爷一愣，转过身：啰唆。

又是一年七夕，沈王爷心情大好地带我去逛庙会。

我们在庙会上碰见了慕容曦月，我对着她眼泪汪汪，好一番叙旧。

沈王爷板着脸：搞得好像本王亏待了你似的。

我抹着泪：我从小就跟着她。

沈王爷：那你滚回她身边去。

我止住泪：不了，她只给我吃馒头，还是我们家王爷天下第一好。

沈王爷无比满意：知道就好。

迎面走来一位绝色佳人，正是沈王爷喜欢的类型。

佳人翩然路过，冲沈王爷倾城一笑。

我：要不要奴婢前去打探一下她的消息？

沈王爷：算了，免得又被皇帝抢进宫里去。

我：别这么消极嘛。

沈王爷瞪向我：你就那么希望我跟别的女人在一起？

我：奴婢是希望王爷开心。

沈王爷：你少说两句我就开心了。

途经糖葫芦摊，我停下脚步。

沈王爷：不要告诉我你连糖葫芦都没吃过。

我点点头。

沈王爷皱眉：穷酸丫头。

然后他把整个草木棒子上的糖葫芦都买了下来，命令我全部吃光，一根都不许剩。

我递了一根给他：王爷帮我一起吃。

沈王爷冷哼：本王是什么身份，会陪你吃这种东西？

说完他接过了糖葫芦。

我感叹：王爷真好，奴婢又想以身相许了。

沈王爷：做梦。

我：哦。

沈王爷轻轻一咳：王妃可不是那么好当的。

我：王爷想太多了，奴婢只是想侍个寝而已，哪敢觊觎王妃的位置。

沈王爷俊脸一红：凭你也想侍寝？

我：那就算了。

沈王爷：你说算就算？今晚你就滚到我房里来。

我：好的。

沈王爷：今后日日夜夜都要给我侍寝。

我：王爷保重身体。

沈王爷冷眼一瞪：回头你挑个日子。

我：……

沈王爷：趁着皇帝不注意，把婚事办了。

我：……

沈王爷：谅他也不敢抢王妃。

我：怎么又扯上王妃了？

沈王爷咬牙切齿：你看不懂本王是在求婚吗？

我：懂。我就是想确定一下。

沈王爷沉下脸：你现在就给老子回府侍寝。

我莫名打了个哆嗦：王爷记得温柔点儿。

沈王爷面色微红，转身就走。

我低头一笑，小跑着跟了上去。

最终，我还是成功以身相许了。

虽然并没有那么荡气回肠，但，也挺好。

- 完 -

淹没

○ ○ ○

- 第一章 -

在大人还以为我们是无知孩童时，我其实已经在为电视剧里缠绵悱恻的爱情流眼泪了。

班级里调皮的男生会故意扯漂亮女生的马尾辫，女生们会在课间聚到一起偷偷讨论哪个男生最帅，受欢迎的男生和女生座位抽屉里总是塞满了告白情书，课堂上点到互相喜欢的男女同学回答问题时，大家会很有默契地齐声起哄。

长大之后，很难想象这些事会发生在那么小的年纪，如同小孩过家家。然而对那时的我们来说，每一次心动，每一句告白，都是倾注了真心的。

在这样的年纪，我自然也有了喜欢的人。但跟其他女孩不同，我喜欢的人，不是成绩最好的腼腆班长，也不是最受欢迎的英俊校草，而是我爸的义弟，比我大二十岁的叔叔，陆昭。

有很长一段时间，我都以为陆昭是自己的亲叔叔，大一点儿后才意识到我们并没有血缘关系。因为我爸跟陆昭之间，除了血缘，其他方面都与亲兄弟无异。

他们从小在孤儿院长大，互相扶持着度过最艰难的岁月，彼此都是对方唯一的亲人。后来我爸认识了我妈，结婚后又有了我，组建了自己的小家庭，而陆昭作为一名优秀的设计师，这些年沉迷事业，始终单身。

在我八岁之前，陆昭一直都住在我们家，其实大学毕业后他就打算去外面租房的，然而我爸态度强硬，说什么都不肯让他走。

后来陆昭自己在市区买了房，我爸才不情不愿地放人，不过仍然在家里为陆昭保留了一个卧室。每逢节假日都强制要求他来我们家吃住。

事实上，陆昭的房子比我们家大了不止两倍，还位于最豪华的市中心地段，来我们家住纯粹属于体验乡下生活。

但我知道，我爸是想让陆昭把我们当成真正的家人，这样他一个人在外面打拼时，心中便有了寄托。

然而对待兄弟如此仗义温暖的我爸，在我面前却如寒冬腊月般无情，尤其是当我递出不及格的试卷后，他抄起擀面杖的速度如同武林第一高手一般。我爸揍女儿，一向讲究快、准、狠。我妈则在一旁织着毛衣助威。

只有陆昭会把我护在怀里，温柔地擦掉我脸上的泪。

听我妈讲，我刚出生那天，我爸看了一眼便嫌我长得丑，我妈讥讽长得再丑也是遗传了他。在两人吵得不可开交之时，是陆昭默默把我从护士手里抱了过来，冲我温柔低语："别听他们的，小善是世界上最可爱的女孩。"

罗善，是陆昭替我取的名字。我爸想叫我招娣，我妈则想叫我春红，都被陆昭一一阻止。这件事值得我感恩一辈子。

我从小便爱黏着陆昭，他给我讲故事，教我画画，拿出全部的耐心去哄爱哭鼻子的我，就连我人生中会讲的第一句话，也是清脆响亮的"陆叔叔"。气得我爸当场揪起我的脸逼我叫爸。

陆昭从我家搬走那天，我哭得撕心裂肺，仿佛天都塌了，无论爸妈怎么呵斥，我都抱紧他的大腿死也不肯撒手。最后还是陆昭摸摸我的头，承诺会经常回来看我，才勉强安抚住我的心情。

事后想想，大概从出生那一刻开始，我就注定会喜欢上陆昭。

在我的记忆里，陆昭一直是温柔似水的，他总是穿着整洁的白衬衫，嘴角挂着温暖的笑容，总是像变戏法一样，从口袋里掏出五颜六色的糖果逗我开心。

下一次陆叔叔会变出什么口味的糖果，是我每晚临睡前必会思考的问题。

因为陆昭，我有了收藏糖纸的习惯。只要是他送的糖果，我一定会将糖纸保存下来，铺平抚顺，小心翼翼地夹在日记本里，像对待贡品一般，每天都要拿出来朝拜一番。

从我记事起，每一年的除夕，陆昭都是陪我们一起过的。哪怕工作再忙，应酬再多，他也一定会来我们家吃年夜饭。

每当屋外开始放烟花，我都会趴在阳台上认真地伸长胳膊，想要够到那些烟火。爸妈都笑我傻，只有陆昭会用一双修长有力的手臂把我举得高高的，守护着我的幼稚童心。

在我还不理解爱情为何物时，陆昭已经是我心中最重要的存在了。我会因为想念他而闷闷不乐，会因为见到他而雀跃欣喜，甚至还缠着要搬去他家住，惹得我爸妈大笑，那时我不明白有什么好笑的，我只是一分一秒都不愿与他分开。

第一次意识到我对陆昭的这种感情可能就是影视剧中所描述的爱，便是十二岁那年。

十二岁，对一切都充满好奇的年纪。有美好，自然也会有恶意。

没有原因的，我忽然成了班里被孤立的对象。

前一天我跟班里的女同学还在操场上踢毽子，我笨拙的动作惹得她们大笑，然而第二天早上，当我像往常一样走进教室，大家却纷纷避开了我。从体育课分组特意撇下我，到撕烂我桌兜里的书，再到泼向我头顶的水。最终全班学生像约好了一样，集体对我实行冷战。

学生时代总会有这样一个不讨人喜欢的倒霉蛋，可能成绩不好，也可能性格内向，在班里最大的作用就是被大家排挤和取笑。突然有一天就轮到了我扮演这个角色。

那时的我无法理解，为什么前不久还跟我形影不离的好朋友，会忽然加入排挤我的行列，难道曾经那些欢笑与亲密都是假的？

我第一时间把这件事告知了父母，他们却只当是小孩子玩闹，并且搬出了家长惯用台词："为什么他们不排挤别人只排挤你？是不是你自己有问题？"

于是，我在无数个夜里翻来覆去地纠结、焦虑、痛苦、困惑，怎么都想不通，为什么？为什么偏偏是我？

很多年之后，大家都已经长大成人，我偶然问过其中一个女同学，当年到底为什么要孤立我，对方笑着回答，根本没什么特别的原因，大家只是年纪小不懂事，觉得好玩罢了。

十二岁的我可一点儿都不觉得好玩，在极度压抑之下，甚至试图自残。在一个父母不在家的周末，我偷了一根我爸的烟，把自己关进房间，颤颤巍巍地点燃它，准备将烟头狠狠按到胳膊上。

然而犹豫了好久还是不敢下手，我只好退而求其次，决定先学抽烟，结果被呛得差点儿断了气。

就在我咳得死去活来时，陆昭打开了我房间的门，愕然看着烟雾缭绕中的我。

我僵在原地，脑中瞬间浮现出我爸抄起擀面杖砸向我的场景。

陆昭却只是拿走我手中的烟，干净利落地熄灭，打开窗让烟味慢慢散出去，然后他靠近我，声音如往常般温柔："发生什么事了吗？"

忽然之间，万般委屈涌上心头。

我埋头扑进陆昭怀里，泪水迅速浸湿了他的衣衫。只有在他面前，我才敢这么肆无忌惮地大哭。我断断续续地把这些天的痛苦煎熬全部讲了出来，陆昭始终沉默地倾听着。

等我哭累了停下来，他抬起指尖轻轻抚去我脸上的泪，低声道："傻瓜，不是你的错。"

是的，不需要人生哲理，更不需要心灵鸡汤。

我只希望有个人能够在我最无助的时候站出来告诉我，不是我的错。

仅此而已。

只有陆昭，只有他。

虽然心情早已平复，我却不愿离开陆昭的怀抱，他任我赖着，像哄孩子般柔声细语："答应叔叔，以后再也不许抽烟了，好不好？"

我乖乖点头，又往他怀里钻得更深了些。

其实我本来也没打算再碰香烟，因为被呛出了心理阴影。

第二天早自习，教室门被推开，走进来的竟然是西装革履的陆昭。天知道他用了什么办法说服班主任。

我瞪大双眼，看到陆昭文质彬彬地站在讲台上，对着全班学生礼貌地自我介绍："同学们好，初次见面，我叫陆昭，是罗善的叔叔。"

　　就在大家窃窃私语，以为这是一位非常好说话的长辈时，陆昭原本温柔的表情却蓦地阴沉下来："没什么事，就是想跟各位打个招呼。大家都是同学，我相信你们都会和睦相处的，对吧？"

　　全班噤声。

　　看似毫无攻击力的话，每个字却都带着无形的威严。陆昭脸上是我从未见过的严厉，他面无表情地扫视全场，强大的气场震慑着每一个人。当目光落到我身上时，他又恢复往常的样子，微微勾起了嘴角。

　　我直愣愣地望着陆昭，清澈透亮的双眸，高挺的鼻尖，棱角分明的下巴以及微薄的唇，笑起来如同秋日微风。

　　那是我第一次把自己从晚辈的身份中剥离出来，真正以一个异性的角度去看待陆昭。

　　忽然之间，心底深处某种埋藏已久的东西，发了芽。

　　那天放学后，我远远就看到了校门口的陆昭。他倚靠在车前，笑着向我招手，嘴角弯起好看的弧度。他没走，一直在等我。

　　那时陆昭刚刚成立了他自己的设计公司，正是忙碌期，时间对他如同生命，每分每秒都需用在刀刃上，而他却愿意放下所有工作，用一整天的时间待在学校，只为了保护我。

　　我心中虽有欣喜，但更多是愧疚，责怪自己浪费了他的宝贵时间。

　　陆昭摸摸我的头，语气温柔而坚定："你比工作更重要。"

　　谁能抵挡这句话呢？现在的我不能，未来的我也不能。

　　就在那一天，我明白了自己的心意，认认真真地在日记本上立下誓言：我会永远喜欢陆叔叔。

　　这是我跟老天打的一个赌。

一遇到困难就马上怀疑自己的我，唯独在喜欢陆昭这件事上，充满巨大的自信。

我确信自己会喜欢他，直到永远。

那段时间陆昭每天都会来学校接我，风雨无阻。他在用行动告诉我，不用害怕，我是有依靠的。哪怕全世界都孤立我，他也会坚定不移地牵起我的手，接我回家。

不久后，陆昭送了我一部手机，小巧精致，有着漂亮的粉色外壳。

他温柔地笑："这是奖励你的礼物。"

对一个十二岁女孩来说，手机无疑是奢侈品。

我踌躇着不敢收，不明白自己做了什么值得被奖励，上回英语考试才五十九分。

陆昭眸中流动着温柔的云彩："因为你很坚强。"

那一刻，我所有因为被孤立而产生的焦虑不安与自卑，全都烟消云散了。

因为，他夸我坚强。尽管我一度害怕到不敢上学，不敢说话，不敢直视那些人投过来的目光，可他，夸我坚强。

那是我人生中第一部手机，通讯录里只存了陆昭一个名字。从那天起，无论身在何处，他每晚都会发一条短信给我，只有简短四个字——晚安，小善。

这四个字陪伴了我整个少女时代。当我为了作业发愁时，当我为了同学关系烦恼时，当我被父母责骂时，当我翻来覆去睡不着时，这条短信永远是最有疗效的安眠曲。

那些日子我每时每刻都沉浸在蜜糖般的暗恋里，将私下偷看的每一部言情小说都代入了我和陆昭，每一次无意间的对视都令我怦然心动。

当然，我并没有丧失理智，很清楚二十岁的年龄差会是我们之间巨大的问题。作为一个成年男人，除非想去坐牢，否则绝不可能丧心病狂到接受一个未成年少女。

于是，快点儿长大，以成年人的身份向陆昭告白，成了我那时唯一的心愿。

小时候的我，讨厌被大人当成无知孩童，却又像个孩童般，以为未来一切都会如自己所愿。

- 第二章 -

六年的时间，比我想象中更漫长。

我讨厌无休止的作业，讨厌不合身的校服，讨厌雷打不动的早操，这一切都在强调着我未成年的身份，阻止我向陆昭表达心意。偶尔听到大人羡慕我们青春年少，我却不屑一顾，只想翻白眼。

那时的我并不知道，多年以后自己会多么渴望回到青春年少。孩子们永远无法理解，他们所虚度的青葱岁月，是大人们再也无法挽回的时光。

镜子里那个女孩一天天长大，从十二岁到十八岁，从初中生到高中生，从干瘪到饱满，不用多久就要迈向大学的校门，属于法律规定的成年人了。

父母不再动不动就揍我，而是嘘寒问暖、关怀备至，哪怕是粗鲁如我爸，也懂得应该善待高考生。为此，我爸还特意嘱托陆昭辅导我学习，可以说是用心良苦。如果让他知道我对陆昭的非分之想，恐怕会当场赐我绞刑。

我的学习成绩自小就不理想，也没什么上进心，早就习惯了不及格的命。但我爸并不肯接受现实，他起初指望我考上清华、北大，后来发现比中彩票还要渺茫，便又降低期望，要求我考上本市最好的大学，然而只有我内心清楚，自己充其量只能念个大专。

直到那个周末，我们全家围坐在桌前包饺子，我妈随口埋怨陆昭，怎么快四十岁了还不成家，她这些年给他介绍过好多相亲对象，各个年轻漂亮，结果全被他婉言回绝，连面都不肯见。

我顿时提高警觉，表面装作认真包饺子，实则所有心思都在我爸妈的交谈上。

只听我爸冷哼一声："你懂什么？陆昭从小就是天才，在设计界一直都是顶尖的，现在又成了公司大老板，那是随随便便什么人就能配得上他的吗？自然要耐下心好好挑选！光年轻漂亮有什么用？还得有头脑、有学历，在事业方面帮得上忙才行！"

刚包好的一只饺子，被我手一抖，生生给捏散架了。

虽然我对我爸那番话嗤之以鼻，坚信真爱不需要看条件。但暗恋中的少女，在喜欢的人面前总是无限自卑的。

在这之前，我只想着等高中毕业就可以光明正大跟陆昭表白了，丝毫没考虑过如果被他拒绝该怎么办。冷静下来想想，陆昭拒绝我的概率可以说是百分之百。

第一，巨大的年龄差。

第二，叔叔的身份。

第三，我既没学历，也不聪明，更谈不上漂亮。

他有什么理由会接受这样的我？

前面两条已经是铁的事实，无法更改，只有第三条勉强还有机会挽救一下。

于是我当即发誓要考大学，要学设计，哪怕需要付出比旁人十倍的努力也在所不惜。父母对我的突然发奋深感欣慰，全然不知我的花花肠子。

那时的我压根儿不在乎什么前途，点燃我所有动力的，只有对陆昭的爱。

陆昭的辅导非常有耐心，那些枯燥难懂的公式，被他用无比轻柔的语调念出来，竟然产生了一丝浪漫的朦胧感。我偶尔会注视着他脸部的线条出神，陆昭从不生气，总是笑着揉揉我的脑袋，把已经讲过的题再讲第三遍、第四遍。

其实但凡陆昭有一处表现出不耐烦，我那点儿轻飘飘的少女心思一定早就散了。可他永远都是无可挑剔般温柔，令我克制不住越陷越深。

这些年，我仗着自己年纪还小，总是肆无忌惮地跟陆昭亲密接触，比如飞奔扑进他怀里，比如紧紧牵住他的手，比如踮起脚搂着他的脖子撒娇。因为再过几年，当我成为一个真正的大人，这些所谓逾矩的行为或许就通通不能做了。

大人跟孩子不一样，要懂道理、懂规矩、懂分寸，曾经的疯狂与叛逆，必须全部藏在心里，随着岁月流逝，慢慢消失不见。

做大人是一件很辛苦的事，可人总会长大，谁也没有例外。

在陆昭夜以继日地辅导下，我最终考上了当地的美术学院。以我从小垫底的成绩，能考这个分数已算天大的惊喜，我爸嘴上斥责我怎么没加把劲考上名牌大学，其实私底下就差给陆昭跪下，感谢他的大恩大德了。

高考前，我跟陆昭约定，如果考个好成绩，他就必须无条件答应我一个愿望。陆昭毫不犹豫地与我拉钩，定是以为我打算索要什么贵重礼物，殊不知我是准备向他告白。

因此，当我收到成绩单时，忍不住又哭又笑像个傻子，满心以为自己终于可以结束漫长的暗恋了。

告白前夕，我比高考还紧张，在心里反复酝酿着台词，在删选了无数肉麻情话后，最终选定了比较朴素的一句——陆叔叔，我喜欢你，让我做你女朋友，好吗？

那晚我把自己蒙在被子里，用很低很低的声音默默练习那句话，每念出一个字，心口就剧烈跳动一次。

最终因为脸颊太烫，我只得把脑袋挪出被窝散热，随即注意到窗外照进来一束浅浅的月光，美得不似人间景象。

我伸长胳膊，假装握住了月光。

那一刻，我以为自己是全世界最幸福的女孩。

第二天，陆昭带着一个女人敲响了我家的门。女人留着长长的直发，面容清丽娟秀，一袭素雅的长裙，气质温婉娇柔，站在他身旁低头含笑。

陆昭温柔地拥住她，一字一句向我们介绍："她叫沈曼华，是我未婚妻。"

沈曼华，这个名字往后很多年一直萦绕在我的生命中，我的悲与喜、哀与痛、绝望与新生，皆因她而起。

原来陆昭之所以单身至今，都是因为在等沈曼华。在很久之前，他便喜欢上了她，她却心有所属，嫁为人妇。后来因为一场意外丈夫离世，她独自带着儿子熬了好几年，兜兜转转直到前不久才终于接受陆昭的求婚。

他注视她时，眼中的爱意仿佛快要溢出来了。

我所有的美好幻想都在那一刻灰飞烟灭。在他们俩漫长而坚定的故事面前，我那些愚蠢幼稚的小心思显得尤其可笑，并且微不足道。

我想躲进房间放声大哭，想扔掉抽屉里攒了厚厚一本的糖纸，想把那部悉心珍藏的粉色手机砸个稀巴烂，甚至连好不容易考上的设计专业都不想读了。

然而，我已经没有任性的资格了。

我只能在父母热情问候沈曼华时，默默转身进厨房切好水果，做个懂事的乖孩子。

沈曼华脾气很好，笑起来眼睛弯弯的，她为我们一家三口都准备了见面礼，我爸是红酒，我妈是化妆品，我是一只头上绑着蝴蝶结的兔子玩偶——完全把我当成了三岁小孩。

我把那只兔子抱到了怀里，礼貌地冲她道谢。

陆昭这才将注意力从沈曼华转移到我身上，温柔一笑："小善，现在可以说出你的愿望了，无论你想要什么叔叔都可以满足你。"

我低下头望着怀里的兔子，轻声道："这个就够了。"

因为我真正想要的，他已经永远也给不了了。

见了几次面后，我妈竟然跟沈曼华开起了玩笑，吵着要跟她结为亲家，原来沈曼华的儿子与我年龄相仿，即将去墨尔本留学，据说长得极其俊秀。

有这么一位貌美的妈妈，儿子自然也不会差到哪儿去。

原以为沈曼华会果断推辞，没想到她竟然当场答应了，还煞有介事地问我愿不愿意。

我脸颊发烫，下意识看向陆昭，指望他帮我解围，却见他低头微笑，分明默许了沈曼华的玩闹。

是的，陆昭并不在乎我会跟谁在一起，他眼里只有他的未婚妻。

失落间，我赌气道："好，回去告诉你儿子，他以后就是我罗善的未婚夫了。"

沈曼华灿烂地笑起来，钩住我的小指，语气变得认真："那我们家小曜就交给你了。"

那时的我只觉得莫名其妙，并不知道自己随口一句气话，会对未来造成翻天覆地的影响。

客厅里回荡着几个大人的欢声笑语，唯有我心底一片悲凉。

从前一见面就要赖到陆昭怀里撒娇的习惯，我开始学着改掉，当陆昭又一次笑着摸我的头时，我默默退后两步，避开了他的触碰。

后来我甚至还想找借口不去参加陆昭和沈曼华的婚礼，被我爸怒斥："陆昭这边只有我们三个亲人，要是再缺个你还像话吗？敢不去我就打断你的腿！"

压抑已久的情绪终于爆发，我脱口而出："什么亲人不亲人的？他跟我们又没有血缘关系！"

回应我的，是我爸用尽全力的一巴掌。

我重心不稳地跟跄了几步，然后便看见了不知何时站在门口的陆昭。那个脸上总是挂着温柔笑容的男人，此刻表情一片黯淡，仿佛刚刚被全世界抛弃。

我爸猛地将我拖曳到陆昭面前："向你陆叔叔道歉！"

懊悔与羞愧瞬间吞噬了我的心。我该怎么解释呢？因为对你产生了男女之情，所以才不愿意把你当成亲人？我不是在抛弃你，而是喜欢上了你？

我垂下头沉默，我爸又一个巴掌准备甩向我的脸，被陆昭及时阻止，语气还是一如既往地温柔："算了，小善还是孩子。"

孩子，每个人都把我当成孩子。

那天直到最后我也没有开口道歉，死撑着假装倔强，然而到了晚上，当我收到那句熟悉的"晚安，小善"时，终究还是忍不住痛哭起来。

冲动占据了我的大脑，我编辑了一段长长的短信，将这些年所有的委屈与心酸全部写了下来。我想不顾一切地跟他告白，想让他立即回应我的爱，却还是在按下发送键之前犹豫了。

他苦苦等了那么多年才终于拥有的初恋与幸福，凭什么要因为一个微不足道的我而掀起波澜呢？我不能，也不该这么自私。

我抹着泪，一点一点删掉了对话框里的字。

算了，算了。

十八岁那年，我明白了世界并不是围着自己转的，我喜欢的人并不一定就会喜欢我。

求而不得才是人生常态。

除了妥协，别无他法。

- 第三章 -

进入大学后，我迅速结识了好友蜜蜜。

她睡在我上铺，入住寝室第一晚，当我还在艰难适应着新环境时，她已经端着洗脚盆坐到了我床上，豪爽地拍拍我的肩："咱们以后就是好朋友了。"

蜜蜜与我的性格属于两个极端，所有我不敢做的事，她都敢。在她的带动下，我频繁地进行社交联谊，虽然疲惫，但也很快就融入了大学生活。

那段时间我认识了很多新朋友，学会了化妆打扮，还尝试了当时流行的离子烫。

晚上熄灯后，我们寝室几个女生会躺在床上分享各自的心事，每个人必须坦白自己喜欢的男生是谁，有青梅竹马，有高中同学，有大学学长，只有我表示没有喜欢的人，惹得蜜蜜当即决定要撮合我和班上一个男同学。

我无奈地笑，没有同意，也没有拒绝。

如果不出意外，我想自己一定会渐渐忘掉陆昭，顺其自然地开始一段新感情，多年后回忆起少女时代那段暗恋，摇摇头只觉得幼稚，然后轻飘飘地一笑而过。

然而命运总是很擅长跟大家开一些无情的玩笑。它可以在你濒临绝望时突然赐予你一根救命稻草，也可以在你苦尽甘来、即将踏向幸福结局时，突然把一切美好都撕碎。

接到我妈电话时，我正在跟蜜蜜逛街，打算为陆昭和沈曼华挑选新婚礼物。就在我苦恼应该选八音盒还是小台灯时，听见我妈用颤抖的声音告诉我，沈曼华自杀了。

第二天就是他们的婚礼，她却毫不犹豫地从家里阳台跳了下去。

只给陆昭留下一封遗书，字字句句都是对亡夫深切的爱与思念。原来她这些年几乎每分每秒都渴望着追随亡夫而去，他去世后的每一天，对她而言都了无生趣。只是因为要抚养儿子长大，才不得已坚持到现在。之所以答应陆昭的求婚，只是希望他能够代她好好照顾儿子。

沈曼华灿烂的笑脸背后，是毅然赴死的心，而陆昭对此一无所知。他还没来得及给她一场盛大的婚礼，就永远失去了她。

挂完电话，我跌坐在地上，不顾路人的围观，大声号哭起来。

我为沈曼华而哭，她深情却又绝情，自私却又勇敢，上一秒还那么鲜活的生命，下一秒便摔成了粉碎。我更为陆昭而哭，那么温柔又无辜的他，却要承担所有的痛苦和责任，我不敢想象他会经历怎样的崩溃。

然而出乎所有人的意料，陆昭十分平静地操办了沈曼华的后事，将一切打理得井井有条，全程一滴眼泪都没有流。看似正常，却又极其不正常。

葬礼上，陆昭一袭黑色丧服，面无表情地在沈曼华的遗像前站了许久。我想走过去安慰安慰他，却被我爸拉了回来，让我别去碍事。

一直到葬礼结束，我都没有见到沈曼华的儿子，听说他在国外没回来。连亲妈的葬礼都不参加，不知他是心太狠，还是受打击太大。

葬礼过后，陆昭闭门不出好几天，拒绝见任何人。

我爸在家叹气："让他一个人冷静冷静也好，你们都别打扰他。"

可我怎能放心？我爸一直收着陆昭家的备用钥匙，我偷偷拿走，擅作主张地跑过去打开了他家的门。

首先映入眼帘的，是地上无数的空酒瓶，接着便是扑面而来的刺鼻烟味。

我心中温润如玉的陆叔叔，此刻正乱糟糟地蜷缩在沙发角落，他抬头望向我，眼中已然失去所有光彩，充满憔悴与颓废。

我一步一步走向他，胸口像被绞住一样痛。我以为陆昭会训斥我私自进他家，便打算先开口道歉，然而还没来得及出声，便被他用力拽进了怀里。

我对陆昭的怀抱并不陌生，从小到大，当我想吃糖时、撒娇时、委屈时，他都会温柔抱住我，只是源自长辈的宠爱。

可这一次的陆昭，却像一只遍体鳞伤的孤兽，颤抖着将我箍在怀里，仿佛把我当成救命稻草般，用沙哑无助的哭腔在我耳边低喃："你知道吗？她一分一秒都没有爱过我。"

这是我第一次见到这样的他。

陆昭越攥越紧，我感到身上的骨头几乎快散架了，却舍不得推开他。

他自小便没有家人，如今连最重要的初恋都狠心弃他而去，在这最孤寂绝望的时刻，还有谁能慰藉他呢？先前那些理智与坚强不过都是伪装而已，他最需要的不是一个人冷静几天，而是陪伴，能够接纳他脆弱一面的陪伴。

于是我伸手轻抚他的背，低声说："陆叔叔，你还有我，我会永远陪着你的。"

陆昭身形一顿，动作变得温柔，他慢慢放开怀中的我，无力地笑了笑："小善，不要轻易做出这种兑现不了的承诺。"

我认真道："我说永远，那就是永远。"

那时我顾不上什么羞耻与矜持，只盼望能让陆昭明白，他永远不会是孤单一人。哪怕只是以家人的身份，我也想陪在他身边，成为他的依靠。

陆昭轻叹一声："傻瓜。"

前不久还承诺要做他新娘的女人，转眼便走得那么狠心决绝，他现在又怎会把我这种虚无缥缈的承诺放在眼里呢？

我不再多言，而是默默收拾起满地的狼藉，还煮了一碗面，全程监督他吃完。

大概是我的表情太过忧心忡忡，陆昭伸手揉揉我的脑袋："别担心，我没事了。"

我当然不信，望着他那张憔悴苍白的脸，心疼得无以复加，暗暗决定以后要常来照顾他。

然而陆昭并没有给我多少机会扮演田螺姑娘，那天过后，他变得愈加忙碌，不是在拼命地工作、出差，就是飞去墨尔本寻找沈曼华的儿子，尽管每回都一无所获，他却从未放弃。

我能见到陆昭的次数越来越少，曾经他时不时就会来我们家过几天，后来渐渐地只有除夕才能看见他了。难得见面，他看上去还跟以前一样温和淡然，大家都以为他已经走出了悲痛，只有我知道他内心藏着无尽哀愁。

那天陆叔叔颤抖无助的模样，我没跟任何人提起过，因为我想让那样的他，只属于我一个人。

二十岁生日那天，因为没有等到陆昭的电话，我闷闷不乐一整天，瘫在寝室床上连课都不想上。

从小到大，几乎每一个生日陆昭都会陪我过，实在抽不开身，他也会准时在零点打电话给我。我只是想要一句生日快乐而已，然而那天直到傍晚我的手机都毫无动静。

我先是难以置信，接着便开始委屈与愤恨，最后陷入自我怀疑：我是不是太高估自己在陆昭心里的位置了？连父母都会偶尔记不住我的生日，凭什么要求陆昭不能忘？

于是我翻开日记本发泄起了情绪，字字句句都写得无比凄凉，仿佛自己被全世界抛弃，写着写着还落了几滴泪。就在蜜蜜追问我发生了什么事时，令我魂牵梦绕的手机铃声终于响了起来。

我立即扔掉日记本，飞快按下接听键，对面是我再熟悉不过的温柔低语："小善，下楼。"

呆愣片刻后，我来不及换掉睡衣便直奔楼下，一眼看到了正站在不远处的陆昭。

喜欢上一个比自己大二十岁的男人，应该任谁看来都会觉得荒谬吧。然而对那时的我来说，不去喜欢他，才叫荒谬。他的细心，他的体贴，以及总是能准确融化我内心的温柔，让我怎么可能不喜欢呢？

我大步跑向他，张开双臂用力蹦进了他怀里。我已经记不清有多长时间没见到他，他清瘦了许多，但身形依旧挺拔。

陆昭脱下他的风衣裹住我，微微皱起眉："也不披件外套。"

我踮起脚紧紧钩住他的脖子，生怕下一秒他就会消失。

他无奈地笑，在我耳边轻声道："生日快乐。"

我在他怀里闷声抱怨："我还以为你忘了。"

"怎么可能？"陆昭叹气，"我一整天都在飞机上，所以错过了零点。作为补偿，明天叔叔什么工作都不干，带小善去游乐园玩好不好？"

我拼命点头，内心放起了烟花。

我人生中第一次游乐园之旅，便是陆昭带我去的。

那时我爸妈生意繁忙，很少有空陪我。从很小的时候开始，我便习惯了一个人在家里自娱自乐，听歌、画画、看书，或是趴在窗口发呆。只有陆昭察觉到了我心底的孤寂，带我第一次去了游乐园，第一次吃了棉花糖，第一次坐了旋转木马，让我第一次可以跟同学讨论自己周末去了哪里玩。

那之后，只要我不开心，陆昭就会带我去游乐园。

虽然后来我并没有那么喜欢游乐园了，烦极了永无止境的长队，还有嬉皮打闹的熊孩子，但只要跟陆昭一起，无论去哪儿都是开心的。

陆昭摸摸我的头："不生气了？"

我连忙摇头："我才不会生陆叔叔的气。"

陆昭嘴角的笑容更灿烂了些："乖。"

陆昭这一年为我准备的生日礼物是一条星空手链，上面镶着几颗用蓝色宝石制成的小小星球，十分别致精巧。我抬起手腕，撒娇要陆昭帮我戴上，在心底暗暗把这条手链当成我们之间的信物，发誓要戴一辈子。

心满意足地送走陆昭后，我一回头便看到了目瞪口呆的蜜蜜，她愕然道："你啥时候被包养的？"

我轻咳一声："那是我家陆叔叔。"

蜜蜜依然处于震惊中："哪有跟叔叔那么亲密的？你简直像条鼻涕虫一样粘在他身上好吗！我跟亲爹都没有那么亲！"

确实，我跟亲爹也没有那么亲。

于是我老老实实将自己这些年的苦涩暗恋全部交代了出来，原以为会遭到猛烈抨击，蜜蜜却只是痛骂我居然这么晚才向她坦白，然后迅速与我商讨第二天的游乐园约会计划，还献上了她衣柜里最贵的一条裙子。

那时我们二十岁，既长大了，却又还没长大，还没有经历社会的磨炼，对未来仍充满无限幻想，哪怕好朋友喜欢上一个遥不可及的大明星，我们也会信心满满地告诉她：加油，你一定可以的。

第二天，我穿上蜜蜜的成熟连衣裙，用粉底把脸涂得煞白，最后抹上姨妈色口红，忐忑不安地来到了陆昭面前。他为我打开车门，目光在我身上短暂停留，脸上浮现出无奈的笑意，我顿时就有种自取其辱的感觉。

我坐在副驾驶上懊恼不该这么打扮，不伦不类的，像个智障，陆昭倾身替我扣上安全带，我愣愣地与他四目相对，听见他轻声道："今天很漂亮。"

所有懊恼瞬间烟消云散，我低头傻笑，智障就智障吧，反正他夸我漂亮。

那天我们一起坐了摩天轮，我假装恐高地钻进陆昭怀里，在他柔声安慰我时，我忍不住埋头窃笑。总是被大家认为内向拘谨的我，一到他面前就忍不住调皮起来。

我们在游乐园玩了一整天，其中有半天是在排队，不过我无心嫌累，因为全程都在琢磨怎么神不知鬼不觉地与陆昭十指相扣，出门前蜜蜜特意告诫我，比起拥抱，十指相扣更能增加暧昧气氛。

　　当我终于鼓起勇气碰到他的手时，一个挎着花篮的小女孩突然拦住了我们，拉拉陆昭的衣袖："叔叔，给你女朋友买束红玫瑰吧。"

　　原本还很介意小女孩中断了我的计划，在听到她那句话后，我的心情顿时冲上云霄，情不自禁朝她投去赞许的目光。

　　原来在外人眼里，我和他完全可以是情侣关系，二十岁的年龄差并没有我想象中那么遥不可及，这对我而言无疑是巨大的鼓舞。

　　陆昭愣了几秒，僵硬地转头望向我，眼中满是诧异，似乎刚刚才意识到小女孩口中的女朋友所指何人。

　　我迅速移开目光，心虚地不敢与他直视，只听他用万分无奈的语气向小女孩解释："小姑娘，这位姐姐只是叔叔的侄女，她跟你一样还是孩子哦。"

　　仿佛一把刀直直插入我的胸口。虽然早已预料他会是这个反应，但我还是克制不住失落起来。

　　小女孩一副机灵模样："那叔叔就给您侄女买束玫瑰吧，女孩子都喜欢花的。"

　　我重新燃起希望，此刻小女孩在我心中宛如救世主，今晚能不能收到陆昭的玫瑰就看她的表现了。在我殷切的注视下，陆昭终于从钱夹里抽出几张百元大钞，递到了小女孩手上。那些钱足够买下整个花篮了。

　　天知道我那时多么想给小女孩一个大大的拥抱，我甚至已经开始幻想待会儿捧着一大束玫瑰花回到寝室后，蜜蜜她们会是什么样的表情。然而下一秒我就听见陆昭认真道："记住小姑娘，红玫瑰是应该送给爱人的，叔叔送给侄女就不像话了。这些花我就不要了，你拿回家吧。"

又一把刀插向我的胸口。如果活在古装剧里，我大概会立即吐血而亡。

小女孩眉开眼笑地收下钱，丢下一句"谢谢叔叔"便挎着花篮跑开了，我的最后一点儿希望也随之破灭。陆昭并未察觉我的心情起伏，甚至还若无其事地买了一根糖葫芦给我，我舔了口糖衣，甜味从舌尖缓慢延伸到心口，变成了化不开的苦。

在陆昭心里，比起红玫瑰，我更适合糖葫芦，因为我还是孩子。无论十岁还是二十岁，他都只把我当成一个孩子。

而我也确实还是孩子，胆小到因为一次挫败就再也不敢往前试探。

对那时的我来说，人生还很长，有大把青春可以荒废。

因为我确定自己的心不会变，也确定陆昭会一直在身边，所以一点儿都不着急。

全然不知，时间的流逝有多么迅猛无情。

- 第四章 -

转眼到了大学毕业，我伴装四处面试，迟迟不定下来。

直到我爸在饭桌上随口说了句："干脆去你陆叔叔的公司实习吧。"

计划通过。

我强行忍耐着，才没让自己当场笑出声。

从超市购完物后，正好在家门口碰见了陆昭。

他从一辆银灰色轿车上走下来，一身笔直正装，仿佛刚参加完一个重要会议。

屈指一算，上次见面还是在半年前的除夕。

不知为何，我竟然多了一丝局促，没了往常扑进他怀里的勇气，只站在原地呆呆问了句："陆叔叔，你怎么来了？"

陆昭很自然地从我手中接过购物袋，温柔地笑笑："因为想小善了。"

我面上一烫，庆幸现在是晚上，陆昭应该发现不了我的异样。

陆昭继续道："还想大哥和嫂子。"

所以并不是只想我一个人。

我瞬间恢复平静，不禁打量起这个被自己称为叔叔的男人。

同样是中年男子，我爸早八百年前就发了福，啤酒肚好似怀胎八月，爬个四楼就已喘得上气不接下气。陆昭却仍旧气宇轩昂，有着恰到好处的肌肉线条，清俊的脸庞增添了更多的成熟魅力，岁月没有在他身上留下任何痕迹，反而使他更加迷人。最令我沉醉的，还是他那双温柔如水的眼眸。

我忽然有点儿过意不去："陆叔叔，你是因为我实习的事才被我爸叫回来的吧？会不会太麻烦你呢？其实我自己随便找一家小公司也可以的。"

虽然很渴望跟他朝夕相处，但以我那点儿实力，进了陆昭公司估计只能拖后腿。

陆昭声音变轻："小善不想来我身边吗？"

几乎没有任何犹豫，我就条件反射回了句："想。"

陆昭朝我伸出一只手，弯起嘴角笑："那，以后请多多指教。"

我慢慢握住他那只手，温暖的触感一点一点从指尖蔓延开来，直至心脏。

去陆昭公司上班的事就这么定下来了。因为我家位置偏远，为了方便上班，更为了远离我爸妈的念叨，我提出想去市中心租房子住。

我爸大手一挥："你陆叔叔家房子那么大，随便留一间客房给你就是了，不用特意租。"

我妈佯装客气："那是不是太为难陆昭了？"

陆昭笑了笑，征询地望向我："小善想住叔叔家吗？"

我一面为爸妈不要脸的行为震惊，一面又陷入突然要与陆昭同居的紧张，支吾半天竟没能回答出来。

陆昭语气温和："不愿意也没关系的。"

我爸一道巨掌拍到我背上："她能有什么不愿意？明天就搬过去！"

我妈立刻起身帮我收拾行李。

我一时间悲喜交加。为人父母竟然如此不负责任，毫无顾忌地把亲闺女往一个中年男人家里推。还好对方不是别人，而是陆昭，可以让我卸下所有防备的陆昭。

蜜蜜得知我要搬去陆昭家后，比我本人还要兴奋，直呼这是天赐的良机，催促我赶紧上，我故作矜持："上什么？"

蜜蜜镇定答："上他。"

我连忙捂住蜜蜜的嘴。

蜜蜜表情严肃如同教导主任，冲我噼里啪啦就是一顿数落："装什么纯？还当自己未成年吗？虽然你脸蛋、身材、性格全都平平无奇，但至少还有胶原蛋白！不趁着年轻赶紧拿下喜欢的人，难不成要等到人老珠黄，再懊悔自己为什么没能在二十几岁时勇敢一把？"

行，刀刀致命。我苦涩一笑，万般愁绪上心头。

蜜蜜越说越痛心疾首："就算你等得起，你的陆叔叔可等不起了，也不算算他都多大年纪了，虽然他目前外貌身材保持得很好，但人总有衰老的一天。你再磨叽下去，他要么跟别人结婚生子，要么就已经老得走不动路，只能躺病床上接受你的告白了！你当年第一次心动的时候就应该立刻扑上去，这么多年大好时光全被你浪费了！"

我叹了口气："大姐，我那时才十二岁，犯法的。"

蜜蜜笑里藏刀："那您十八岁的时候干什么去了？二十岁的时候又干什么去了？"

我张张嘴，想要替自己辩解两句，却又实在想不出自己这些年都在干什么，因为陆昭太忙？因为我要上学？因为时机不对？又或者，只是因为我太懦弱而已。

如今我二十二岁，距离我第一次明白自己的心意，已经过去了整整十年。

我当然明白，自己已经浪费了太多时间。只是年龄越长，我越犹豫。自从沈曼华离世，陆昭便一直单身，仿佛他的心也随之枯萎了。我妈后来又试图给陆昭介绍过对象，皆被他断然拒绝，连一点儿余地都不留。

别说我永远比不上沈曼华，就凭陆昭跟我爸之间这亲如兄弟的交情，他也断不可能接受我。恐怕只会联合我父母一起把我送去电疗。

小时候总以为成年了便可以光明正大向他告白，殊不知成年人其实比小孩子要懦弱一万倍，因为需要顾虑太多太多现实因素。学会的道理越多，人越胆小。

好似做梦一般，我就那么搬进了陆昭的家。

我曾经不止一次来过这里，如今真正搬进来，却又是另一番滋味。

我的房间很大，床单被套与墙纸桌椅都是浅色系，该有的生活用品一应俱全，床头摆放了一只卡通闹钟，书桌的其中一个抽屉里塞满了各种口味的糖果，是我小时候最爱吃的牌子。

想到这一切都是陆昭特意为我准备的，我忍不住低笑，剥了一颗糖含在嘴里，连头发丝都泛起了甜。

为了在陆昭面前塑造一个贤惠体贴的形象，我搬进来第二天便开始积极做起了家务。陆昭家虽然很大，却总是给我一种冷冷清清的感觉，餐桌和壁橱都是空的，冰箱里只有酒。除了我那间卧室还算温馨外，家里简直毫无生气。

那我就想办法让这里恢复生气。

给空旷的客厅和书房摆上绿植，给冰箱添置上新鲜食物，在橱柜里摆满精巧的餐具，把衣帽间布置得条理分明，把书柜整理得井然有序。

陆昭默默配合着我，表情像在观赏小孩扮家家："小善长大了，懂事了。"

我小声嘟囔："我早就长大了。"

陆昭修长的身形忽然靠过来，抬手拂去不知何时落在我头发上的羽绒。

我仰着脸看他："陆叔叔，你都喜欢吃什么菜？我可以做给你吃。"

做家务带来的成就感，让我升起一股莫名的自信，竟想要包揽陆昭的饮食起居。

陆昭微微弯起嘴角："你会做什么菜呢？"

我如梦初醒，支吾半天才尴尬道："……煮方便面。"

陆昭眼里笑意更深："那我就喜欢吃方便面。"

我顿时觉得自己很没用，一个连自己都照顾不好的废物，居然妄想照顾一个比自己大二十岁的男人，只能失落地说："我会学的。"

陆昭揉揉我的脑袋，低头与我对视："傻瓜，你什么都不用做，每天只负责开心就可以了。"

低落的心情瞬间消散，我忍不住笑，跟他在一起，自然是每分每秒都开心。

每天早上一起床，便能见到穿着睡衣的陆昭，温柔笑着招呼我吃早餐，用完餐后他会换上成熟笔挺的西装，而我总是要纠结半天应该穿什么衣服才好。一切就绪后他会开车载着我去往公司，我坐在他的副驾驶上，听着电台里播放的音乐，用余光偷瞄他的侧脸。这些我曾经只敢在脑内幻想的事，如今竟成了生活中的日常。欣喜之余，我却又陷入焦虑。

因为我不想让陆昭看到自己的素颜。

虽然我从小到大再邋遢的样子陆昭都见过，但仿佛一夜之间我便生出了羞耻心，何况皮肤也没十几岁时那么水嫩了，再加上先前蜜蜜的一番无情打击，我内心的自卑感更是加重了好几万倍。然而同一屋檐下，无论我怎么刻意回避，也还是会有不得不素颜面对陆昭的时候。

比如这天我刚卸完妆，陆昭便来敲我房门："小善，我给你泡了杯牛奶。"

我第一反应便是想要拒绝掉那杯牛奶，可那是陆昭为我泡的。

从十二岁开始，我便再也无法拒绝陆昭。哪怕他端一碗砒霜过来，我也会欢欢喜喜地喝下去。

此时往脸上扑粉已经来不及了，我只能以手遮脸，提心吊胆地开门。

陆昭把牛奶递给我，盯着我那只死死挡住脸的手，关切地问："脸怎么了吗？"

我试图敷衍过去："没什么，有点儿过敏。"

陆昭哪里懂我的小心思，听到过敏二字立刻皱了眉，拿开我的手弯腰凑近，仔细打量起我的脸。

我欲哭无泪，恨不得永远消失在这个世界上。

没在我脸上发现什么异样，陆昭先是露出困惑的表情，随后突然明白过来，不禁无奈低笑。

我悲愤地捂住脸："是不是特别丑？"

陆昭收敛了笑容，掌心落在我肩上，声音温柔得仿佛能融化人心："不要胡思乱想，无论什么样子的小善都很漂亮。"

我知道他一定会这样回答。在别人眼里毫无存在感的我，却是从小受着陆昭夸赞长大的。就算我刚从泥坑里滚一圈，从头脏到脚，他也会笑着夸我可爱。小时候毕竟单纯，我傻乎乎地信以为真，还以为自己真是仙女下凡，直到现实教会我做人。

我清楚地明白，自己只是一个再普通不过的女孩，与漂亮二字毫无关系，走到哪儿都是被忽视的小透明，属于扔进人海里便再也找不到的类型，而陆昭就是唯一能从茫茫人海中一眼找到我的人。

想到这里，我心中一动，发现此刻陆昭离我很近，他宽阔的胸膛近在眼前，只要我微微一扑，便会倒进他怀里。

——想抱他。

我心跳加速起来。

虽然我们住在同一屋檐下，距离比以前更近了，却因为我这莫名生出的该死的羞耻心，仿佛隔了一道无形的暗河，曾经毫不犹豫奔进他怀里的我不知躲去了何处，只留下了现在这个瞻前顾后、胆小多虑的我。

他会推开我吗？

应该不会的，我打小不知道抱过他多少次，从未被拒绝过。

可我毕竟早已长大，不再是那个懵懂无知的小屁孩，出门甚至会被熊孩子称为阿姨了。作为一个成年女性，大晚上随随便便扑进一个男人怀里，会不会让陆昭心生反感？责怪我没脸没皮？

不不，陆昭从来不会责怪我。

我赶走脑子里那些乱七八糟的顾虑，鼓起一万分的勇气，正式决定扑向他，反正只是像以前一样撒个娇而已，他应该不会多想的。

陆昭却已经转过身去："喝完牛奶就早点儿睡吧，晚安。"

我一个趔趄差点儿连人带奶扑向地面，所幸及时扶住门框才没出洋相，只能幽怨地目送他的背影。

因为情绪起伏太大，那天晚上我失眠到凌晨三点，口干舌燥起身去厨房倒水，却看到了正站在阳台抽烟的陆昭。

他衣着单薄，靠在栏杆上，神情一改平日的温柔，而是充满落寞。让我想起了当年那个蜷缩在角落颤抖无助的他，仿佛白天的温和从容都是装出来的，此时此刻这个比黑夜还要压抑悲伤的男人，才是真正的陆昭。

原来他从未走出过阴霾。

所以冰箱里才会摆满了酒，所以家里才会这么冷清空荡。

在我搬进来之前，他都是一个人待在这冰冷的房子里，熬过一个又一个无尽长夜。

陆昭直直凝望着远处漆黑的天空，仿佛沉浸在非常久远的回忆里，并没有察觉我的靠近。

当我双手从背后环住他的腰时，陆昭才愣怔地回过神。他立即掐灭了烟，声音沙哑："怎么醒了？"

我没有回答，因为怕被他听出哭腔，只是收紧胳膊，将脑袋靠在了他背上。

半晌，陆昭低叹一声，将掌心轻轻覆在了我的手背上。

他没有推开我。

那一晚，我下定了决心，从此以后，抛掉所有顾虑，我要抱紧陆昭，用余生去温暖他。

我已经迟到了整整十年，这一次，绝不放手。

- 第五章 -

生活并不是只有爱情，还有人际关系与生计。

初入职场，我感到了莫大的压力。

陆昭的设计公司比我想象中还要大，装修非常讲究，整齐的办公区域，宽敞明亮的会议室，温馨舒适的茶水间，拥有好多部门，员工们各个走路带风，甚是忙碌。

因为陆昭的关系，同事们大多对我很友好，刚开始倒不会安排太重的任务给我，不过日子久了，工作还是逐渐繁忙起来。

我并不是多么认真勤快的人，换作以前早就想方设法偷懒，然而身处陆昭的公司，我无形中总有种压力，因为害怕让他失望，不自觉地总想要好好表现。可惜能力有限，艺术天赋也不强，很多完成不了的工作只能靠加班去弥补。

尽管陆昭安慰过我什么都不用怕，凡事有他在，可我还是处处小心谨慎，生怕自己做错什么事给他丢脸。我的上司是全世界最温柔的陆叔叔，而我的压力却比当初高考时还要大，我知道他会无条件纵容我，但我绝不允许自己在工作方面拖累他。

陆昭察觉出了我的紧张，经常在午休时间把我叫到他的办公室，让我躺在又大又软的沙发上休息。而我总是假装睡觉，实际在偷瞄陆昭专心工作的样子：与平常截然不同，他眉眼间全是严肃与认真，只有在望向我时，才会流露出温柔。

每当我需要加班赶稿时,他都会像当年辅导我高考一样,耐心地陪着我,指导我。每当我完成一个方案,他都会摸摸我的头,给予我温柔的夸赞。那比世间所有的甜言蜜语都要动听一百倍。

无论多么正经的公司,私底下都少不了八卦。陆昭对我亲近的态度更是引得大家猜疑连连。

中午去茶水间倒咖啡,我刚走到门口,便听到里面几个同事正在讨论我会不会是陆昭包养的小情人。我脸上一烫,明明正在被别人背后议论是非,我却完全不觉得生气,心底反而有点儿小窃喜,甚至还想多听她们八卦一会儿。

岂料其中一个叫林芬的女同事迅速打断了讨论:"别搞笑了,老板怎么可能喜欢那种清汤寡水的类型?我早打听过了,罗善和老板只是正常的叔侄关系而已。"

我握着杯子的手不禁抖了又抖。

清汤寡水,叔侄关系,我竟分不清哪一个更值得生气。

更让我生气的是,那个叫林芬的年轻女同事,长得非常漂亮。

嘲讽你的人比你长得好看,于是你连站出来替自己反驳几句的资格都没有。

我只能找蜜蜜诉苦,她严厉谴责:"她们瞎了吗?竟然用清汤寡水形容你?起码得是个瘦子才配得上这词吧!"

旧伤未愈,又添新伤。

虽然我并不算胖,但离好身材还差得远。普通的样貌,普通的身材,大家总说年轻就是本钱,而我似乎除了年轻一无所有。何况这世上多的是比我更年轻的漂亮女孩,她们热情活泼,拥有无限魅力与朝气。如果不是因为我爸跟陆昭这层关系,恐怕我此生都无法离他这么近。

我总是很容易便跌进自卑的谷底，每次把我拯救上来的，是陆昭的笑容。那是专属于我的宠溺微笑，全世界他只会冲我一个人露出那种微笑。只要他一冲我笑，我心底所有的消极面便会立即被阳光射穿，重新燃起希望。

一无所有也没关系，只要努力变好就可以。

于是我默默开始实施减肥计划。

虽然陆昭经常夸我好看，可他口中的夸赞，不过是大人哄小孩而已。我想要陆昭把我当成一个真正的女人，一个会对他产生吸引力的成年女人。

奶茶、火锅、甜品，一律戒掉。蔬菜沙拉成为我每天唯一的伙食。我甚至还办了张健身卡，一有空便去锻炼。成功坚持一个月后，体重秤上的数字只减少了零点五。我当场呆在原地。

蜜蜜安慰道："人各有命。"

可我偏不信命。

如同疯魔般，我连沙拉都不吃了，只靠喝水充饥，实在饿得胃痛了就干啃两片菜叶子。后果是没几天便头晕眼花，走路跟跟跄跄，往沙发上一坐，连站起来的力气都没有。就在我挣扎着往肚子里大口灌水时，陆昭应酬完回家了，手上还拎着一盒进口糖果。

不等他开口，我就虚弱地摆手："我不吃。"

陆昭走到我身边坐下，轻声问："胃口不好？哪里不舒服吗？"

我有气无力地摇头。

陆昭意识到不对劲，盯着我毫无血色的脸，皱起眉："你在节食？"

我知道瞒不住他，点头承认自己在减肥。

陆昭沉下脸："不准减，你现在这样正好。"

他的语气带着怒意，仿佛我做了天大的错事一样。

我委屈极了，气得往他身上一扑："哪里正好？不信你试试，肯定抱不起来我。"

话一出口我就知道自己闯祸了，我此时此刻的行为完全不像是在跟一个名义上的长辈交流，反而更像是在冲暧昧对象撒娇，这无疑等于大逆不道。果然，陆昭片刻愣怔，气氛瞬间变得很尴尬。

我连忙想要从他怀中挣脱开，他却忽然伸手箍住我的腰，将我从沙发上打横抱了起来。动作一气呵成，毫不费力。

于是又换我愣住了。

我刚才设想了无数可能，比如被责怪、被教育、被告状到我爸那儿，唯独没想过陆昭会真的抱起我，还是干脆利落的公主抱。先是两只耳朵发烫，接着是脸，很快蔓延到了脖子，我感到自己整个人都要被烧熟了。

陆昭却气定神闲，冲我低笑："现在可以答应我了吗？"

我心跳如雷，只能迷迷糊糊地点头。

陆昭终于放心，动作温柔地将我放回沙发，我下意识钩住他的脖子不肯松手。他剥了颗糖果放进我嘴里，轻抚我的头发："乖，我去给你做点儿吃的。"

甜味弥漫整个口腔，我在他肩窝蹭了又蹭，才依依不舍地放开他。

陆昭随手要把刚才剥下来的糖纸丢进垃圾桶，被我飞速夺过来，小心翼翼地铺平抚顺。

他无奈地笑："还跟小孩子一样喜欢收集糖纸。"

不，我是喜欢你。

陆昭望向我的目光始终溢满温柔，仿佛可以纵容我任何事。哪怕我闯祸犯蠢，哪怕我大逆不道，他也会无条件宠着我。

这便是我喜欢他的理由。

如果全世界都在否定我，那么只有陆昭会无条件站在我这边。

无论我在外面有多卑微，只要面对陆昭便可以尽情任性。

因为生命中有了陆昭，如此平凡而又渺小的我，变成了最幸运的人。

喜欢陆昭，是天底下最幸福的事。

不久后陆昭需要去外地出差，我以长见识为由，自告奋勇要陪他一起去。

出发前，蜜蜜意味深长道："希望酒店只剩下一间空房。"

我咳了咳："这梗也太老了。"

然而还真被她说中了。

因为一直以来陆昭都是独自出差的，负责订票的助理并不知道我也跟着去了，只预订了一间大床房。

我们拖着行李箱，尴尬地四目相对。

虽然已经同居有一段时间，但毕竟都睡在各自的卧室，就算我们关系再亲密，在酒店住同一间房也还是太越界了。

就在我掏出手机想查查附近还有没有其他酒店时，陆昭低声道："我睡沙发就好。"

所以他真的打算跟我住同一个房间。

我愣在原地，身体莫名发起了烫。

可能是我想太多了？其实没什么大不了？

然而一进房间，我还是当场震住了。

房间很大，很豪华，对得起五星级的招牌。但卫生间的墙居然是透明玻璃，尽管有一扇帘子作为遮挡，可还是隐隐能够看见内部的样子。换而言之，当有人在里面洗澡时，外面的人是完全能够看得见轮廓的。

这根本就是情侣房。

我神经高度紧绷，恨不得立刻拖起箱子打车走人。

虽然跟喜欢的人开房应该是一件值得高兴的事，但这来得太猝不及防了，我毫无心理准备。何况我还没有减肥成功，哪来的自信敢在陆昭眼皮子底下大方洗澡？

陆昭丝毫没有注意到我的情绪起伏，随意地泡了壶茶，打开电视。

到了洗澡时间，我头昏脑涨地坐在床上，抓着手机拼命给蜜蜜发消息。

蜜蜜甚是兴奋："洗完澡什么都不要穿，直接披着浴袍出来，记得露出一点点香肩。"

我头更疼了。

直到陆昭提醒我："小善，要去洗澡吗？"

怎么听起来像是在邀请我一起洗的样子。

我脸颊一烫，装作很忙的样子："陆叔叔你先洗吧，蜜蜜在缠着我聊天。"

陆昭笑了笑："好。"

卫生间传来哗哗的水声，我背对着玻璃墙，犹豫着要不要偷偷回头看一眼。陆昭常年健身，平时隔着衣服也能看出完美的肌肉线条，他身材一定保持得极好。

我拍了拍脸，逼自己清醒一点儿，现在不是耍流氓的时候。

终于轮到我，硬着头皮走进卫生间，反复检查了数次帘子，我才胆战心惊地脱下衣服，躺进了浴缸里。

仔细一想，我有什么好紧张的，外面又不是别人，而是我的陆叔叔，全世界最温柔最绅士的男人。估计就算把帘子全部掀开，他也绝不会往我这边多看一眼。

在他面前，我永远不必小心翼翼。

于是我赶走脑中那些乱七八糟的顾虑，开始琢磨这次出差的项目，虽然我这次来只是为了长见识，但能帮上陆昭的忙自然是最好。

工作和学习果然是最好的安眠药，我不知不觉竟然睡着了，直到陆昭敲门把我唤醒，我才发现浴缸里的水已经凉透了，禁不住狠狠打了个寒战。白天我就一直隐隐感觉身体不太舒服，这下是彻底受凉了。

虽然脑袋涨得厉害，但我还是穿戴整齐才走出卫生间，陆昭眉宇间透着担忧："泡澡的时候怎么可以睡觉？"

我摇摇晃晃地倒在床上："我错了。"

陆昭坐了过来，伸手探我的额头，脸色一变："小善，你发烧了。"

我顿时觉得自己真是成事不足，败事有余。

用蜜蜜的话讲，如此天时地利人和的大好机会，居然被我的感冒发烧终结了。

出差那几天，我什么正事也没干成，尽在医院打吊针了。

护士拿起针筒对准我的手背时，我下意识缩进陆昭怀里，他搂紧我，掌心挡住我的眼睛，在我耳边柔声低语："乖，叔叔陪着你。"

语气就像在哄一个小朋友。

其实我一点儿都不怕打针，但在喜欢的人面前，总是情不自禁就开始做作起来。

大概是我们表现得太过亲昵，过往行人总是有意无意地望过来，眼神中带着八卦与猜疑。毕竟年龄差摆在这儿，任谁见了都会在心里揣测一下我们之间的关系。

说不定跟公司同事一样，也以为我是被陆昭包养的小情人。

我往陆昭怀里钻得更深了些，没打吊针的手伸过去环在他腰上，暗暗扯起嘴角。

就让他们去猜好了。

大胆地猜。

- 第六章 -

一年时间转瞬即逝。

跟陆昭在一起的每一天，我都觉得太过短暂。

生活就是这么不公平，沮丧的时候，每一秒都那么漫长和难熬，快乐的时光却总是还没反应过来就匆匆流逝了。

明明感觉自己昨天才刚刚搬进来，还在跟陆昭一起布置房间，结果无意间一翻日历，竟然已经过去一年了。

尽管我嘴上说着决定用余生温暖他，然而每天除了上班、下班、吃饭、睡觉，偶尔找机会假装自然地扑进他怀里，其他什么都没干。我能做的，好像也只有这么安安静静地陪着他而已。

唯一有所成就的，就是从实习小助理升级为了正式的设计师。

按常理讲，我十二岁喜欢上他，二十二岁应该就是我们正式在一起的时候了，历经十年光阴，最终有情人终成眷属，偶像剧里都是这么演的。

结果我的二十二岁，竟然就那么平静无澜地过去了。

在时间面前，谁都没有主角光环。

蜜蜜对此进行了激烈地破口大骂，什么窝囊废、胆小鬼、没出息，全招呼了个遍。

我却如同村口老大爷般不急不缓，认为就这样平平淡淡地跟陆昭过着同居生活也别有一番滋味。

二十三岁生日那天，陆昭在酒店为我举办了一场小型宴会，邀请了我爸妈、蜜蜜、一些同事以及老同学。大厅还精心设计了一番，天花板上挂满梦幻的粉色气球，隆重得像是某家千金小姐的订婚仪式。

虽然我自己也觉得太过夸张，毕竟只是不咸不淡的年纪，没什么好庆祝的，但内心还是忍不住小小欢喜。

为了跟宴会配套，陆昭还特意为我准备了一套白色小礼服，很仙，很美，只有瘦子穿了才好看的那种。

我扭捏了半天，才鼓起勇气换上。

望着镜子里的自己，我忍不住感叹，真是糟蹋了一件好裙子。

陆昭低笑："真好看。"

我随口道："陆叔叔，你没必要这么照顾我自尊心的。"

陆昭表情忽然变得严肃，扳过我的肩膀，目不转睛地注视着我，语气低沉："小善不相信叔叔说的话吗？"

他不喜欢我自卑的样子。

我连忙点头："相信的。"

陆昭摸摸我的头发："我们小善，是最乖最好看的。"

我心口一跳。

他的表情非常认真，深邃的目光牢牢粘在我身上，让我莫名有些窘迫，暗暗在心里佩服他的逼真演技。

毕竟他的前任可是沈曼华那种级别的仙女，说明他的审美还是正常的。

每天昧着良心睁眼说瞎话，他一定很辛苦。为此我好一阵愧疚。

蜜蜜安慰道："说不定他是真心觉得你好看呢。"

我犹犹豫豫："不可能吧？"

蜜蜜点点头："你心里有数就好。"

虽然被挤对了，但我还是隐隐有些小愉悦。

说不定陆昭的眼光就是与众不同，说不定他是情人眼里出西施。

我意淫着，荡漾着，被自己天马行空的幻想吓到了。

如果生活就像这样继续下去，我想，我是知足的。

这一年间，我每天一睡醒就能看到他。我们一起吃饭，一起上班，一起下班，一起躺在沙发上看电影，一起打扫屋子，逢年过节一起回爸妈家吃团圆饭。一切都很安逸，美好到仿佛活在梦境中，我根本不愿意去打破它。

直到，几个月后，陆昭答应了林芬的约会邀请。

对，就是那个嘲讽我"清汤寡水"的美女同事。

林芬属于全公司我最看不顺眼的一个，尽管已经共事一年了，我还是一看见她就一肚子火，倒不是记恨她讽刺我长相，而是因为，她也喜欢陆昭。

她比我大几岁，进公司三四年了，一直在明目张胆地向大家宣告她对陆大老板的爱慕。林芬喜欢陆昭，全公司都知道，私下还有不少热心同事为她支招。而我喜欢陆昭，却只敢告诉蜜蜜一个人，偏偏蜜蜜还是个死毒舌，以打击我为乐。

无论怎么比，都是我更加没底气一些。

林芬生日那天，在公司放话一定要约到陆昭陪自己过生日。

起初我并没有当回事，陆昭这几年已经单身惯了，于情于理都不会轻易接受林芬。

作为老板，他怎么可能会答应陪一个普通员工过生日呢？

然而那天晚上，我在家里等啊等，时针划过十二点，都没有等到陆昭回家。

哪有什么单身惯了，只是没遇到合适的对象而已。

只是，既然林芬可以，为什么我就不行呢？为什么偏偏是林芬呢？

明明说过我是最好看的女孩，明明说过我身材正好，不用减肥，结果还不是找了一个比我漂亮、比我瘦的大美女。

男人都是骗子。

成年人不需要挂满粉色气球的梦幻宴会，两个人独处便已足矣。

他并不属于我一个人，他不是只会陪我过生日。

我没有开灯，坐在一片漆黑的客厅里，像个幽怨的女鬼。

如果我打电话跟他哭着撒撒娇，他会不会立即赶回家哄我？

算了，还是不要自取其辱了，万一是林芬接电话呢？

想到以前那个擅自决定用余生温暖陆昭的自己，我自嘲地笑出了声。

所谓余生，并不是我自己单方面就能决定的，如果陆昭不喜欢我，那么无论这辈子还是下辈子，他的事都与我无关。

这一年和睦的相处，让我错以为自己能够就这样跟他过一辈子。殊不知世事无常，当我还在不急不缓放慢脚步时，其他人已经用飞一般的速度远远超越我了。

是啊，上天怎么可能好心到允许我们一直安逸下去呢？

在我独自领悟完一番大道理后，门铃终于响起。

我箭步开门，扑面而来是浓重的酒气。林芬正亲密地挽着陆昭站在门口。陆昭明显喝醉了，无力地倾靠在林芬身上。

没等我开口询问，林芬就大大方方地挽着陆昭往卧室走去。

我跟在后面阴阳怪气地问："你们怎么不去开个房？"

虽然理智告诉我要冷静，却还是掩饰不住内心的酸气冲天。

林芬给了我一个咬牙切齿的微笑："老板吵着要回家。"

我心底闪过一丝庆幸。这是不是意味着他们暂时还没有实质性发展？

把陆昭扶上床后，林芬试图脱他的外套，被陆昭抬手阻止，语气不容拒绝："你回去吧。"

林芬不情不愿地离开，临走前以一副女朋友的姿态叮嘱我："小侄女，帮我照顾好老板哦。"

我礼貌假笑，然后火速关上门。等我回到陆昭卧室时，发现他已经躺在床上睡着了。他头发微乱，衬衫衣领处的纽扣解开了两个，迷醉中又带着虚弱。

我叹了口气，脱下他的鞋子与外套，扯过被子盖在他身上，又准备了条温毛巾仔仔细细擦他的脸。我动作很轻，从额头擦到鼻子，又从鼻子擦到下巴，第无数次感叹，陆昭的五官，实在比艺术品还要精致，令人不自觉沉溺其中。

当我回过神，发现陆昭不知何时已经醒了过来，正用迷离的眼神注视着我。

我试着唤他："陆叔叔，要喝水吗？"

陆昭没有回答，而是伸手把我拉进怀里，翻身压住我，低哑的嗓音响在我耳畔："陪我睡觉。"

我心里大慌，下意识挣扎着想要推开陆昭，他的身体却像座山一样压得我更紧，牢牢束缚住我的四肢，炙热的呼吸紧贴着我的脸。我感到前所未有的紧张，心脏几乎要跳出胸腔，身上每一根寒毛都在颤抖。

虽然我们已经同居一年，可除了偶尔的拥抱，从没有过更亲密的行为。

在震惊与慌乱中，我忽然想起自己今天穿的内衣款式很老土，还是我妈老早以前给我买的，不禁在心里哀号起来。所幸陆昭没再进行下一步动作，只是将脸埋在我的颈窝，缓缓闭上眼，气息逐渐平稳。我瞪大双眼，一动也不敢动。

过了不知多久，确认陆昭已经熟睡后，我紧绷的身体才缓慢松懈下来，责怪自己一定是想多了，陆昭只是单纯让我陪他睡觉而已，是我自己心术不正。何况就算陆昭真的对我做了什么，我也应该欣然接受才对，这不是我一直以来梦寐以求的吗？

可为什么，当他刚才压向我时，我的第一反应竟是发自内心的恐慌呢？

我脑中一团乱，就这么胡思乱想着，睁眼到天明。

陆昭似乎睡得很沉，清晨悠悠醒来，与我四目相对。我衣衫凌乱地躺在他身下，尴尬到恨不得原地爆炸，再加上通宵未眠，不愿让陆昭看到我憔悴的脸色，连忙想要起身回自己房间。可他仍保持着压住我的姿势，一动不动地凝视着我。

陆昭应该是还没有完全清醒。

我试探地叫了他一声："陆叔叔？"

陆昭这才身形一顿，连忙放我，声音有细微地颤动："小善，抱歉，叔叔喝醉了。"

我摇摇头："没事的。"

陆昭微微松了口气，眼神变得柔和："昨晚有发生什么吗？"

他果然什么都不记得了。

我努力镇定："没有。"

陆昭点点头，神情恢复平静。想起昨晚他跟林芬亲密的模样，我忽然无比委屈，阴阳怪气道："起床第一眼看到的人不是林芬，你是不是很失望？"

陆昭表情一滞，无奈地叹气："昨晚林芬邀请我参加她的生日聚会，因为也请了很多老员工，作为上司，我于情于理都不方便拒绝。只是没想到他们会灌我那么多酒。以后我会注意，尽量推掉与工作无关的邀约。"

原来不是他俩单独约会。

我恍然大悟，顿时觉得自己像个智障，居然不明不白郁闷了一晚上。

陆昭观察着我脸上的表情变化，柔声道："不生气了？"

想到那些老员工之所以给陆昭灌酒，大概是为了撮合林芬和他酒后乱性，我恼怒又后怕，不放心地问："你一点儿都不喜欢林芬？"

陆昭没有任何犹豫："当然。"

心里悬着的一颗石头终于落下，我扑进陆昭怀里，嘴角忍不住扬起。

陆昭揉揉我的脑袋，低笑道："林芬跟你一样，在我眼里只是小孩子。"

笑容凝固在我脸上，刚才还火热跳动的心，一点一点结成了冰。

- 第七章 -

那天以后，我忽然觉得林芬看上去没那么讨厌了，望向她的眼神中多了分惺惺相惜，搞得林芬云里雾里。

蜜蜜又出起了馊主意："他不是把你当小孩吗？那你就用行动证明一下自己已经不是小孩了呗。比如扔掉你衣柜里那些灰沉沉的宽松卫衣，平时尽量穿得有女人味一点儿，把睡裙全部换成性感风格的，可以露出乳沟与大腿的那种。每天在家里与性感的你朝夕相对，我不信他作为一个成年男人，心里一点儿波澜都没有。"

我很犹豫："可是我这身材，会不会有点儿自取其辱？"

蜜蜜点点头："确实没什么看点，先凑合用吧，万一你家陆叔叔就好这口呢？"

我还是很犹豫。

那可是陆昭，那么透明无瑕的一个人，怎么会被区区一件性感睡裙勾起波澜？

而且他看上去似乎没有任何欲望，永远那么干净，温文尔雅，完美得像是童话世界里的人。我正是喜欢这样的他。

蜜蜜又开始破口大骂："拖！你他妈就继续拖！拖上一年又一年！一个林芬倒下了，还会有无数个林芬再扑上来，人家可不会像你这么啰唆，直接霸王硬上弓，到时候你就灰溜溜滚蛋吧！我有时候真的怀疑，你到底喜不喜欢陆昭？该不会只是闹着玩的吧？"

我拍案而起："喜欢！当然喜欢！"

于是，在蜜蜜的怂恿下，我咬牙买了好几件所谓的性感睡裙，却像做贼一样藏在衣柜深处，死也不敢换上。

在蜜蜜第八百次发消息催促后，我终于决定豁出去，挑了其中一件吊带裙穿上。裙子很短，勉强盖住大腿，胸前与后背都空荡荡的，乳沟若隐若现。如果在家里穿成这样，我会立即被爸妈凌迟。

此时陆昭正在书房办公，按照计划我应该走进去装作拿书。然而我站在书房门口徘徊许久，迟迟不敢踏出那一步。

这算色诱吗？会不会太轻浮了？被讨厌了怎么办？要不还是算了吧。

我紧张得浑身都在哆嗦。

蜜蜜的短信适时发来：如果退缩的话，就打给我八千块钱哦。

我立即冷静下来，推门走了进去。

陆昭倚靠在座椅上，为了看方案，他难得戴了眼镜，衬得整个人更加安静温和。听见动静，他抬头看向我，怔了一秒，又将目光落回电脑上。

我死死低着头，动作僵硬地挪步到书柜前，根本不敢看陆昭的方向。

半晌，陆昭毫无反应。

我失落的同时又暗暗松了口气。也是，不过是一件普通吊带裙而已，又不是活在旧社会，我犯得着这么紧张吗？况且以陆昭的阅历，我这估计只算小儿科。

正胡思乱想着，一件外套突然披到了我肩上。我头一转，看见了站在自己身旁的陆昭，顿时僵在原地。

陆昭眉头微微皱起，伸手用外套将我裹紧，低声说："你在发抖。"

我颓丧地垂下脑袋，果然又成功扮演了一回智障。

陆昭笑了笑："新裙子很漂亮，但最近降温，会感冒的。过一阵再穿好不好？"

他又夸我漂亮了。

我情绪立即好转，傻笑道："好的。"

然后开开心心地跑进房间换回了卫衣。

直到蜜蜜皮笑肉不笑地提醒我："他是在夸裙子好看，不是夸你本人好吗？而且他完全只关心你的保暖问题，对你裸露的肉体视若无睹，不得不说，你们叔侄之间的亲情真是感人至深。"

我欲哭无泪。

周末接到我妈电话，一上来就问我公司里有没有合适的单身男同事，可以试着交往交往。我懒得理她："我才多大？您十年后再来催吧。"

我妈立即抬高了音量："你可别仗着自己年纪小，大好年华转瞬即逝，一眨眼你就三十岁了！现在开始谈，二十五岁前结婚，三十岁前生二胎，一天都不能再拖了！"

这些唠叨我不知听了多少次，刚开始我还会不服气地反驳，换来的往往是连珠炮般的数落，甚至还能扯上"不孝女"这个骂名，现在我开始学着装聋，左耳进右耳出。

不过她说得也没错，大好年华转瞬即逝，我必须珍惜跟陆昭在一起的每分每秒。

我妈一声怒吼把我震醒："让你陆叔叔接电话！我就不信那么大一个公司会没有跟你年龄相仿的青年才俊，我马上让他随便介绍一位给你！"

我被迫把手机交给陆昭，他耐心地听完我妈的絮叨，含笑道："这要尊重小善的想法。"

我妈丝毫不把我当人："她能有什么想法？全凭你安排！"

回想起从小到大爸妈无数次不把我的意愿当回事，仿佛我是一个任凭操控的木偶，我一时憋屈万分，眼眶泛起酸。陆昭接完电话后，我故作镇定地问："陆叔叔，你打算怎么安排？"

我认真地注视着陆昭，心想如果他真的打算给我介绍对象，就立刻离开，再也不会赖在他身边。陆昭用指尖抚平我紧皱的眉头，温和的嗓音如一缕暖风："小善的人生，当然要由你自己来安排。"

我愣了片刻，随即背过身去，不想让陆昭看到自己眼角滑落的泪。

我要如何才能不那么喜欢陆昭呢？

答案是不可能。时间每向前一秒，我对他的喜欢就加深一万倍。

陆昭察觉出我在哭，默默将我揽进怀里，我仰起脸，从陆昭眼中看到了无尽疼惜。

这世间只有他会如此在意我。

我将额头抵在他胸口，像个幼稚的小孩："我不要相亲，不要谈恋爱。"

陆昭温柔地擦掉我脸上的泪，如同在呵护最珍视的宝物，但他接下来的话，却令我感到万箭穿心。

他柔声道："真正的缘分，不用特意安排便会出现在你生命里。或许有一天，你会邂逅一个男孩，他的一言一行都莫名牵动着你的心，你会忍不住关心他，挂念他，想要时时刻刻都见到他，他会慢慢教给你恋爱的美好之处。到了那个时候，不用任何人催，你也会义无反顾跟他在一起。"

刚刚止住的眼泪再次流了出来。

我才不要什么男孩。

我只要我的陆叔叔。

我喃喃开口："我已经遇到了。"

十二岁那年，不，早在出生时，就遇到了。

陆昭眼神一闪，低头看我："谁？"

你。

最简单的一个字。

却也是无论如何都不能说出口的一个字。

我没有回答，沉默地靠在陆昭怀里，明明离他这么近，却触不到他的心。

不久后，陆昭又飞去了墨尔本，沈曼华的儿子这些年一直处于失联状态，对所有人都避而不见，但陆昭从来没有放弃找他。虽然我心中略有怨念，可正是这么认真尽责的态度，显得他更加有魅力，更让我着迷。

通过一年多的磨炼，我也算是个拿得出手的设计师了，跟同事之间的关系越来越融洽，大家都对我亲切有加，虽然大部分原因是仗着陆昭这层关系。最令我意外的是林芬，曾经趾高气扬的大美女，今天竟然笑嘻嘻地帮我倒起了咖啡，让我受宠若惊。虽然她算是我的强劲情敌，但某种意义上我们又同是天涯沦落人。

果然，天下没有免费的咖啡，下一秒林芬就迫不及待地向我打听陆昭喜欢什么类型的女孩。

我不禁苦笑："我也想知道。"

林芬一愣："什么？"

我连忙改口，表示自己也不太清楚。

林芬不以为意，继续说："对了，那天晚上老板喝醉，我送他回家，他一路上都在重复一个叫沈曼华的名字，你知道是谁吗？他的前女友？"

握着咖啡杯的手忽然一抖，我的心缓慢往下沉。

这么多年了，他一刻都没有忘记过沈曼华。

是啊，陆昭还能喜欢什么类型的女人呢？

当然是那个全世界最好的沈曼华。独一无二的，刻骨铭心的，沈曼华。

所以那一晚，他将我压在身下，让我陪他睡觉，也只是酒后把我当成了沈曼华而已。

喜欢陆昭，是天底下最幸福的事。

他会纵容我的任性，保护我的脆弱，从不吝啬他的温柔与怀抱。只要不去奢望从他身上得到超越长辈之外的爱，那我就是幸福的。可人心总是贪得无厌，越靠近他，越想得到更多。

好不容易应付完林芬，我极度丧气，还好在下班路上接到了陆昭的电话，心情才稍微舒缓一点儿。

陆昭柔声问："有没有好好吃饭？"

我捏了捏自己圆润的脸："有。"

陆昭语气里带了笑意："乖。"

我啰唆半天，小声道："陆叔叔，我想你了。"

陆昭声音变得低沉："我也想你。"

我握紧手机，身体轻飘飘地仿佛要飞起来了。

挂完电话，我脚步轻快地进了小区电梯，一个打扮奇怪的年轻男子也跟了进来，他一身漆黑，戴着大大的黑色兜帽以及口罩，只露出一双清冷的眼睛。电梯里只有我们两个人，在我按完我所在的楼层后，男子依然纹丝不动，无声无息像个死人。

我莫名有些不安，装作要帮他按电梯的样子，试探地问："请问您住哪层？"

对方一言不发，只漠然地盯着我，眼中有浓郁的戾气，全身上下都散发着危险信号。我心中警铃大作，手心不禁冒出冷汗，盘算着待会儿电梯门一开就一个箭步冲出去。

叮的一声。

电梯门刚开了条缝，一只纤长有力的手就从背后伸过来重重按住了我的肩膀。

我瞬间被黑衣男子牢牢钳制在了怀里，一把冰凉的匕首顺势抵到我腰间，耳边响起一道无比冰冷的声音："开门，进屋。"

刀尖轻易戳破了我的衣衫，直抵我的皮肉，只要对方稍一用力，刀身便会捅进我身体里。我从未离死亡如此之近，身体条件反射地僵住，没有任何反抗的机会，只能颤着手掏出钥匙开了门。

一进屋，男子就动作娴熟地用绳子将我捆紧扔在了沙发上，犹如待宰羔羊的我，那时心中唯一的念头，竟然是后悔刚才没在电话里对陆昭说出那句"我喜欢你"。

与我想象中不同，男子并没有在家里翻箱倒柜搜刮财物，而是搬了把椅子在我面前随意地坐下，用那双清冷的眼眸上下审视着我，似乎带着些许不屑。

不知僵持了多长时间，我心底的恐惧几乎都快被耗没了，只剩下不耐烦，于是忍不住开口："你到底是谁？劫财还是劫色？总得让我死个明白吧？"

男子嘲讽地笑起来："您有色可劫吗？"

我一时不知该庆幸还是愤怒，继续追问："我们认识吗？我得罪过你吗？你为什么要绑架我？事先声明，我可没钱，你是不是绑错人了？"

男子缓缓靠近我，眼中散发出锐利的光："我们当然认识。"

然后他扯掉口罩，露出一张似曾相识的脸，懒洋洋地勾起唇角："你好，未婚妻。"

- 第八章 -

我第一反应是遇到了精神病。

我至今连恋爱都没谈过，哪来这么一个未婚夫？

然而在仔细打量对方的脸后，我慢慢屏住了呼吸。

这个男人，有着跟沈曼华相似的俊秀面容。

虽然沈曼华已经离世多年，但她温婉秀丽的脸始终印在我心中。

回忆瞬间涌进大脑——

沈曼华笑着钩起我的小指，郑重其事地与我约定："那我们家小曜就交给你了。"

而正在因为陆昭有了未婚妻而失魂落魄的我，心不在焉地点了点头。

我只当那是一个小小的玩笑。

现在，报应来了。

眼前这个人，虽然五官与沈曼华极为相似，却有着截然不同的气质。沈曼华是清丽的百合，他则像一只刺猬，哪怕是微笑，眼里也没有丝毫温度。

我努力安抚住因震惊而狂乱的心跳，试探着问："你叫什么名字？"

许久，对方才冷声道："秦曜。"

秦曜。秦曜。

我在心里默念这个名字，一时思绪万千。没错，他就是沈曼华口中的小曜。

万万没想到，这些年陆昭一直苦苦寻找的少年，竟然会以这种方式出现。可他为什么要这样对我？前途一片光明的海外留学生，为什么会变成面前这个眼神狠戾的持刀绑架犯？他有什么目的？

我试着挣扎："可以放开我吗？我们好像没有什么深仇大恨吧？"

秦曜望向我的眼神充满嘲讽："谈不上深仇大恨，我只是恶心你而已。"

我觉得莫名其妙："我们今天才第一次见面，到底哪里招惹你了？"

他语气森冷："因为你喜欢陆昭，所以让我恶心。"

我顿时脊背发凉。

我还以为全世界只有蜜蜜知道我喜欢陆昭。

秦曜究竟是怎么知道的？我内心翻涌着，却不敢问，因为一旦问出口，就等于间接承认了。但如果什么都不说，又好像默认了似的。

于是我故作镇定："你不会是误会什么了？陆叔叔是我爸的义弟，我只是作为晚辈借住在他家而已。"

秦曜嗤笑一声："误会？每天晚上躺在一张床上厮混也是误会吗？"

我先是愕然，不明白他又在说什么疯言疯语，随后迅速意识到他说的应该是陆昭醉酒那晚。可他是怎么看见的？我不敢细想，只觉毛骨悚然。

秦曜仿佛看透了我的心思，恶劣地勾起唇角："你们没有拉窗帘。"

虽然已经隐隐猜到，我还是倒抽了一口气。这几年秦曜拒绝与陆昭联系，故意隐藏自己的所有踪迹，大家都以为他留在了墨尔本定居，结果他却早已神不知鬼不觉地回了国，一直躲在暗处跟踪监视着我们。

我用嫌恶的眼神瞪他："你是变态吗？"

秦曜用更嫌恶的眼神瞪我："你跟自己的叔叔上床就不变态吗？"

若不是双手被绑，我真恨不得掐死他："那天晚上陆叔叔喝醉了，单纯抱着我睡了一宿而已，其他什么都没有做！而且就那一晚！"

秦曜一副懒得理我的态度，低头把玩起了手上的匕首。

我努力平复心情："你到底想干吗？"

秦曜眼里闪过一丝阴狠："你猜，如果你死了，陆昭会不会伤心欲绝？"

他一定很想看到我瑟瑟发抖的样子，但我偏不，故意装得很平静："我不想猜。"

记忆中沈曼华描述的儿子，是一个腼腆内向的小男孩。实在无法跟面前这个疯子联系到一起。转念一想，或许正是因为他妈的死，才导致了他如今的疯狂。他从小便没了父亲，一直与妈妈相依为命，两人一起度过了最难熬的日子，谁能接受那么亲切美好的妈妈以跳楼的方式结束生命？

我忽然有点儿心软："如果你缺钱，可以直接找陆叔叔要，我相信无论多少钱他都会给你的。没有必要用这么极端的方式。"

秦曜表情不屑："谁说我需要钱了？我只是想折磨陆昭而已。"

方才的心软立刻烟消云散，我皱起眉："你为什么这么恨他？"

这个问题似乎戳到了秦曜的怒点，他变得咬牙切齿："因为他不配得到幸福！如果他当年能够稍微关心一下我妈，给她一点儿温暖和希望，我妈怎么可能会跳楼？如果他真的爱她，又怎么会放任她被痛苦与绝望吞噬？那些温柔与体贴，但凡有一点儿出自真心，都应该立即发现我妈的异常吧？我妈跟我生活了那么多年都安然无恙，结果跟陆昭在一起没多久就跳楼自杀，他到底对我妈做了什么，才会令她那般心灰意懒？凭什么我妈死得那么惨，他陆昭却可以逍遥自在活这么多年？"

我心下一惊，秦曜似乎压根儿不知道遗书的存在。

陆昭为什么要瞒着他？难道是担心他接受不了妈妈因为选择爱情而抛弃了他？

也是，以他这种精神状态，恐怕很容易受刺激发疯。只是这样一来，秦曜把所有的责怪与怨恨都转移到了陆昭身上。

我心口隐隐作痛："不是这样的！陆叔叔并没有逍遥自在，这些年他一直都是单身一人，那些孤独与痛苦，都深埋在他心底，一刻也没有忘记过。"

秦曜笑了笑，眸中却带着寒意："没错，他陆昭必须余生都活在孤独和痛苦中，哪怕赚尽钱财，住在最豪华的房子里，他也只能是一具没有灵魂的躯壳。我耗费所有的时间与精力去跟踪监视他，每逢看到他在深夜无人时露出孤独悲伤的神情，我都会发自内心地痛快愉悦。绝望正在缓慢而坚决地吞噬他，总有一天，我要亲眼见证他跟我妈一样从阳台跳下去。"

我的身体缓慢僵住，后背早已被冷汗浸湿。此刻的秦曜犹如从地狱而来的魔鬼，浑身上下都散发着嗜血气息。他对陆昭的恨意竟然已经到了如此扭曲恐怖的地步。

秦曜眼里的戾气越来越深："然而，当陆昭又一次落寞地站在阳台抽烟时，却第一次有个女孩从背后抱住了他。原本失魂落魄的陆昭，整个人顿时柔软下来，仿佛一下子就有了依靠。他的笑容越来越多，那个空荡荡如鬼屋般冷清的房子，也因为女孩的存在，开始渐渐有了烟火气。这一年间，他们一起过着温馨快乐的小日子，把我妈忘到了九霄云外。"

虽然很不合时宜，但我心跳猛地停了半拍，原来我并没有自己想得那么一无是处，原来我可以成为陆昭的依靠。

秦曜忽然揪起我的衣领，粗鲁地把我拽向他："我认识那个女孩，妈妈曾经给我看过她的照片，笑着要把她给我做未婚妻，女孩面容清淡，远不如妈妈婉约美丽，但只要能让妈妈开心，我做什么都可以。可这个女孩，竟然用充满爱意的眼神注视着陆昭，为他笑，为他哭，为他驱散内心的阴霾，一步一步毁掉了我的期望。我不甘心，我好不甘心，我怎能甘心？"

他的表情时而阴森恐怖，时而又像个脆弱孩童，如果他知道沈曼华的自杀真相，说不定会崩溃疯掉，可陆昭又何错之有，白白承受这种深入骨髓的恨？

我犹豫许久，最终还是开不了口说出真相，只能无力地解释："我再说一遍，陆叔叔从来都没有把我当成女人，我们之间并不是你想的那样，我最多算单恋他。"

事到如今，我也没必要在他面前隐瞒自己喜欢陆昭的事了。

秦曜眼中的戾气散去，取而代之的是嫌恶，顺手把我扔回沙发上："他不把你当女人还能当成猪吗？确实，母猪都比你有吸引力。"

我恼羞成怒："麻烦你说话放尊重一点儿。"

秦曜冷笑："一个不守妇道的未婚妻，没资格得到我的尊重。"

我气得心跳过速："麻烦你不要再强调什么未婚妻了，那只是我妈跟沈阿姨开的玩笑！我们都是成年人了，不至于还把小时候的玩笑当真吧？"

秦曜认真地凝视我："如果我妈还活着，那确实只算一个玩笑，可惜她死了。"

我感到不可思议："所以呢？你真的打算娶我？"

秦曜瞥我一眼："少白日做梦。"

我快憋屈疯了，却因为手脚被绑无处发泄。我从未如此思念陆昭温暖的指尖，还有那双望向我时总是充满怜惜的清澈眼眸。全世界只有他，会视我如珍宝。

如果他知道我被如此对待，一定会温柔地抱住我，给予我无尽疼惜吧。

那么我此时遭遇的一切，便都值得了。

当我沉浸在想象中时，秦曜突然从我包里翻出手机，对着我连按了好几下拍照键。

我警惕地瞪着他："你干什么？"

他戏谑地笑："拍点儿照片给你心爱的陆叔叔看看。"

我反倒松了口气，陆昭一旦发现我被绑架，肯定会马上报警派人来救我。

然而秦曜优哉游哉地坐到我身旁，竟把镜头同时对准了我和他，似乎并不害怕露脸。

我忽然明白过来，他是沈曼华的儿子，是沈曼华自杀前泣血托付给陆昭的唯一骨肉。就算秦曜对我干出再无法无天的事，陆昭恐怕都不会选择报警。而他此刻远在墨尔本，即便第一时间从那边赶回来，也要明天早上才能到，今晚根本没人会来救我。

一下子天旋地转，恐惧再次袭上心头。

纤细而冰凉的手指忽然伸过来掐住了我的下颌，我瞪大双眼，看见秦曜那张脸离自己越来越近，直到吻上我的唇。

唇与唇相贴的那一瞬，我胸口一滞，仿佛丢失了灵魂。

我曾经幻想过无数次初吻发生时的场景。

可能是在微风徐徐的秋天，可能是在惬意休闲的午后，可能是在播放着浪漫爱情片的电影院，可能是在月朗星稀的夜空下。

无论何时何地，对象都只会是一个人。那个我一出生便注定喜欢上的男人。

我会轻轻踮起脚，羞赧却又坚定地吻向他，而他则像往常一样拥我入怀，温柔宠溺地接受我的初吻与心意。

伴随着一声清脆的快门音效，我从美好的幻境中回到残酷现实。

秦曜早已放开我，很轻易便从我的手机通讯录里找到陆昭的名字，把刚才的照片发了过去，然后利落地关机。

嘴角尝到苦涩的咸味时，我才意识到自己流出了眼泪。

在电梯里被持刀威胁没有哭，被五花大绑扔在沙发上没有哭，被羞辱谩骂成不守妇道的母猪也没有哭。因为在我的幻想中，陆昭就像电影里的超级英雄，无论我遭遇任何危险，他一定会从天而降般来到我面前，救下我，抱紧我。

然而这个猝不及防的吻，彻底击碎了我的梦，还有我的心。

- 第九章 -

秦曜似乎没想到我会哭，眉头皱起："有什么好哭的？我又没把你怎么样。"

我心如死灰："这是我的初吻。"

秦曜恶劣地弯起嘴角："也是我的初吻，算我们扯平了。"

我没力气骂他，幽幽地将目光转向阳台："你现在就把我从那儿扔下去，反正我也不想活了，你也解决了一桩烦恼，皆大欢喜。"

　　秦曜哼了一声，没有搭理我，而是打开电视，饶有兴致地调起了台。我眼泪一直往下掉，每当快要缓和时，一抬头看到秦曜那副欠扁的模样，便又悲上心头，哭花了整张脸。

　　我边哭边想，陆昭看见那张照片会做何反应？在我和秦曜之间，他会选择保护谁？答案很明显，照片已经发出去有一段时间，到现在还没有警察上门抓人，说明陆昭压根儿没有报警。所以我必须跟秦曜这个疯子独处整整一晚上。想到这里，我哭得更是伤心。

　　疯子终于转头看我："你们家有方便面吗？"

　　我愣住，一时没反应过来。

　　秦曜面无表情道："我饿了。"

　　我深吸一口气，然后用此生最大的音量冲他吼："滚！"

　　他若无其事地起身进了厨房，从柜子里翻出我之前储备的辛拉面，像模像样地煮了起来，丝毫不把自己当外人。我又惊又怒，深刻感受到气到想杀人是一种什么体验。

　　不一会儿，秦曜便端着两碗面摆在了茶几上，面里竟然还加了火腿和鸡蛋。我厌恶地翻了个白眼。他十分悠闲地大口吃起来："另一碗是你的。"

　　我瞪他："你瞎了？我手被绑着。"

　　他没有反应，埋头专心吃面。

　　我心思一转，立刻放柔态度："不如你解开绳子，我保证不逃跑。"

　　我没有撒谎，如果绳子真被解开，我第一件事并不是逃跑，而是迅速把那碗面泼到他脸上，以解我心头之恨。

　　秦曜几口吃完他自己碗里的面，然后将另一碗端到我面前，夹起一筷子方便面送到我嘴边，一副照顾卧床病人的姿态。

我心知无望，语气恢复冷漠："滚。"

秦曜表情不悦："我亲自喂你，你敢不吃？"

我冷笑："滚。"

虽然从中午到现在我一口东西都没吃过，还被绑了一晚上，又哭了那么久，早已体力不支，可接受他的喂食就等于被侮辱了人格，我宁愿饿死。

然而我万万没想到秦曜会无赖到如此地步，他竟然举着筷子往我嘴里硬塞。我张口想要骂他，面条被顺势塞进我嘴里。方便面的香味霎时溢满我的口腔，他似乎还往汤里加了芝士，我怨恨地瞪着秦曜，嚼了几口吞下。

他又强硬地喂了我几口，或许是饿疯了，我竟然觉得美味极了。转念一想，秦曜以这般姿态喂我吃面，侮辱的应该是他自己的人格，我就把自己想象成被太监伺候用膳的太后娘娘好了。

秦曜直直盯着我："好吃吗？"

我被他盯得起鸡皮疙瘩，不耐烦道："难吃。"

秦曜一抬手，连碗带面都倒进了垃圾桶。

……这个神经病。

秦曜重新拿起电视遥控器，打开了一部日本恐怖片。前不久陆昭刚陪我看完这部电影，有好几段瘆人情节，吓得我钻进他怀里不敢看屏幕。如今又看一遍，我镇定得像在观看洗衣液广告，全程面无表情。

反倒是秦曜，表面上装得毫不畏惧，女鬼一出场，他就马上刻意转移视线。这一切全被我看在眼里，差点儿没忍住幸灾乐祸地笑出声。秦曜冷冷地瞥我一眼，我迅速别过头不再看他。

现在已经凌晨了，秦曜似乎还没有离开的打算，我不明白他到底想干吗，若说想要折磨陆昭，绑我也绑了，照片也发过去了，他还有什么理由继续待在这儿？莫非想要等到陆昭赶回来，现场跟他打一架？

我不禁忧虑起来，如果秦曜真想打架，以陆昭的性格绝不可能还手，肯定会吃亏。

我不能眼睁睁看着陆昭被这个疯子所伤，必须想办法挣脱束缚。无奈绳子捆得太紧，没等我想出计策，一颗脑袋忽然靠到了我的肩上，秦曜竟不知什么时候睡着了，闭着眼睛，大半个身子都靠向了我。

我内心怒海翻天："还要不要脸了！"

对方犹如死猪，毫无反应。

我立即挪动肩膀，试图甩开他的脑袋，结果他身子一歪，面朝下倒在了我腿上。我气急败坏地咒骂起来，他却睡得很香，甚至还在我腿上调整了一个舒服的姿势。

最后我骂累了，不知不觉也打起了瞌睡。迷糊中我竟然梦见了沈曼华，她亲切地钩起我的小指，柔柔笑道："要遵守我们的约定哦。"

我猛地惊醒，出了一身冷汗，发现自己竟然躺在卧室的床上，身上还盖着被子。

我心中一喜，以为是陆昭回来了，然而动了下身体，发现还被绑着。转头一看，秦曜正拿着他那把匕首鬼气森森地坐在我床边。

比起匕首，我更关心的是，"该不会是你把我抱到床上的吧？"

秦曜冷哼："不然是鬼？"

我极度不适："要你多管闲事？"

秦曜目光变凉，缓缓倾过身，指尖触上我的领口。啪的一声，衣领的纽扣被解开。

他的手指继续往下，嘴角勾起玩味的笑："我就是要多管闲事。"

我霎时白了脸："你疯了？"

秦曜点头："嗯，早就疯了。"

此时窗外的天空已经微微泛起亮光，如无意外陆昭应该还在飞机上。我孤立无援。

至今二十三年的人生中，我碰到过很多烦恼。曾经也痛哭过，伤心过，崩溃过。甚至几个小时前还在因为初吻被夺走而悲痛欲绝。可跟此时的遭遇比起来，昔日烦恼全都变得不值一提。我甚至觉得以前那个因为一点点小事就掉眼泪的自己，是天底下最无病呻吟的矫情鬼。

当最后一颗纽扣也被解开，露出里面的胸衣后，因捆绑而无力动弹的我，终于明白了什么才是真正的恐惧与绝望。我浑身僵硬，如坠地狱。

秦曜戏谑地盯了我一会儿，忽然笑出声："你不会真以为我要对你做什么吧？"

我顿时觉得自己像个傻子。

秦曜冷眼看我："不要自作多情了，大姐。我只是很好奇，如果故意制造出你已经被我强暴的假象，陆昭会是什么反应。"

我怀疑他脑子被狗啃了："请问我是死了吗？我不会自己说出真相吗？"

秦曜挑眉："难道你就不好奇？你在他心中到底有多少分量，他究竟有没有把你当成一个女人，会不会为了你跟初恋的儿子翻脸？"

我愣住，蓦然失了言语。

秦曜的嘴角扬起自信的微笑："所以，要不要配合我演场戏？反正我也不想真的去碰你这种货色。"

我再次升起想杀人的冲动："我什么货色？"

秦曜的目光充满鄙夷："平凡、无趣、毫不起眼、活在世上属于浪费资源的那种货色。"

我胸口一堵，竟然不知道应该如何反驳，他戳到了我心底深处最敏感自卑的地方。

但我不愿认输，死撑着和他斗嘴："我这种货色做你的未婚妻，还真是委屈你了。"

我默默劝自己要忍耐，等陆昭一回来，再把现在受的委屈加倍讨回来。

秦曜挑起我的下巴："怎么？这么想嫁给我？"

我咬牙切齿："滚。"

秦曜却又一次倾身靠近我，故意将视线落在我胸前："身材真差。"

确定他不会乱来后，我胆子变大，斜眼瞥他："陆叔叔喜欢就行。"

秦曜嫌恶地皱眉："不要脸。"

我冷笑："不要脸的应该是解我衣服的流氓吧？"

争吵间，秦曜忽然把目光转向我枕头旁边的兔子玩偶，眼神一怔，喃喃自语："原来这只兔子送给你了。"

我陷入沉默。

虽然我曾经无比嫉妒沈曼华，可她送的这只玩偶却一直伴我入眠。

秦曜站起身："好了，我也玩够了。"

这个疯子终于要滚了，我顿觉心口舒畅，噩梦般的一夜终于要结束了。

秦曜弯下腰，将滑落的被子重新盖到我身上，黝黑的眼眸与我四目相对，沉默了良久，才低笑一声："改天见，我的未婚妻。"

然后他利落地转身，大步消失在我的视线。

最好永远都别见面了，我在心里默默祈祷。

我不敢再睡，生怕秦曜又折回来，一直等到早上近九点，才终于见到了跌跌撞撞冲进卧室的陆昭。他一脸的风尘仆仆，黑眼圈严重，身上的衬衫有许多皱褶，显然昨晚一收到消息就立即赶回国了。我望着他，委屈涌上心头。

陆昭一步一步走到床前，用沙哑的嗓音不断重复着："对不起，小善，对不起。"

然后他轻轻掀开被子，一眼便看到了将我捆紧的绳子，以及凌乱敞开的衣衫，他的瞳孔骤然放大，本就憔悴的脸色变得更加惨白。僵在原地好几秒，陆昭才过来解我身上的绳子，他双手剧烈颤抖着，尝试了好几次才终于解开死结。

压抑的束缚感终于消失，我却因为四肢麻木仍然无法动弹。陆昭抬起我一条胳膊，小心翼翼地抚摸着我手腕处被勒出的印痕，眼眶迅速红了一圈，不等我开口，他就大力将我嵌进怀里，语气中带着悲恸："他对你做了什么？"

有一秒钟，我脑中闪过了秦曜那个提议。假如我闭口不做解释，让陆昭以为我真被强暴了，他会是什么反应？会去找秦曜拼命，还是劝我息事宁人？是他把我一个人扔在家里，让我独自面对秦曜那个阴晴不定的疯子一整夜，难道我没有权利任性一次，小小地试探他一下吗？

可我望着此刻的陆昭，比任何时候都要狼狈失控，时而小心翼翼地生怕弄疼我，时而又像要把我揉进他的血肉里，两只手从未停止过颤抖，连呼吸都透着丝丝凉意。我怎能忍心欺骗这样的他？

于是我伸手轻抚他的后背，轻声说："陆叔叔，没事的。他什么都没有做，只是搞了一场恶作剧。"

陆昭似是松了口气，却仍搂紧我不肯放手，低哑的声音落在我耳畔："当真？"

我重重地点头。

陆昭终于放开我，低垂着眸，伸手将我敞开的衣服纽扣一颗一颗扣好。我这才意识到自己胸前毫无遮挡，仅有一片薄薄的内衣覆着，顿时窘迫地定住。

空气仿佛瞬间凝固住，只听得见陆昭低沉的呼吸声。我不敢抬头看他，目光只能到处乱转，随后猛然发现，我一直戴在手腕上的手链不见了。

那条陆昭在我二十岁时送给我，我曾发誓要戴一辈子的星空手链。

- 第十章 -

我确定，手链是被秦曜顺走了。

变态般的洞察力令他一眼看出那手链对我有多重要。

以前我总爱把一辈子挂在嘴边，轻而易举就立下生生世世的承诺，却忽略了世事无常，眨眼之间便可能产生猝不及防的变化。就像此刻，曾经发誓要戴一辈子的星空手链，才三年就被偷了，仿佛从未存在过。

尽管我每年都会有新的生日，尽管陆昭还会送上更精致的礼物，我却还是觉得心底像缺了一块无法愈合的口子，莫名其妙地钻着牛角尖。

我努力整理好心情，决定不再纠结，打开关了一夜的手机，才知道昨晚陆昭给我打了几十通电话。我咬牙切齿地删掉秦曜拍的那张接吻照，却发现除了照片，秦曜居然还给陆昭发了一句"你的女人在我手里"。我后脑勺一痛，差点儿当场晕厥。

陆昭眼神一黯，语气充满颓然与歉疚："我猜到他会对我有怨，却没想到会严重到这种地步，居然靠绑架你来报复我。对不起，小善，是我连累了你。叔叔保证，一定会让秦曜向你道歉。"

我当然不愿让他为难，飞速整理好心情："没关系的，我以后小心点儿就好。"

他是在乎我的，这就够了。

陆昭伸手了理我额前乱掉的刘海，低声道："我答应过你父母要好好照顾你，如果你因为我而受到伤害，我绝不会原谅自己。"

上天总是如此，最喜欢在人毫无防备时给予致命打击。前一秒还让我以为自己是他心底最在意的人，下一秒却又告诉我：不，你不配。

他关心我、在意我、照顾我，只是因为受我父母所托罢了。如果我妈当初生的不是我，而是另一个孩子，他也一样会温柔呵护对方长大。我在他心里，毫无特别之处。尽管早已清楚这个事实，可当真正从他嘴里听到时，我的心还是迅速沉向了不见底的深渊。

蜜蜜说，你的脸蛋、身材、性格，全都平平无奇。

林芬说，陆总怎么可能喜欢那种清汤寡水的类型。

秦曜说，你平凡、无趣、毫不起眼、活在世上属于浪费资源。

陆昭说，我答应过你父母要好好照顾你。

理智在那一刻土崩瓦解，我脱口而出："不就是被亲一下嘛，大家都是成年人了，何况秦曜长得那么好看，算起来还是我占了便宜呢。"

话一出口，我便后悔了。陆昭眼中的愕然令我的心碎成无数片，然而我别过头，没做任何争辩。那时我并不知道，命运已经悄无声息地发生了不可逆的改变。

我和陆昭开始陷入微妙的冷战。或者说，是我单方面在闹别扭。

方式很简单，就是我不再冲他撒娇了。我们之间的关系一直比常人更亲密，从我记事起，他便是世界上唯一可以让我肆无忌惮撒娇的人。没错，是唯一。就连在爸妈面前，我都不会耍性子撒娇。

从十二岁开始，我便希望陆昭能把我当成一个大人看待，然而每当见到他，我又会情不自禁变成爱撒娇的小女孩，总是忍不住扑进他怀里搂紧他的腰，或是钩住他的脖子不肯松手，还动不动在他面前哭鼻子。而现在，我必须学着成为一个真正的大人。

谁知道当我冲陆昭哭鼻子撒娇时，他心里想的会不会是"好麻烦，但为了她父母只能忍"呢？

我变得礼貌又疏远，在陆昭的家里循规蹈矩得像个陌生房客，吃完饭就回房间，在公司则像其他同事一样毕恭毕敬地称他为"老板"。每当接触到他闪烁复杂的眼神，我都会迅速低下头看手机，就这样僵持了大半个月。

那天临近下班，陆昭把我叫到他的办公室，递给我两张票，是我一直很想看的话剧。他温柔地望着我："我今晚没有应酬，我们一起去看好不好？"

如果换作以前，我会迅速在内心放起烟花，自作主张地认定这是一场约会邀请。可此时我心中却只有怀疑，他可能又是因为我父母才这样对我。

我把那两张票捏在手中许久，最终还是狠狠心还给了他："我约了蜜蜜逛街。"

陆昭表情凝固了几秒，很快又恢复正常，淡然一笑："是我的错，没有考虑你的时间。"

那一刻，我觉得自己是天底下最愚蠢的傻瓜，我竟然拒绝了陆昭，我竟然敢拒绝陆昭。他明明近在眼前，用最温柔的眼神望着我，邀请我，我却因为内心那该死的自卑与怯懦，而选择了退缩。

我并没有约蜜蜜，下班后一个人在街上漫无目的地乱逛。脑中不停回想着被我拒绝后陆昭眼中一闪而过的落寞，心脏像被一只手大力揪住，压得我喘不过气。

平时看偶像剧总是很讨厌那些作天作地的女主角，不理解她们为何那么喜欢无理取闹，如今自己竟也成了那种人。不同的是，女主角们都拥有美貌和爱情，作到最后应有尽有，而我一无所有。

手机响起，我按下接听键，耳边响起陆昭低沉的声音："在哪儿？我去接你回家。"

原来我不知不觉在外面逛了很久，天早已黑透了。尽管陆昭刻意隐忍，我还是从他的语气中听出了担忧。

他还是如往常般体贴，哪怕我这些日子不断地跟他闹别扭，挑战他底线，甚至还浪费了珍贵的话剧门票，他也永远不会跟我生气。

即使他真的只是因为我父母才对我这般好，又有什么关系呢？就凭他如此关心我，难道不足以让我原谅一切吗？

我鼻子发酸，正想回答他，却发现不远处一家酒吧门口正在打群架。不，严格来说，应该是几个壮汉正在群殴一个瘦弱青年。而那个被打的青年，正是化成灰我都能认出来的秦曜。

他原本白皙的脸上被打得满是青紫。挟持我时那么粗暴有力的他，此时却在壮汉们的拳脚下毫无还击之力。果然是欺软怕硬。

周围很多人看热闹，却没有一人站出来帮他，我当然也不会帮他。挂完陆昭的电话，我默默站在人群后面假装路过。只见秦曜虽然被打趴在地，嘴角却始终挂着嘲讽不屑的笑容，仿佛无所畏惧，惹得对方下手更重。

明明服个软就能摆平的事，秦曜却非要故意挑衅，眼看他脑袋都被打出了血，我开始慌了神，连忙拿起手机准备报警。壮汉们却适时停了手，估计也是担心闹出人命，狠狠咒骂几句便进了酒吧。

秦曜擦了擦脑袋上的血，若无其事地从地上爬起来，一步一步跟踉着离开了。我立刻跟了上去，并不是关心他的死活，而是想拿回我的星空手链。

秦曜身上的伤显然不轻，走起路来跌跌撞撞，几次差点儿摔倒。我一路跟着他，看见他先是去药店买了碘酒和创可贴，又进便利店买了几盒方便面，拎在手上一摇一晃继续往前走。途中不断有路人目光被他脑袋上的血吸引，他视若无睹，仿佛全世界只剩下他自己一个人。

又一次撞上路人后，秦曜直直摔在地上，半天没有动静。就像刚才一样，依然没有任何路人愿意站出来扶他，只会在经过他旁边时皱皱眉，在心里埋怨他挡了路。

我在原地站了一会儿，见他仍然一动不动，只好硬着头皮走上前去，试探地问："死了？"

秦曜慢悠悠地睁开眼，嘴边浮现出诡计得逞般的笑容："我就知道你放心不下我。"

原来这疯子早就知道我在跟踪他。我倒不怎么意外，毕竟他才是职业跟踪狂。

秦曜朝我伸出一只手，一副无赖的姿态："快扶本未婚夫起来。"

我拍开他的蹄子："还我手链。"

秦曜识趣地自己从地上爬起来，拍拍衣服上的灰，装起了无辜："什么手链？"

我强忍住发火的冲动："蓝色的星空手链，上面镶着几颗小星球，它对我很重要，麻烦你还给我。"

秦曜表情玩味："为什么对你很重要？因为是陆昭送的吗？"

我不耐烦地瞪他："跟你没关系。"

秦曜的目光泛起凉意："哦，早被我扔了。"

刹那间，这些日子压抑在心底的所有负面情绪全部爆发了出来，委屈与愤怒交织在一起，我猛地揪起秦曜的衣领，不顾路边行人的注目，对他又推又拽又骂。绑了我一整夜，抢走我的初吻，扔掉我的手链，偷窥我和陆昭，究竟还有什么事是这个变态做不出来的？

秦曜一声不吭站在原地任由我发泄，还被我推得跟跄了几步。我挥起手掌想朝向他那张欠揍的脸抽去，却瞥见他脑袋上的伤口处正往外冒血，血迹沿着他的脸颊流了一路。我迟疑了几秒，手停在半空中，秦曜顺势把脑袋靠在了我肩膀上，无耻地笑道："你还是不忍心。"

几乎是条件反射，我使出全力一掌推开了他，谁知他一米八几的个子，竟然像块破布一样，又一次重重摔在了地上。再这样下去，他没被打死，也要被摔死了。

我连忙扶起他，怒道："你是不是故意的？"

秦曜有气无力地靠在我身上："真的很痛。"

我艰难地支撑着他身体的重量，问："所以那些人为什么打你？"

秦曜不屑道："因为其中一人的女朋友跟我搭讪。"

我心底顿时升起火，这次却是在气那群无理取闹的壮汉。他们以为自己是活在古代的权贵少爷吗？凭什么因为这种荒谬的理由随便打人？长得好看是秦曜的错吗？

秦曜继续道："然后我把那个女人从头到脚损了一顿，蛇精一样的大脸，又丑又好笑，一不小心就把她骂哭了。"

我迅速在内心向壮汉们行礼道歉，狠狠白了他一眼："你活该。"

秦曜笑着点点头："嗯，我活该。"

仿佛他是在故意讨打一样。

方才一通发泄后，郁结已久的情绪莫名舒展开来，我心情大好，看什么都顺眼了，甚至大发善心想要就这样扶秦曜回家。他却在一家廉价旅店门口停下，镇定道："就这儿，进去吧。"

我呆立原地，被他的无耻所震惊，伤成这个鬼样了居然还想着骗我开房？我不计前嫌地向他施以善意，换来的居然是这个结果？变态果然是变态，永远不能低估一个变态的人性黑暗面。

我立刻放开了他，像吞了苍蝇般不适，与他远远地保持距离，甚至有冲动想要掉头就走。秦曜看向我的眼神仿佛在打量一个智障："您又想哪儿去了大姐？我的意思是我住这儿。"

我半信半疑："没事住旅店干吗？你没有家吗？"

秦曜勾起嘴角："曾经有，我妈从阳台上跳下去后，就没有了。"

我愣住，第一次发现，悲伤与狠戾，竟然可以同时出现在一个人的眼睛里。

所以，沈曼华去世后，他一次也没有回过那个家，这些年一直在外面住旅店？

曾经的家有多温馨，如今就有多寂寥，每一处熟悉的角落，都能轻易勾起藏在心底的回忆，对残酷的现实来说，美好但已经逝去的回忆只会增加无尽痛苦。他根本不敢面对妈妈已经死去的事实。

人类的悲喜总是不相通的，当我还在嫌弃父母太过严厉唠叨时，秦曜已经失去了所有亲人，连唯一的家都回不去了。

我默默攥紧衣角，望着秦曜脸上的伤口："你还是赶紧回房间清理伤口吧，免得感染恶化。"

秦曜靠了过来，懒洋洋地笑："你帮我嘛。"

言语之间，竟有一丝撒娇的意味。

我瞬间起了一身鸡皮疙瘩："滚！"

说完转身就走，过了一会儿又停下脚步，我忍不住回过头去，看见秦曜一瘸一拐的背影，孤零零地走进了旅店，手上还拎着创可贴和方便面。

只用创可贴能管用吗？只吃方便面能行吗？

脑中闪过无数个疑虑，最终我轻叹一声，算了，不关我的事。

- 第十一章 -

回家路上，我打电话跟蜜蜜诉起了苦，抱怨秦曜的种种劣迹。

蜜蜜却语气兴奋："你可以把他当成助攻嘛。"

我不解。

蜜蜜苦口婆心道："如果说之前陆昭从来没把你当过女人，那么通过秦曜这么一闹，他以后必然不会只把你当小孩了。这次的事件完全是在提醒陆昭，你早已不是未成年的弱智小孩，你们之间的亲密关系已经到了会让外人误会的程度。"

我有点儿慌："那陆叔叔以后肯定不会愿意抱我了。"

蜜蜜一副爱情专家的语气："很难讲，如果从此以后他刻意与你疏远距离，那就说明你这辈子是真的没戏了。但是如果他并没有疏远你，而是照常接受你的各种亲昵举动，那你还稍微有个百分之十的希望。"

我蔫了："为什么只有百分之十？"

蜜蜜嗤笑："知足吧大姐，其实我本来想说百分之一的。"

我陷入沉默。

蜜蜜安慰道："想让概率往上涨，就先一步一步试探嘛。比如今晚你就敲开他房间的门，说你因为秦曜的事产生了心理阴影，一个人睡很害怕，提出想跟他一起睡，看他同不同意。"

我目瞪口呆："你疯了？"

蜜蜜怒骂："又装什么纯？你们又不是没睡过！"

我反驳："那是他喝醉把我当成了沈曼华！"

蜜蜜不以为然："所以我让你先试探，而且理由是完全合理的。正常女孩子遭到绑架，还差点儿被侵犯，难免会有个心理阴影什么的吧？"

我为难道："可我现在一点儿都不害怕了，秦曜那小子其实就是个纸老虎，刚刚还被我推得摔了一跤。"

蜜蜜咬牙切齿："那你就给我装出害怕的样子！"

我头痛欲裂，回到家已快十二点。

陆昭正在客厅等我，眉眼皆是担忧："怎么这么晚？"

我莫名紧张，支吾道："路上见到了秦曜。"

陆昭脸色一变："他又对你做了什么？"

我刚想解释只是碰巧遇见，忽然又想起蜜蜜的提议，便模棱两可道："没做什么过分的。"

陆昭表情中透着无奈："他有没有透露自己住哪儿？我必须跟他好好谈谈。"

我连忙摇头。一方面是心虚，另一方面是担心他们见面后秦曜会对陆昭不利。

陆昭离我近了些，低叹："对不起，又差点儿让你陷入危险。"

我猛地钻进他怀里，两条胳膊用力搂紧他的腰，冷战了多日，这还是我第一次如此近距离地拥抱他，久违的温暖袭遍全身。陆昭身体一僵，终于意识到我们之间的冷战已经解除，似是长长地松了口气，温柔地摸了摸我的头。

而我完全沉浸在蜜蜜的提议中，整个人心跳加速，紧张得连指尖都在发颤。就这样抱着陆昭不知犹豫了多久，我才咬咬牙，豁出去般地开了口："陆叔叔，我今晚可以跟你一起睡吗？我一闭上眼就想起秦曜，很害怕。"

空气似乎凝结了，时间一下子变得缓慢无比，一秒钟仿佛有一个世纪那么漫长。久久都没有等到陆昭的回答，我不敢抬头看他脸上的表情，就连搂在他腰间的两条胳膊也没底气地松了开来。

他应该正在心底嘲笑我吧，因为害怕而不敢一个人睡觉的老掉牙烂梗，只适用于十六七岁的纯情少女。我已经永远错过了那样的年纪。

当我差不多快要放弃时，陆昭低沉的声音忽然从我耳边传来："好。"

我怔在原地，不敢相信自己的耳朵。

从小到大，陆昭从未拒绝过我的任何请求。前提是，那些要求都是合情合理的。除了今天这个。哪怕是我自己，都觉得这个要求太逾矩了，一时冲动提出来后，便只剩下懊恼和后悔，生怕他会因此察觉我的心思，立刻疏远我。

然而他却答应了。

蜜蜜说，我只有百分之十的希望。

我仰起脸，撞见了陆昭幽深的眸。

会不会，其实不止百分之十？

带着忐忑与欣喜，我仔仔细细地洗了一遍澡，特意换上先前那件吊带裙，还喷了点儿香水，俨然一副准备去侍寝的姿态，颤巍巍地走了几步，又不争气地回头，换回了中规中矩的日常睡裙。

我鼓起一万分的勇气，终于踏进了陆昭房门，却站在原地不敢挪步。

陆昭早已洗漱完毕，正穿着睡袍倚靠在床上，低头看笔记本。听见脚步声，他抬头看向我，语气如往常般平静："小善，过来吧。"

步伐僵硬地走到床前，我两条腿不停颤抖。虽然上次已与陆昭睡过一夜，可那时他毕竟是醉酒状态，浑浑噩噩，毫无意识，连自己抱的是谁都分不清。现在的他，却是无比清醒。

陆昭腾出身边的位置，沉静地注视着我。我暗暗给自己打气，爬上床小心翼翼地躺好。我不敢离他太近，只能睡在边边上，努力控制着身体不要掉下床。陆昭低低叹了一声，伸手把我拉到中间，动作温柔地替我捻好被角。

我望着近在咫尺的陆昭，台灯的暖光浅浅洒在他脸上，让他比平时看上去更加温柔亲近。似是受了蛊惑般，我情不自禁地凑过去钩住他的脖子，穿着睡裙的身体紧紧贴住了他，小声问："陆叔叔，我是平凡、无趣、毫不起眼、活在世上属于浪费资源的那种货色吗？"

陆昭紧蹙眉头，语气低沉："胡说什么？小善是世上最好的女孩。"

我终于笑起来，用力搂紧他："我保证，以后再也不会跟陆叔叔赌气了。"

陆昭低了下眸，片刻后伸手圈住我："傻瓜。"

我透过单薄的睡裙感受到他掌心的温热，心头泛起涟漪："那你还愿意陪我去看话剧吗？"

陆昭低笑："明天就去。"

忽然想起了什么，我身体一僵，连忙转头望向窗口，确认窗帘紧闭着，才长长松了口气。那一刻竟然有种偷情的紧张感，我不禁在心里又骂了一万遍变态秦曜。

陆昭轻声问："怎么了？"

我摇摇头，不想破坏此时的气氛。贪婪地嗅了会儿陆昭身上沐浴露的清香，我转过脸，发现陆昭一直在凝视着我，眼底有细微波澜。空气很安静，只有我们二人低低的呼吸声。

我恍惚地想，如果我在此时吻向他，他会是什么反应？

往常自卑到尘埃里的我，那时却莫名生出了一个无比荒谬的念头——

他不会推开我。

只要我亲上去，他一定不会推开我。

我被这个古怪的念头吓到了，只当是异想天开，别扭地移开目光，不敢再与陆昭对视。然而下一秒，我从他眼角看见了几道皱纹，这是我第一次如此近距离地观察到这些皱纹，它们格格不入地出现在那张英俊的脸上，显得那么刺眼。

我下意识伸手想抚平那些皱纹，又忽地顿住，默默脱离陆昭的怀抱，躺回了自己的位置。

陆昭已经四十三岁，长皱纹是一件再正常不过的事。

然而我躺在他身旁，心口无法抑制地涌起巨大的悲伤。

人类可以挺过最艰险的绝境，却永远无法抵抗衰老。纵使我们每日跑步健身，用着最昂贵的护肤品，拒绝一切垃圾食品和不良作息，也仍然无法阻止逐渐蔓延的皱纹与白发。我无数次渴望着长大成人，想让自己像个真正的大人一样走进他的世界，却忽略了我的长大意味着他将变老。

陆昭，我心中举世无双的陆昭，永远如神一般可靠又强大的陆昭。

这样的他，却在有一天长出了皱纹。

事后，蜜蜜感到不可思议："所以，你因为几道皱纹，放弃了可以跟他接吻的大好机会？"

我吸了口奶茶，摇头："我没打算真的吻他。"

蜜蜜的表情更费解了："为什么？"

为什么？我也这样问过自己。

既然那时的我笃定陆昭不会推开自己，为什么没有直接吻上去呢？

蜜蜜打趣道："该不会是害羞吧？按理说你都跟秦曜接过吻了，也算有经验了呀。"

我的后脑勺顿时又痛了起来："别跟我提那个浑蛋！"

一条纤长的胳膊忽然架到了我肩膀上："哪个浑蛋？"

我转过头，看见了那张我最不想见到的脸，霎时僵在原地，如同见鬼一般。

秦曜这小子怎么阴魂不散的？难道他一直在跟踪我？

他顺手抢过我手里的奶茶，旁若无人地喝了一口，皱皱眉："怎么是无糖的？"

蜜蜜满脸写着八卦："你是？"

秦曜钩住我的肩，态度亲昵："她的未婚夫。"

蜜蜜眼里放出光，凑到我耳边小声嘀咕："原来他这么俊。"

我狠狠瞪了蜜蜜一眼，暗骂她不争气，接着冲秦曜咬牙微笑："你怎么还没死？"

秦曜扬起唇角："还没娶你，我怎么舍得死？"

我抓起他的衣领就往前走："好啊，走，领证去。"

果然，原本嚣张的秦曜眼中闪过些许犹疑，我不禁笑出声："纸老虎。"

秦曜弯腰靠近我，表情顽劣："你还不是老老实实被我这只纸老虎亲了。"

我踮起脚，双手抚上他的脖颈，猛地用力掐住："你还敢提？谁他妈允许你乱亲人的?！"

秦曜却不慌不忙，嘴角还带着一丝讥讽的笑。我突然很后悔平时没有好好锻炼身体，到了关键时刻连掐死仇人的力气都没有。

蜜蜜看不下去地拉开我："行了，别给人按摩了。"

我怒瞪着秦曜，发现他脑袋上还贴着那天晚上买的创可贴。

秦曜几口喝光了我的奶茶，把空杯子扔回给我，惬意道："去哪儿吃饭？"

他简直把"不要脸"三个字演绎得活灵活现。

不等我开口怒骂，蜜蜜便抢先回答："去商场！你请客哦！"

我们难得的闺密约会，居然要带上这么一个浑蛋，我又气又恼，坐进店里后，才终于意识到蜜蜜想干什么。她选择了整个商场最贵的一家五星级餐厅，并且专点最贵的头牌菜，甚至还点了几瓶名贵红酒。

蜜蜜这是打算狠狠宰秦曜一顿。

我顿时幸灾乐祸起来，全程摆出一副看戏的姿态。

果然，饭后结算，这一顿足足要三千多块钱。

蜜蜜娇嗔："真是让您破费了，秦先生。"

然后喜滋滋地把没喝完的红酒塞进了她的包包里。

秦曜挑了下眉，风度翩翩地掏卡结账，没有一丝顾虑。

暗爽之后，我莫名有些不安，秦曜有收入来源吗？他住的那家旅店看上去很廉价，脑袋被打出了血，却只是去药店买创可贴处理，平时吃饭似乎也都是用方便面解决，怎么看都是一副很落魄的样子。我们就这样宰了他三千多块钱，真的合适吗？

一抬头，看见秦曜正冲我玩味地笑："作为罗善的未婚夫，这是我应该做的。"

我立刻驱散了心头的那点儿愧疚，嗯，合适，非常合适。

走出餐厅，我故意拉着蜜蜜去逛内衣店，虽然秦曜总是一副死不要脸的无赖模样，可当我拿起一款蕾丝胸罩在身上比画时，他还是别别扭扭地移开了视线，我趁机拽起蜜蜜就跑，终于成功甩开了他。

蜜蜜依依不舍道："其实他人还不错。"

我气笑了："三千块钱就把你收买了？"

蜜蜜的语气却很认真："说实话，秦曜年轻帅气，又跟你从小定下了婚约，而且看上去还挺喜欢你的，你完全可以试着跟他交往看看嘛。"

我震在原地，难以相信蜜蜜会说出这种话，分不清她到底是不是在开玩笑。

心情剧烈起伏后，我只憋出了一句："陆叔叔长得更帅。"

蜜蜜的表情凝重起来："可他已经四十三岁了，你不久前还在因为他长了几道皱纹而悲痛欲绝，以后这样的情况只会越来越多。当你还年轻气盛的时候，他的皱纹已经爬满整张脸，仅凭这一点，秦曜就赢了。"

忽然之间，我仿佛被丢在了孤岛上，四周皆是望不见边际的深海，就连唯一一条小船也弃我而去，越漂越远。

我终于意识到，狡猾如秦曜，今天为什么会老老实实被宰了。

没有什么比唯一支持自己的好朋友突然倒戈，更让我孤立无援的。

- 第十二章 -

我跟蜜蜜大吵了一架，好一阵子没联系。

除了陆昭，蜜蜜是这世上我最信任的人。甚至有时候她比陆昭更能慰藉到我，因为我可以肆无忌惮地向她倾诉所有少女心事，虽然她总是那么毒舌，以打击我为乐，但我清楚，她始终是站在我这边的。

二十岁那年，是蜜蜜毫不犹豫的支持，让我从孤单的暗恋中获得了力量。从那以后，我再也不用一个人落寞地写日记发泄苦闷，因为我有了最好的倾听者。每当我因为苦涩的单恋而忧愁低落时，都是蜜蜜在一旁出谋划策，帮助我越来越靠近陆昭。对优柔寡断的我来说，蜜蜜一直是指路明灯。

而现在，明灯轻飘飘地跟我说：为何不跟秦曜交往看看。

不是别人，而是秦曜。那个绑架我一整夜、夺走我初吻、千方百计阻挠我跟陆昭在一起的秦曜。

那一刻，我心底有一处地方轰然倒塌，再也无法复原。

委屈，超级无敌的委屈。然而我再也没有可以倾诉这份委屈的人了。

陆昭察觉出我最近心情不佳，待我比往常更加体贴温柔，想方设法哄我高兴，这却让我越发委屈，因为我永远也无法向他诉说：陆叔叔，我之所以这么难过，是因为蜜蜜不再支持我喜欢你了，你可不可以告诉我，我该怎么办？

周末，我独自守在旅店门口，从早上等到下午，才终于见到秦曜走出来。

这个死猪，居然一觉睡到大下午。

他似乎很意外："想我了？"

我从包里掏出特意准备的三千元现金，递向他："还你。"

我可不愿欠他一份人情。

秦曜目光变冷，似乎不打算理我，转身就想走人。

我挑衅地叫住他："秦曜，你该不会喜欢我吧？"

秦曜终于笑了："没事吧，大姐？"

我直接把钱塞进他怀里："如果不喜欢我，那请你以后不要再开什么未婚妻、未婚夫的玩笑，也休想把我从陆昭身边推开，只要有我在，我绝不会让你伤害到他一丝一毫。如果喜欢我，那很抱歉，我这辈子永远只喜欢陆昭一个人，任何人都比不上他在我心里的位置，无论发生什么我都不会离开他。"

我和秦曜目前为止才见过几次面，我当然不可能傻到以为他的所作所为会是因为喜欢我。我再清楚不过，秦曜的目标只有一个，那就是让陆昭陷入孤独和不幸。

我偏不让他如愿。

秦曜又变成了初次见面时清冷的模样，他一步一步逼近我，嘴角带着讥讽地笑："是吗？那你为什么不敢跟他表白？"

我下意识后退，一时没反应过来该如何回答。

秦曜将我逼至墙角，低头直视我："既然你这么坚定，那就快去跟他表白啊，告诉他，你爱他爱得欲罢不能，让他的舌头钻进你的嘴巴里，让他把手伸进你的裙子里，让他一件一件扒光你的衣服，让这位亲切和蔼的好叔叔温柔地帮你破处。哦，抱歉，我忘了你们都同居一年多了，这些事应该早就做过了吧？"

全身的鸡皮疙瘩骤起，我猛地抬手给了他一耳光："你恶不恶心！"

秦曜并不恼火，嘴角的笑意更深："又不是我对你做那些事，到底谁恶心？"

我忍无可忍，推开他就想走，却被他用力攥住手腕。

秦曜表情惬意："猜猜看，你那对把陆昭当成至亲的父母，得知你们在一起后，会是什么反应呢？几十年的交情，他们给予了他无限信赖，甚至敢把唯一的女儿送到他家去住，因为可怜他孤苦伶仃。你们一家三口是他在这世上关系最亲的家人了。然而，这样的他，却恬不知耻地跟你谈起了恋爱。"

我狠狠瞪着他："不好意思，我不怕。"

秦曜锐利的眼神直射我内心："你当然不怕，就算你父母一时气愤提出跟你断绝关系，你是他们唯一的女儿，血缘永远无法斩断。可陆昭呢？一个他们信任了几十年的义弟，一个跟他们同辈的老男人，睡了他们的小女儿，你猜，他们会不会轻易原谅？"

一直以为自己早就做好了心理准备，然而当脑中骤然浮现出父母暴怒以及痛哭的场景时，我却还是心口一滞，仿佛有无数根针刺了进去。

秦曜恶劣地笑："结果只有一个，因为你那可笑的爱情，陆昭会失去对他而言无比珍贵的亲情。他的世界就只剩下你，过些年他变成五六十岁的老头子，再没了以往的温润俊朗，或许连走路都需要你搀扶，何况人一老就容易生病，说不定哪天就瘫了。如果你足够坚定，那就任劳任怨地伺候他吃喝拉撒吧。如果你不够坚定，慢慢开始嫌弃他，想要离开他，那我建议你把他送进养老院，毕竟爱过一场嘛，总不能把一个老头扔在家里等死。"

我瞪着他那张嚣张跋扈的脸："你想多了，陆叔叔有的是钱，就算将来老了，生病了，也可以请护工，请保姆，请最好的医生。我们会住在豪华宽敞的别墅里，每天都有专人伺候，跟着他，我永远不必吃苦。比起陆昭，你更有可能会一个人瘫在廉价旅馆慢慢等死吧？毕竟，你一无所有。"

为了维护陆昭，我不介意让自己变得尖酸刻薄。

秦曜表情一滞，又迅速恢复戏谑："好，还有一种可能，那就是你们俩都不够坚定。毕竟爱情是世界上最脆弱易碎的东西，根本没有所谓长久的真情，无论多么热烈疯狂的爱意，都是带有保质期的。期限一过，所有热情都归于平静，然后慢慢生出厌倦与乏味。说不定，作为叔叔，他可以宠爱你一辈子，但是作为恋人，他却只跟你交往三个月便开始争吵厌烦，然后你们尴尬分手，逐渐疏远，最终再不联系。从此以后，你的生命中再也没有宠你护你的陆叔叔。"

大脑一片空白。

我想要狠狠反驳他，让他知道我和陆昭的感情有多么坚不可摧，可我仿佛失去了言语的功能，竟然连一个字都说不出口。

除了浑身发颤，我什么都做不了。

最后，秦曜认真地拍拍我的肩："这么一想，我突然觉得放任你表白才是对陆昭最大的报复。很好，你快去表白吧，加油！"

然后他惬意地转身，把我抛在了背后。

我怔在原地，努力了很久，才有力气迈出腿，踉跄地逃离了那个地方。

今日晴空万里，我却仿若身处瓢泼大雨，每往前一步，都像踩在荆棘上。

无助和彷徨迅速吞噬了我，周围熙熙攘攘挤满了人，却没有一处能够让我依靠。多希望陆昭可以在此刻坚定地抱住我，告诉我，没关系的，什么都不用怕。

我有一千、一万句话想要跟他倾诉。

然而当我跌跌撞撞地回到陆昭家时，却一眼见到了我爸妈。

每逢周末，他们都会从家里带一些陆昭爱吃的小菜过来。

我妈反复地叮嘱陆昭哪些要放冷冻，哪些要放冷藏，随后又从冰箱里收拾出一些过期速冻食品，絮絮叨叨地抱怨："老大不小了怎么还是不懂得照顾自己，你大哥天天在家跟我念叨，担心你一个人在外面吃不好、穿不暖。"

我爸故作严肃："是该娶个老婆回家好好照顾你了。"

陆昭表情无奈，眼里却都是笑意："谢谢哥嫂关心。"

我爸忽然瞪向我："你刚才跑哪儿玩去了？有这时间不知道帮你陆叔叔多做点儿家务吗？"

我默默帮忙整理小菜，目光始终追随着陆昭，平日在员工面前威严稳重的他，一到我爸妈面前，就像极了乖巧的孩子，总是温顺地听着他们的唠叨，眼中带着满足与欣喜。哪怕都是些无关紧要的碎碎念，对他而言却是来自家人的关心，是珍贵无比的幸福。

而我却妄想毁掉这份幸福。

只要还活着，人总是无时无刻不在成长和蜕变。

可能是因为某个人，也可能是因为某件事，甚至可能只是因为某句话，似乎就那么一秒钟的时间，曾经还坚定不移的心，忽然之间就产生了翻天覆地的变化。

送走了爸妈，家里顿时又只剩下了我和陆昭。

相对无言了片刻，他温热的掌心落在我头顶："不开心？"

我心头一酸，想不管不顾地尽情发疯，想扑进他怀里大哭大闹，想让他温柔擦掉我的眼泪，告诉我秦曜说的那些全是屁话。

可我只是低下头，装作什么事都没发生，低声说："没有。"

回到卧室，我又重新翻出了厚厚的日记本，从十二岁开始，我便开始认真记录自己对陆昭的心意，微微泛黄的纸上，入眼皆是他的名字——

今天是除夕，陆叔叔终于来家里吃饭了，还给我带了好多进口糖果，每一颗都特别甜。我一整天都赖在他旁边，我爸不耐烦地赶了我好几次，我才不管，我就要黏着陆叔叔，我还要黏一辈子。

今天考试没及格，我蹲在楼下不敢回家，哭着打电话给陆叔叔，他立刻赶了过来，牵着我的手一起上楼。虽然我爸发了很大的脾气，但因为被陆叔叔拦着，并没有打到我。陆叔叔果然是我的守护神。

今天是儿童节，陆叔叔竟然送了我节日礼物，虽然我很喜欢很喜欢那个发箍，可我都十四岁了，已经不是小孩子了，他到底什么时候才能把我当成大人看待呢？

今天晚上家里停电了，爸妈都去了外地，我在黑暗中害怕得浑身发抖，幸好陆叔叔及时赶到。我们在客厅点了许多蜡烛，然后一起蜷缩在沙发上讲故事，这应该是我生命里最温馨的一次停电吧。

今天我许了生日愿望，希望快点长大，然后轰轰烈烈地向陆叔叔告白，即使爸妈可能会打断我的腿，说不定还会跟我断绝关系，我也毫无畏惧，全世界我只喜欢陆昭，我要做他心中最勇敢的女战士。
……

不受控制地，眼角的泪直直流下来，滴落到了泛黄的纸张上。
如果跟当年的自己相遇，她大概会恨铁不成钢地给现在的我两耳光吧。
最终我还是没能成为女战士，而是淹没在庸庸碌碌的人群中，变成了最平凡的普通人。
二十三岁的我，明明一切都还没有发生，却已经开始惧怕未来。

- 第十三章 -

时间过得越来越快，我怀疑有谁在天上按了加速器。
我开始惧怕翻日历，更害怕过生日。
虽然还有两三个月才到下一个生日，但我却早早焦虑起来。

过生日就意味着变老，我不再向往成为大人，而是渴望能够回到青春年少。

因为，如果我一直是小姑娘，陆昭也会一直是气宇轩昂的年轻叔叔，我们停留在最美好的岁月，我再也不必忧愁害怕，他再也不会长出皱纹。

陆昭对我的心思全然不知，提前很久询问我今年生日想要怎么过，我没精打采地靠在他身上："简简单单的，只跟你一起过。"

反正我不想再办什么宴会了。

陆昭低笑，揉揉我的头发："不邀请你喜欢的人吗？"

我一愣，随即反应过来之前他说"或许有一天，你会邂逅一个男孩"时，我赌气说自己已经遇到了。

原来这么多天来，他一直以为我喜欢的是别人。

我心头一梗，立刻想要解释，电话却在这时响了起来，显示陌生号码。

按下接听键，耳边传来秦曜慵懒的声音："有没有想我？"

我愕然："你怎么会知道我的号码？"

上次还给秦曜的三千块钱我故意没有用手机转账，而是选择了现金，就是因为担心会让他拿到我的联系方式，从此更加纠缠不清。

秦曜语气里透露着得意："多亏了你那位好闺密。"

果然是蜜蜜那个浑蛋。

这些天我一直在自我反省，后悔那天冲她发了那么大火，打算找机会主动跟她道歉和好。然而此时此刻我只想生生世世都不再理她。

我当场就要挂断电话，却听秦曜接着道："我在去你家的路上。"

我心底升起不好的预感："你要干吗？"

他恶劣地笑着："总要拜见一下未来的岳父岳母嘛。"

我手心冒出冷汗，语气发颤："你不要闹了。"

秦曜的声音里透了丝凉意："我偏要闹。"

随后他就挂断了电话，无论我怎么拨都无人接听。

陆昭察觉出不对劲，担心地皱起眉："小善，怎么了？"

我无助极了，死死攥住他的衣袖，几乎下一秒就要哭出来："是秦曜，他去我家了。"

陆昭毫不犹豫地开车载着我驶向了我家。

一路上我都在担心秦曜会不会伤害我父母，毕竟他曾经用绳子把我绑了一整夜，自然也有可能以同样的方式对待我父母。虽然我爸也不是好惹的，可匕首无情，万一秦曜那浑蛋豁出命了，我爸不一定是他的对手。

然而冲进门后，却发现秦曜正一副好学生姿态端坐在我家沙发上，我爸我妈一左一右坐在他身旁，热情地招呼着他吃西瓜。

我呆立原地，只见我妈一脸动容地握紧秦曜的手："像，太像了，长得跟你妈一模一样，可怜的孩子，一定受了不少委屈吧？"

秦曜乖顺地点头，楚楚可怜，如同卖火柴的小女孩，我倒抽一口气，蠢蠢欲动地想要冲上去撕烂他的面具。

我转头望向陆昭，试图寻找同一阵线，然而他表情似乎凝固住了，一步一步走到秦曜面前，缓缓握紧拳头，又无力地松开："小曜，你这几年都跑哪儿去了？知不知道我有多担心你？"

很好，现在除我之外的所有人都站到了秦曜那边。

我的视线转向茶几上的水果刀，思考着捅人会被判多少年，我妈一道怒吼将我惊醒："罗善，傻站着干什么？你当初不是哭着喊着想跟小曜结婚吗？现在人家来了，还不快打招呼！"

我被我妈扭曲事实的功力震惊到了，看她那镇定自若、脸不红心不跳的样子，连我都快要相信她说的话了。

秦曜挑挑眉，表情玩味地看向我："阿姨，我和罗善早就见过了。"

我爸妈都很诧异："什么时候？"

秦曜优哉游哉地啃了口西瓜："就在前不久，我还煮面给她吃了。"

我妈一脸欣慰："年纪轻轻就这么会照顾人。"

我再也忍不下去了，冲上去就想要告诉他们我是如何被这个变态绑了整整一夜的。

秦曜却抢先一步开口："叔叔，阿姨，罗善还告诉我，她已经有喜欢的人了。"

气氛顿时凝固住。

我僵在原地，后背渗出冷汗。

秦曜勾起唇角，露出恶魔般的狡黠微笑，似乎一切都被他捏在手掌心。我终于明白了他此行的目的：当着我父母的面，拆穿我喜欢陆昭。

任何能让陆昭失控的事，都令秦曜乐在其中，而我对陆昭的感情，就是他最大的游戏筹码。只要我还喜欢陆昭，秦曜就一定会往死里利用我、榨干我。

果然，我妈立刻抬高音量询问我喜欢上谁了，我爸也掐灭了烟严肃起来，陆昭幽深的眼眸缓缓转向我，眼中是我读不懂的复杂情绪。

此时此刻，一旦秦曜说出我喜欢的人就是陆昭，那么无论陆昭有多无辜，他和我爸妈的关系都会迅速陷入僵局，擅自喜欢上他的人明明是我，最终遭到更多责难的人却一定是他。只因为他比我大二十岁。

我几近崩溃，双腿颤抖到快要站不稳，似乎下一秒就要迎来暴风雨。

"她喜欢的人，"秦曜抬起一根食指，在半空中晃了一圈，最后指向他自己，"就是我。"

我怔住，疑惑、不解、迷惘，以及，长长松了一口气。

秦曜大步走到我面前，伸手将我揽进怀里，笑容灿烂："其实我们已经交往一阵子了。"

身体里每一个细胞都在抗拒着他，然而理智告诉我，此时此刻，顺从才是最好的选择。于是我沉默着低下头，没有反驳。

我爸妈先是一愣，随后爆发出爽朗的大笑："挺好！挺好！"

我心底一片悲凉，比任何时候都要绝望。

大概是因为秦曜长得人模狗样，演技又出神入化，丝毫看不出内在是个变态，导致我爸妈怎么看他怎么满意，我妈甚至还抹起了泪："当年我跟曼华结的亲也算成真了。"

就连粗线条的我爸也感叹道："有时候真的要信命，你们俩是命里带了缘分。"

我内心作呕，阻止他们继续肉麻："我还有事，先走了。"

我爸怒瞪我一眼："天大的事也不准走！你们必须都留在家里吃饭！"

我妈喜上眉梢："今天一定要多烧几个菜，第一庆祝小曜回来，第二庆祝我们家罗善攒上了小曜这么好的男朋友！"

我好想当场咬舌自尽。

秦曜姿态亲密地凑到我耳边，勾起唇角低笑："你的表情太难看了，我们是在公布恋情，不是在奔丧，还是说你更希望我对他们说出你真正喜欢的人是谁？"

我强颜欢笑，默默掐住秦曜胳膊上的肉，越拧越紧。

随他去嚣张好了，只要别连累到陆昭，我就忍这一次，过段时间再随便编个分手理由通知我爸妈，皆大欢喜。

对于我有了男朋友这件事，我妈格外高兴，仿佛生怕我嫁不出去，甚至还亲切地拉着秦曜去厨房尝菜，似乎他才是她的亲生儿子。

这时，我爸忽然问了一句："陆昭，你觉得秦曜怎么样？跟罗善合适吗？"

我后背一僵，根本不敢把目光转向陆昭。从刚才默认自己正在跟秦曜交往后，我就没有勇气直视陆昭了。心虚与忧虑交织在一起，让我不知该如何面对他。他似乎一直沉默，是在生我的气吗？天知道我多么迫切地想要跟他解释。

半晌，陆昭终于开口："小善喜欢就行。"

很平静的，毫无波澜的语气。

站在一个长辈的立场，他这样回答再合适不过了。

然而我的心却瞬间跌进了泥沼，被黑暗汹涌吞噬。

你真的看不出来吗？我不喜欢，一点儿都不喜欢。

我眼眶泛酸，却不能哭出来。

那顿饭吃得我如坐针毡，好不容易熬到结束，我迫不及待地拽起秦曜就走，咬牙切齿地警告他："不要再去骚扰我爸妈，否则我跟你同归于尽。"

秦曜恶劣地笑："刚才还那么乖巧温顺的女朋友，怎么一出门就翻脸了？"

我怒上心头，一把揪起秦曜的衣领就想开骂，却见陆昭也走了过来，连忙松开手，不想让他看到自己凶狠的一面。

陆昭眼神复杂地望着秦曜："小曜，跟我谈谈好吗？"

先前在我家，秦曜全程没有理会陆昭，把他当成了透明人。秦曜依然在笑，目光却带了寒意："谈什么？谈你怎么逼死了我妈？"

陆昭眼神变暗："你有任何怨恨，可以冲我来，但不要再伤害小善，她是无辜的。无论如何，曼华把你托付给了我，我就有义务教育你。"

"行。既然您这么想做我的监护人，"秦曜眼里满是讥讽，然后把目光转向我，"那么，作为我的未婚妻，罗善，你应该喊他一声公公。"

我浑身一震，后退几步，蓦地转身跑开。

那是羞辱，是戏弄，是践踏，让我猝不及防地陷入难堪，我甚至不敢撑回去，只能下意识地选择逃跑。

我只是喜欢上了一个人而已，为何要遭受这么多刁难？

喜欢，本该是充满心动与美好的，然而时至今日，我感受更多的却是无望与疲惫。

曾经因为一次偶然间的对视，便能开心满足一整天的少女罗善，早已死去多时。

我漫无目的地往前跑，委屈铺天盖地袭来，眼泪再也无法控制地喷涌而出，我用手背重重地擦掉流到脸上的泪，眼角却又迅速滑出新的。最终我无力地蹲下来，把脸深深地埋进臂弯。

直到身后传来脚步声。

一定是陆昭追了过来，他始终放心不下我。我现在最需要的就是他温暖的怀抱。

然而我回过头，看见的却是秦曜。

畅快淋漓地戏弄完所有人后，他还要特意过来欣赏我是如何崩溃的。

秦曜居高临下地站到我面前，往我手里塞了一条手链："上次把你的手链扔掉了，这是补偿。"

白色的细珠串上吊着一只小巧玲珑的兔子，幼稚得像是三岁小孩的玩意儿。

我擦干净脸上的泪，缓缓站起身，讽刺地勾起嘴角："你以为我是你妈啊？"

秦曜怔在原地，眼中一瞬闪过无措。只有提到沈曼华时，他才会露出这种表情。

黑暗与光明，仅有一线之隔。那一天的我，抛弃了良善，选择投向恶魔。

我慢慢走近他，一字一句道："你好像还不知道吧？你妈死之前是留了遗书的，她自杀的唯一理由，就是为了追随你爸殉情。当年你妈之所以答应陆昭的求婚，只不过是想把你这个拖油瓶甩给他负责而已。陆昭才是最倒霉的受害者，为了保护你那脆弱的自尊心，他甚至连真相都不敢告诉你，白白承担了莫须有的仇恨。你说我的爱情可笑？那你妈的爱情呢？情深似海？光辉伟大？为了所谓的真爱连儿子都抛弃了，真是够感人！"

每个字都好似掺了剧毒，直直刺向秦曜的心脏。

我清楚地知道，这样会把他彻底推向地狱。

可他活该。

秦曜霎时惨白了脸，拳头紧紧握起，我以为他会发疯揍过来，然而他却只是站在原地沉默，瘦削的身体隐隐发着抖。

我手一抬，随手将那条兔子手链丢进垃圾桶："所以，收起你幼稚的复仇计划，放过陆昭，放过我，有多远滚多远。"

然后我漠然地转身，把他抛在了背后。

- 第十四章 -

连着三天梦见沈曼华。

第一天，她冲我笑。

第二天，她还是冲我笑。

第三天，她开始对着我哭。

搞得我心力交瘁，本打算向陆昭好好澄清我和秦曜的关系，却因为心虚，压根儿不敢提秦曜的名字。如果陆昭知道自己苦苦隐瞒多年的真相，被我一冲动告诉了秦曜，他会不会对我失望透顶？

在陆昭心中，虽然我偶尔会有点儿小任性，但总归还是温顺善良的。从小到大，他一直教育我要做个善良的女孩。然而这样的我，却在秦曜面前流露出了恶毒无情的一面，将他心底的伤疤一块一块揭起，戳得血肉模糊。

虽然我还是认为秦曜活该，但一想到会惹陆昭不高兴，我不禁陷入懊恼。

于是我采取鸵鸟政策，假装什么都没发生，照常吃喝拉撒，仿佛根本不认识秦曜这个人。直到又梦见沈曼华，这一次，她竟然伸手要掐我的脖子。

我大汗淋漓地醒来，发现才凌晨两点，脖子上似乎还残留着紧缚感，余光瞥见枕头边的兔子玩偶，忽觉毛骨悚然，慌忙打开所有的灯。然而还是抵消不了内心的恐惧，我条件反射地跳下床，直奔陆昭的房间。此刻我哪里还管得了什么羞耻心，直接爬上床钻进陆昭怀里。

陆昭被我的动作吵醒，愣了几秒，低声问："怎么了？"

听到他的声音，我瞬间心安了些，额头抵在他胸口："做噩梦了。"

陆昭轻叹一声，伸手摸摸我的头："别怕，有我在。"

我眼睛发酸："你会一直在吗？"

半天都没有等到陆昭的回答，我仰起脸看他，他眉头紧蹙地注视着我，不知沉默了多久，才开口问道："小善，你和秦曜到底怎么回事？"

我慌了神，连忙装傻充愣："我好困，先睡了。"

陆昭却并不打算结束这个话题，掌心压住我的肩膀，逼迫我直视他："乖，告诉叔叔实话，你们真的在交往吗？"

原来只是在问交往的事。

还以为被他发现我把沈曼华自杀的真相告诉了秦曜。

我默默松了口气："当然没有，都是他单方面发神经病。"

陆昭的气息离我更近了些，声音愈发低沉："那你喜欢的人，是他吗？"

这个问题让我莫名其妙，完全是在重复上一个问题，就好像我当初追问陆昭到底喜不喜欢林芬时一样。

大脑忽然停滞了几秒。

我不可思议地盯着陆昭，发现我们的身体正紧密地贴合在一起，甚至能够感受到彼此胸口的起伏。刚才还肆无忌惮往对方怀里钻的我，这时终于意识到一丝不妥，身体不自觉僵硬起来。

陆昭如此执着地追问我和秦曜的关系，会是因为喜欢我吗？就像，我喜欢他一样？

如果我在此刻说出自己喜欢的人其实是他，他会是什么反应？

无数个念头翻上来，又被我迅速压下去。

在我还是懵懂无知的孩童时，便已经喜欢上了陆昭。

那时的喜欢，是泛着甜味的七彩糖纸，是用圆珠笔画出来的爱心，是被收在抽屉最深处的日记本，是不掺杂一丝一毫杂念的、最洁白无瑕的心意。

我曾无数次幻想陆昭接受我之后的场景，我们会牵手、会拥抱、会整天腻在一起，情到深处，我会踮起脚羞报地送上一个蜻蜓点水的吻，在唇与唇相贴之时戛然而止。然后我再也幻想不出接下来还会发生什么。

或者说，我不敢想。

我早已不是十二岁，也并不是什么懵懂无知的小白兔，不至于被恋人之间的情事吓得胆战心惊。只因为，对方是陆昭。

我喜欢他，毋庸置疑。

我贪恋着他温热的指尖，沉溺于他宽厚的怀抱，他清润低柔的声音如同甘露，治愈着我疲惫不堪的心。我身体的每一寸肌肤都在渴望着他拥我入怀，然后温柔地摸摸我的头，那会让我心中充满安全感。

然而每当他对我做出更暧昧的举动后，我却总是会无法控制地陷入恐慌。

不是羞涩，不是害臊，而是发自内心的恐慌。

他是陆叔叔，不需要害怕。我这样安慰自己。

然而，正因为他是陆叔叔，我才会害怕。

尽管我有一千、一万个理由厌恶着、抗拒着、抵触着秦曜，可我永远也反驳不了他，因为他说得对，我根本不敢表白。

陆昭，是我的叔叔，是伴我出生与长大、把我放在心尖上宠、全世界最好、最温柔的叔叔，是我的慰藉，我的依靠，我的避风港。然而我们的关系一旦变质，叔叔这个角色，就会彻底消失，再也回不到过去。

亲情不用维系便可长久，爱情却总是短暂而易碎。

我想我一定是有病，发疯般地喜欢上了自己的叔叔，一遍又一遍地担心他会拒绝自己，最终却发现，如果他不拒绝，才更让我害怕。

因为我不敢保证，在捅破那层纸后，迎接我的会是童话般的美满结局，还是布满荆棘的残酷现实。

在陆昭幽幽地注视下，我哑着嗓子开口："我没有喜欢的人。"

陆昭沉默着，似乎想要伸手触碰我的脸，最终却又收回手，低声道："无论如何，不要让自己受委屈。"

心中莫名涌过巨大的悲伤，我努力克制着没让自己哭出来，重重地点头。

陆昭替我捻好被角，躺得离我远了些，柔声道："睡吧。"

真好，他还是那个温柔似水的陆叔叔。

我闭上眼，有一滴泪从眼角滑落到了枕头上。

最终我还是主动找上了蜜蜜，不等她开口，就一头扑进她怀里大哭起来，吓得她以为我家发生了什么惨烈意外。

蜜蜜消化了很久才勉强理解我想表达的意思，看向我的眼神宛如打量智障："你喜欢了陆昭那么多年，现在却告诉我，你不愿意跟他上床？"

我被她如此直白的描述震住了，连忙辩解："不是不愿意！而是上完床后就再也恢复不了以前的关系了！我喜欢他，愿意为他做任何事，我们可以牵手拥抱，互相温暖依靠，每天待在一起，这样我就满足了。"

蜜蜜眼神复杂："您是在参加互助会吗？"

我再也无法争辩下去，掩面痛哭："我知道，我有病。"

蜜蜜轻抚我的背，宽慰道："你是不是想太多了，陆昭又没说他喜欢你。"

我愣了愣："我猜应该有一点点喜欢吧。"

蜜蜜冷笑："我还猜吴彦祖喜欢我呢。"

我止住眼泪，不禁开始反思自己会不会真的是想太多了。陆昭追问我和秦曜的关系，可能只是担心我会被秦曜欺负罢了，结果我自顾自地瞎脑补了一大堆。或许是那晚的气氛太过暧昧，才会扰乱我的思绪。

说不定就算我真的告白了，陆昭也只会眉头一皱，迅速把我踹出他家。

蜜蜜拍拍我的肩："所以，这位同学，你到底是希望陆昭接受你呢，还是不接受你？"

我想了许久，才回答："我希望，保持现状。"

蜜蜜摇摇头，叹了口气："可是没人会愿意陪你保持现状。正常的恋爱关系是肯定要上床的，每个人都会从内心深处渴望与恋人肉体接触，哪怕是你家陆叔叔，也会有正常男人的生理需求。你有没有想过，或许你对他的感情，从头到尾都只是作为晚辈对一位温柔长辈的好感与依赖，而不是爱情？"

我蓦地沉下脸："你又在胡言乱语什么？上次你把我号码告诉秦曜的事，我还没找你算账！吵完架这么多天你连条消息都不给我发，是不是认为自己一点儿错都没有？"

蜜蜜连忙求饶："好好好，我错了，姐姐。您可别再翻旧账了。"

虽然就这么结束了话题，我却仍旧一肚子气。

从头到尾都只是作为晚辈对一位温柔长辈的好感与依赖，而不是爱情？

怎么可能？

从小到大我只为陆昭一个人心动，他的一言一行都牵动着我的喜怒哀乐，这些年我所有的少女心事皆缘于他，那一本本写满的日记，每句话、每个字的主角都只有他。这些，怎么可能不是爱情？

二十四岁的生日，在无穷无尽的忧愁中降临。

我对二十四这个数字有着隐隐的排斥感，因为它离二十五岁是如此之近，而一旦过了二十五岁，就意味着正式奔三了。

对于年轻人来说，三十岁就像是避之不及的炸弹，看起来似乎很遥远，实际上谁也无法抵抗它一步步到来。

陆昭承诺要陪我一整天，中午却临时接到一个重要的应酬，但他毫不迟疑地推掉。

我过意不去，道："没关系的，陆叔叔，你去吧，生日又不是什么大事。"

陆昭专心地往蛋糕上插蜡烛："你比工作更重要。"

我忽然想起十二岁那年，他曾经对我说过一模一样的话，不禁傻笑起来。

我已经二十四岁了，可在陆昭眼里，我仍然还是以前那个小女孩。

陆昭不解地注视着我："怎么了？"

我清清嗓子，故意扮严肃："陆大老板，作为您的员工，还是希望您能去好好应酬，不然被林芬他们知道大老板因为陪我过生日而推掉了工作，肯定会集体指责我耽误公司发展。"

陆昭终于被我逗笑，无奈地揉揉我的头发："傻瓜。"

我飞速吹灭蜡烛，拿起叉子喂他吃了几口蛋糕："好了！你已经陪我过完生日了，快去应酬吧！"

陆昭眼里都是笑意："你好像忘了许愿。"

我往嘴里塞蛋糕："我在心里许了！"

陆昭伸手抹去沾到我嘴角的奶油："什么愿望？"

我把他往门口推："当然要保密。"

他温柔地托住我的后脑勺，低头凝视我："那我晚上一定早点回来，你乖乖在家等我，哪儿都不准去，好不好？"

我莫名心跳加速，用力点点头。

送走陆昭后，我便一个人瘫在沙发上，一边看剧一边吃蛋糕，不知不觉竟然把一整块蛋糕全部解决了，就在我愕然地怒骂自己是猪时，秦曜的电话打了过来。

我犹豫了几秒，按下接听键。

对面沉默了许久，才传来他清冷的声音："今天生日？"

我毫不客气："关你屁事？"

秦曜语气淡然："我回家了。"

我一愣，他终于从廉价旅店搬回家了吗？

听筒那边传来呼啸的风声，我攥紧手机："你该不会正站在阳台上吧？"

"吹吹风而已。"秦曜笑了一下，声音却似冰。

"那你继续吹吧。"我挂断电话。

那是沈曼华自杀前最后站过的地方。

秦曜一定是故意打这通电话，营造出一种他有可能会想不开的假象，试图勾起我的愧疚心。我偏不上当。

就算他真的想不开，也应该把电话打给那些真正在乎他死活的人，而不是与他毫无干系的我。

除非没人在乎他。

毕竟，他在世上连一个亲人都没有了。

我深吸一口气，觉得自己一定是倒了八辈子血霉。

为了沈曼华不再掐我的脖子，为了不让自己的生日变成某人的忌日，我忍辱负重地出了门。沈曼华家离陆昭家不远，我妈以前告诉过我她家地址。

我在心底发誓，待会儿到了沈曼华家，一定要冲秦曜破口大骂。

然而当我推开没有上锁的房门，踏过布满灰尘的地板，看到那个坐在阳台栏杆上的孤单背影时，我的第一反应，却是伸出双手，迫切地、用力地抱住了他。

- 第十五章 -

秦曜被我硬生生从阳台栏杆上拽了下来。

我攥紧他腰间的衣服，僵持半天都不敢松手，秦曜勾起唇角："担心我跳下去？"

一看到他那副吊儿郎当的表情，我就知道自己的担心多余了，迅速放开手，狠狠瞪他："下次麻烦你一个人悄无声息地跳，不要再给我打电话。"

秦曜靠在栏杆上，笑得一脸无赖。

我心中不爽，想要转身走人，他却随手往我怀里塞了本相册，表情写满无所谓："生日礼物。"

我莫名其妙地翻开那本相册，入眼皆是我自己。拎着超市购物袋的我，排队买奶茶的我，在健身房偷懒的我，穿着白色小礼服的我，一边接电话一边傻笑的我，委屈的我，失落的我，流泪的我。

我从未见过这么多样的自己，这两年我所有的喜怒哀乐，甚至一些连我自己都认为是虚度的无趣日常，全都被记录在这本相册里，仿佛这不是相册，而是我的人生记载册。

我震惊地望着他："这些全是你偷拍的？"

秦曜若无其事地点点头。

我抄起相册就朝他脑袋砸了过去："变态！"

这个浑蛋居然偷拍了我这么长时间，且早在我们第一次见面之前就已经开始了。

既然他隐藏了如此之久，当初为什么又要现身绑架我？

难道是因为那天陆昭酒后和我睡了一晚，才彻底刺激了他？

我心有余悸地把相册翻了一遍又一遍："为什么只有我的照片？陆叔叔呢？"

秦曜冷冷地瞥了我一眼："怎么？还想让我把你们两那些卿卿我我的肉麻照片制作成情侣写真送给你做纪念？"

我恼羞成怒地把相册扔还给他："谁稀罕你这种变态偷拍的玩意儿？"

想了想觉得不对，被他偷拍的对象是我，我有权利把自己的照片拿回来，便又一把夺回相册，怒气冲冲地大踏步离开，结果不留神碰翻了客厅柜子上沈曼华的相框，我下意识伸手想要抓住，身体却直直摔向地板，顿时溅起一屋子的灰尘。

所幸相框被我及时接住，并没有损坏。我几乎要被呛死，一边擦掉相框上积攒的灰，一边大骂："你就不能打扫一下卫生吗？你妈的脸都快看不清了！"

秦曜走近我，我以为自己要被揍了，他却只是把我从地上拽起来，不耐烦地皱眉："走路不知道小心点儿？"

我将相框摆回到柜子上，照片里的沈曼华一袭长裙，冲着镜头柔柔地笑着，如同我第一次见到她那天。我莫名有些鼻酸，转头看向秦曜："你家抹布在哪儿？"

大概我就是劳碌命吧。

我擦桌子，秦曜拖地，拧出了一盆又一盆触目惊心的脏水，从白天忙活到晚上，累到腰都快直不起来，才终于把这间沉寂了多年的房子，重新收拾得像一个家。

整理秦曜的卧室时，我在他床上发现了一只熟悉的兔子玩偶，跟沈曼华送给我的那只几乎一模一样。只不过我的玩偶上绑着蝴蝶结，而秦曜这只，绑的是领结。

它们分明是一对。

见我盯着玩偶发呆，秦曜站在一旁道："我妈当年一共买了两只，一公一母，她吵着夸它们可爱，非要我抱着其中一只睡觉，而另一只，我也是前不久才知道，被她送给了你。"

我默默将玩偶放回床上，没有吭声。

曾经我一直以为，沈曼华那句"我们家小曜就交给你了"不过是句玩笑话，如今我却越来越觉得，她并不是在开玩笑。就像她当初跟陆昭在一起，是为了让他帮忙照顾秦曜一样，她送我兔子玩偶，与我约定拉钩，也全都是为了秦曜。

他是她唯一的儿了，即使她已决定赴死，心中却仍然惦念着他。无论是谁，陆昭也好，我也好，我爸妈也好，只要是能够托付的，她都想要试一试。只愿在她死后，可以有个人照顾他。

我抬头望向秦曜，发现他脸上沾了些灰，下意识伸手想要替他擦掉，却在指腹触碰到他脸颊的那一刻，蓦地清醒过来，慢慢收回了手。秦曜垂下眸，自己擦掉了脸上的灰。

我咳了咳，踌躇道："其实我那天讲的是气话，沈阿姨并没有把你当成拖油瓶，她还是很在意你的。"

秦曜不语，黝黑的眼眸直直注视着我，目光中泛着涟漪，似乎想要望进我心里去。

我有点儿尴尬，低头看了眼手机，才发现已经十点多了。大晚上跟一个曾经绑架过自己的变态独处一室，我忽然有点儿后怕，立即往门口走："那我先回去了。"

秦曜却一把拽住我的手腕："吃完饭再走。"

我试图挣脱他："我不饿。"

秦曜一副不容拒绝的语气："请你吃长寿面。"

他所谓的长寿面，就是从楼下便利店买来方便面、鸡蛋、芝士片和火腿肠，然后进厨房煞有介事地煮了起来，恍如情景再现。

虽然秦曜煮的方便面确实很美味，但我还是忍不住讥讽："你是不是只会煮方便面？"

秦曜冷眼瞪我："你自己不也是。"

这变态怎么这么了解我？

我只好转移话题："唉，一眨眼就二十四岁了，真不想过生日啊！"

秦曜没吭声，我随口问："对了，你今年多大啊？该不会比我小吧？"

秦曜脸色一变，仍然没吭声。我陷入震惊，他竟然真的比我小。

我连忙凑近观察他，细看之下发现他这张脸确实略显稚嫩，愕然道："原来你是个弟弟。"

秦曜不耐烦地推开我："小几个月而已。"

原来我这些日子，自始至终都是被一个弟弟折腾得团团转，我顿时感到有点儿丢脸，又有点儿荒诞。

我追问："所以具体是几号？"

秦曜挑了下眉："除夕。"

我叹气："那你好倒霉哦，生日跟除夕撞在一起，就等于一年中少过了一个节日。"

秦曜缓缓靠近我："所以呢？你要陪我过吗？"

我连忙与他保持距离："开什么玩笑？除夕那么重要的日子，当然要跟家人一起过了，而且陆叔叔每年除夕都会来我家吃年夜饭的，我陪他还来不及！"

秦曜沉下脸："那你问个屁。"

我老实闭嘴。

好不容易吃完面，我立即起身回家，秦曜却优哉游哉地双手插兜，跟在了我身后。

我警戒地皱眉："又想干吗？"

他冷哼一声："深更半夜让你一个人回去，万一在路上被变态杀了分尸，岂不是要找我索命？"

原来是要送我回家。

我小声嘟哝："我现在就想找你这个变态索命。"

他不要脸地将脖子凑了过来："请。"

我强忍住掐上去的冲动："麻烦你以后正常一点儿，认认真真找份工作，或是培养个兴趣爱好，反正不要再把时间耗费在跟踪和监视上，更不要再入室绑架。像我这么善良心软的圣母不多了，换其他人早就报警把你抓起来了。"

秦曜露出嫌弃的表情："啰唆得像个老太婆。"

我顺手抄起手上的相册砸向他，忽然灵光一闪："对了，我看你摄影技术其实挺不错的，好多刁钻角度都被你拍得有种异样的美感，你可以尝试一下做摄影师嘛。"

秦曜露齿一笑："那是因为我在拍自己的未婚妻，当然要拍得美一点儿。"

这浑蛋偷拍还理直气壮的？

我气得大踏步往前走，他却忽然伸手拽住我的衣袖，沉默了仿佛有一个世纪那么久，才又开口："我妈，并不是带着折磨与痛苦死去的，对吗？"

我回过头，注视着面前这个在黑夜中颤抖的男孩，那天我一时冲动向他说出了沈曼华自杀的真相，无论我事后有多么懊悔心虚，也必须承认，那时的我，想要狠狠打击他，刺激他。我设想了无数种秦曜的反应，无论哪一种，最终都指向崩溃与疯魔。然而他却只是落寞地坐在阳台上，连一句歇斯底里的喊叫都没有。

我靠近他，与他四目相对，无比认真地点头："她一定是微笑着离去的。"

秦曜低垂着头："这就够了。"

轻飘飘的四个字，却令我心口猛然刺痛。

为了不让他陷入被妈妈抛弃的绝望，当年陆昭选择向他隐瞒了沈曼华的自杀真相，不承想却让他这些年一直活在黑暗和仇恨里。

事实上，他只是希望妈妈不要受苦而已。

被抛弃也没关系，孤身一人也没关系，只要妈妈并不是带着痛苦死去的，这就够了。

他现在一定很需要一个拥抱。

我这么想着，抬起头，发现不知不觉已经走到了陆昭家楼下，便收敛了情绪，冲他摆摆手："我到了，你也回家休息吧。"

秦曜没有说话，清冷的眸子淡淡地落在我身上。

我转身进了电梯，刚刚站稳，就见秦曜伸出修长的胳膊按住电梯门，勾起唇："就这么把心爱的未婚妻送到别的男人身边，好不甘心啊。"

我瞪着他："又开始不要脸了？"

秦曜一脸坏笑，漫不经心地松开手，电梯门合上的前一秒，我似乎从他眼中看到了一丝寂寥。那骤然失去色彩的表情，盘旋在我脑中，让我很不是滋味。

算了，我又不欠他的。

开门进屋，客厅一片漆黑。我打开灯，一眼望见正坐在沙发上的陆昭，他抬头看向我，脸上没有一丝表情。我迅速查看时间，已经过了十二点。他看上去应该早就回来了，却一个电话都没有给我打，这很不正常。

只有一个可能，那就是他生气了。

我答应会在家乖乖等他，然后一起过生日，结果私自跑出去，还过了十二点才回来，他生我的气，也是理所当然的。

我连忙凑上前去，想要依偎进他怀里撒撒娇，却在靠近后被他肃冷的气场遏止在了原地。他甚至连身上的西装都没换，眸中一片黑，沉声问："去哪儿了？"

这是陆昭第一次对我生气，无论我之前有多任性，他始终都纵容着我，最多只是无奈地揉揉我的头发。我曾以为他会永远待我如秋日微风般温柔。

然而这一次，他是真的生气了。

我紧张得无法思考，老实回答："我去了沈阿姨家，帮秦曜把房子简单打扫了一下，他这些年一直住旅店，这是第一次回家。我还跟他说清楚了，让他好好开始新生活，以后不要再仇视你，他应该是听进去了。"

我胡乱地说了一通，以为这些内容能够让他消气。毕竟，他是在乎秦曜的。

然而陆昭眼神又暗了几分，从我身上移开视线，声音异常淡漠："他能想开就好。"

我从未见过这样的他，冷峻疏离，拒人于千里之外，与记忆中那个温润如玉的陆叔叔仿佛根本不是同一个人。我心中万般委屈，还掺杂了丝丝恐惧，因为我从小到大最害怕的事，就是失去那份专属于我的、来自陆昭的温柔。

顾不上忌惮他慑人的气场，我急切地扑进他怀里，试图借此唤回他以前的温柔，却因为动作太大，直挺挺地把他压倒在沙发上，整个人都趴在了他身上。

陆昭眼中划过一丝无奈，声音放低了些："起来。"

我却厚脸皮地钩住他的脖子："对不起，陆叔叔，我以后一定乖乖听你的话。"

陆昭抬手指向茶几上的盒子："那是你的生日礼物。"

原来他并没有忘记为我准备礼物。

我立即从陆昭身上撤离，拿起那只包装精美的小盒子，看上去很像是求婚戒指盒。

我脸颊一烫，莫名心跳加速，小心翼翼地打开，却看到了一枚陌生的钥匙。

陆昭用十分平静的语气道："我为你准备了一套公寓，那里环境很好，安保设施也齐全，很适合女孩子居住。"

我难以相信地望向他，他的眼神毫无波澜，继续说："你过几天就搬过去吧。"

忽然之间，天崩地裂。

我的心，迅速坠向无尽的深渊。

- 第十六章 -

虽然我原本并没有奢望能跟陆昭同居多少年，但也没想到会这么仓促地结束，而且相当于是被他赶出去的。

我捏着那枚公寓钥匙，躺在卧室反思了一整夜，始终想不通陆昭怎么会生这么大的气。

是，我确实做错了，不应该明明答应在家等他，却又跑去秦曜家待到凌晨。

可是这件事，真的至于让他那么生气吗？气到冲我露出那般冷漠的表情，甚至还要把我赶出他家？

我第一时间找蜜蜜求救，她却向我发来祝贺："恭喜恭喜，年纪轻轻就有了属于自己的房子。"

我恼羞成怒地挂掉电话，决定求人不如求己。

早上提前两小时起床，制作好烤吐司、香肠和煎蛋，再搭配上精美摆盘，陆昭一起床，我便死皮赖脸地把他拉到椅子上，小心翼翼地伺候他用餐。

从衣帽间拿出陆昭当天要穿的西装衬衫，仔仔细细地连衣角都熨了个遍，还厚着脸皮凑上去帮他打领带，结果试了好几次才成功。

上班期间我各种借口往他办公室钻，一会儿交方案，一会儿送咖啡，哪怕发生一点儿小破事都要立即冲进办公室通知他，用尽一切可以跟他说话的机会。

陆昭始终表情镇定，回应我的语气看似平静，实则暗藏漠然，换作以前，他一定会温柔宠溺地阻止我忙活下去。

几天后，我终于憋不住，把那枚钥匙塞进他西装口袋，豁出脸皮道："反正我死也不搬走，除非你找保安把我抬出去。"

陆昭沉声道："难道你想跟我住一辈子？"

我装起了可怜，委屈巴巴道："不可以吗？"

陆昭低头注视着我，眼底终于有了细微波澜："小善，你已经是大姑娘了，总有一天会交男朋友，会有自己的生活，跟我住一起，事事都会不方便。或许哪天你想出门约个会，都要小心翼翼地看我的脸色。"

我刚想反驳，却又觉得他这番话意有所指。

就好像，他是在吃醋似的。

先前我一直无法理解陆昭为什么会因为一点儿小事生我的气。

如果把他的身份从叔叔转换为恋人，那么一切都变得合情合理了。

这样一来，我就成了生日当天弃原配不顾，跑去跟小三鬼混的绝世渣女。

这个猜测让我猛地一激灵，仰脸看向陆昭，恍惚间跌进了他深邃的瞳孔中。

能想象吗？那个从你还是懵懂少女时便死心塌地爱慕上的叔叔，会在未来某一天因为你跟别的男生在一起而吃醋，曾经一丝不苟的、温柔又强大的成熟男人，居然会只为你一个人失控。

虽然仅仅是我单方面的猜测而已，却足以让我心神大乱，火焰从指尖开始蔓延，一点一点遍布我全身。但又不能一直这么僵持下去，陆昭正站在我面前，沉默着等待我的回应。

我努力安抚住几乎要跳出胸膛的心脏，伸手搂住陆昭的胳膊，用一种开玩笑的语气道："那我就永远不交男朋友，只跟陆叔叔一个人约会，反正要一直赖在您身边。"

陆昭无奈地蹙起眉头，语气恢复了往常的温柔："还跟小孩子一样。"

我立刻意识到，他这是彻底消气了。

辛苦做了那么多事去示弱讨好，结果还比不过一句"永远不交男朋友"，他又何尝不是跟小孩子一样呢？

我埋怨地望着陆昭，他伸长胳膊拥我进怀，安抚般地摸摸我的头，低沉的呼吸近在耳畔："乖，公寓还是你的，随你处置。"

陆昭的唇只要再靠近一些，便能碰上我的脸，我突然紧张起来，下意识想要撤离他的怀抱。然而想到他刚刚才消气，又担心我这样会惹他不高兴，只能傻傻地呆立原地。

直到我的手机铃声突然响起，来电显示为秦曜。

陆昭目光一沉，幽幽地看向我。

我连忙按下拒接，把手机扔到一旁，转移话题道："陆叔叔，我饿了。"

陆昭勾唇低笑："给你做吃的。"

哪怕我再后知后觉，也能明显察觉出，陆昭并不喜欢我跟秦曜走得太近。无论他是在吃醋，还是因为别的理由，我都不愿再让他不开心。

秦曜固然值得同情，但陆昭才是我心中第一顺位。怜悯如果用错地方，就成了残忍的滥情。世上只有一个罗善，已经属于了陆昭。该避嫌还是要避嫌。

然而千算万算，没算到不久后秦曜会趁我落单时，猛然从背后突袭，将我毫无防备地拽进了僻静的巷子里。我条件反射地冲他一番拳打脚踢，在看清秦曜的脸后才停下来，狠狠捏了一下他胳膊上的肉。

我宛如做贼，压低声音："你到底想干吗？"

秦曜戏谑地笑："感觉我们好像在偷情。"

我沉下脸，转头就要走。

秦曜立刻攥住我的手腕，将我抵到墙角："罗善，我有事想请你帮忙。"

我没好气道："你这是求人？不知道的还以为你又要绑架我。"

秦曜低头直视我，语气认真起来："我想看看我妈那封遗书。"

作为儿子想看看妈妈的遗书，这个要求是完全合理的。

我点头："那你直接找陆叔叔要啊！"

秦曜清冷的眸中闪过一丝不屑："我不想跟他交流。况且，如果他真的愿意给，当初就不会选择瞒我。"

我毫不犹豫地替陆昭辩解："他那是善意的隐瞒，害怕你受刺激而已。"

秦曜陷入沉默，表情冷冷的，估计又闹起了别扭。

我态度稍微温和了些："那我改天问问陆叔叔吧。"

秦曜却一副不识好歹的样子："不要问他，你帮我偷过来。"

我愕然地张大嘴巴，愣了半天才开口："告辞。"

他究竟在做什么春秋大梦？我怎么可能帮着一个外人去偷陆昭的东西？

然而在我转身的下一秒，秦曜便从背后抱了上来，修长的胳膊将我紧紧箍在怀里，下巴抵在我的头顶，耍赖般地轻笑："你不答应，我就不放开。"

我完全挣脱不开，努力压抑着怒火："秦曜，我对你也算仁至义尽了，你为什么就是不肯放过我？"

秦曜声音里竟然透着委屈："哪里仁至义尽？每次见面你都凶巴巴的，仿佛恨不得我从世界上消失。我们好歹也是彼此的初恋，我就这么惹你讨厌？"

我再度愕然："你什么时候又成我初恋了？陆叔叔才是我的初恋好吗？"

秦曜不以为然道："白痴，初恋是指人生中第一次恋爱，你跟陆昭什么时候确定过恋爱关系？而我们可是在你父母面前光明正大地公开过恋情的，本未婚夫才是你货真价实的初恋。"

世上怎么会有如此不要脸之人呢？我内心苦涩地问苍天问大地。

强压下爆粗的冲动，我故作得意："不好意思，我跟陆叔叔很快就会确定关系了。"

虽然我心里也没底，但就是忍不住想要挤对一下秦曤。

果然，秦曤马上放开了我，阴森森地瞪着我："那我就亲自去找陆昭谈，以他初恋儿子的身份，要求他把你让给我。你猜猜看，他会不会同意？"

我又一次想要掐死他："他只会觉得你有病。"

秦曤讥讽地勾起唇角："有病的是他陆昭吧？圈养着比他小二十岁的傻侄女，伪装出一副温柔体贴的叔叔姿态，实则是为了彻底霸占你，引诱你心甘情愿跌进他的陷阱。你这几天不敢接我的电话，是不是就因为害怕惹他生气？瞧，他甚至都开始干涉你的正常社交了。"

轰的一声。

胸腔炸开一团火。

我抬手就给他一巴掌，几乎是怒吼了出来："不准你这么污蔑他！你为什么总是要把别人的感情想得那么扭曲肮脏？你活在黑暗里，不代表别人也是！即便陆昭真的在霸占我，引诱我，干涉我，那又如何？从一出生我整个人就属于他了，哪怕他要带我一起下地狱，我也求之不得！"

秦曤的瞳孔骤然放大，面色苍白地震在原地，随后又慢慢回归平静，语气凉薄地开口："只要你帮我偷出遗书，我就彻底从你眼前消失，你爱跟他怎样就怎样，我再也不掺和。"

我没有再理他，转身大踏步离开。

回到家，陆昭不在，一定又去应酬了。

我拿起沙发上的抱枕一顿狂捶，狠狠发泄了一通后，视线不自觉地转向书房。以我对陆昭的了解，重要物件一定都会放在书房的保险箱里。

如果只是把遗书拿出来让秦曜看一眼，然后再悄无声息地放回去，应该不会出什么问题吧？毕竟，他只是想要看看妈妈最后的笔迹而已。

何况还能顺利摆脱秦曜的纠缠，从此就可以放心大胆地跟陆昭在一起了，再也不必担心会有人在暗处监视捣乱。

当我回过神时，双腿已经走到了保险箱前。

我屏息凝神，在心里告诉自己：只是试一试而已，如果打不开就算了。

然后我手指触上密码面板，先是输入了陆昭的生日，显示错误。随后又输入了沈曼华的生日，仍然错误，犹豫间便只剩下最后一次机会。

我忽然觉得自己这个行为非常荒谬，下意识转身想要离开书房。走了几步后，又鬼使神差地折回去，硬着头皮输入了我自己的生日。

伴随着咔嗒一声，保险箱的门竟然开了。

那一刻我的心情极为复杂，既觉得做贼心虚，又有种受宠若惊的窃喜。

保险箱里的东西并不多，零零散散装了几份文件。我毫不费力地就从最下层翻到了装在信封里的遗书，沈曼华的东西，陆昭是必然不会丢掉的。

我小心翼翼地把信封捏在手里，犹豫着要不要打开。

心底莫名生出一股恐慌，似乎身体里每个细胞都在阻止着我。然而人总是如此，永远带有叛逆心理，越是恐惧，越想试探，即使预感到前方就是万劫不复，也非要爬上去看一眼。

就看一眼。

就一眼。

打开信封，拿出遗书，娟秀的字迹瞬间映入眼帘——

陆昭，你应该比任何人都要清楚，我每分每秒都在思念鸿文。

失去他的每一天，对我而言都了无生趣。

我知道的，自己一举一动都瞒不了你。

但你仍然选择向我求婚，点头答应你的那一刻，我真的以为，你会是我的救赎。

你的温柔与深情一定会治愈我，我一定会从痛苦中走出来，我以为会是这样的。

然而试穿婚纱时，我还是控制不住地想起了鸿文。我无法接受，自己居然会为了除他之外的男人穿上婚纱。

我厌恶这样的自己，但我好像病了，我控制不了我自己。

我只能哭着哀求你取消婚礼，我知道，你一定恨我入骨。

所以，当你质问我为什么不跟鸿文一起死时，我是理解的。

你说得对，我不配得到你的救赎，我不该活着。

我已不奢求你的原谅，只愿你能善待小曜，他是我唯一的牵挂。帮我告诉他，妈妈去跟爸爸团聚了，很抱歉留下他一个人，但我相信他会释怀的。

无法成为你的新娘，对不起。

……

不对。

这封遗书不对。

沈曼华在说什么？

陆昭怎么可能会对她说出那种话？

如果陆昭早就察觉沈曼华的消极情绪，一定会想方设法温暖她、治愈她，怎么可能会去教唆她自杀？那是他最爱的女人，他怎么可能放任她结束生命？

除非，他并不想拯救她。

得不到的人，死了也罢。

所以陆昭当年在葬礼上才会那么平静，因为他早就知道了。

那时我也只是听爸妈讲过遗书的内容，而他们则是被陆昭告知的，从始至终，真正看过沈曼华遗书的人，只有陆昭。

怪不得，作为儿子，秦曜这些年却一直不知道妈妈留了遗书，因为这样的内容，陆昭是无论如何都不会让他看到的。

之所以隐瞒真相，根本就不是为了保护秦曜那颗脆弱的心，而是因为真相本身就是虚假的。

我不断摇头，为自己产生这种想法感到荒谬和愤怒。

我怎么能如此揣测陆昭？他不是别人，而是陆昭，是痴心爱恋了沈曼华那么多年的陆昭。

我永远记得他当年望向沈曼华的眼神，仿佛可以融化世间万物的柔情蜜意。

这样的他，怎么可能会让她去死？

这一切，怎么可能？

一定是沈曼华写错了，其实陆昭是无辜的。一定是这样。

我试图安慰自己，然而我的身体越来越虚脱，灵魂仿佛一点一滴被抽空。

客厅突然传来声响，陆昭回来了。

我怔在原地，听见熟悉的脚步声由远及近，缓缓进了书房。

高大挺拔的身躯，裁剪得体的西装，线条优美的长腿，比任何时候都要丰神俊朗的陆昭，向我款步走来。

那个我心中独一无二的陆叔叔，如往常般冲我温柔微笑，手上还捧着一束鲜艳的红玫瑰。

- 第十七章 -

那曾经是我朝思暮想的红玫瑰。

来自陆昭的红玫瑰。

他曾经说过，红玫瑰是应该送给爱人的。

陆昭将花递向我的那一刻，所有的猜想与暧昧都有了结果。

不需要多余的言语，也不需要轰轰烈烈的告白。

我们四目相对，心知肚明。

我喜欢了十二年的人，也喜欢上了我。

这些年的苦涩与酸楚，心动与羞赧，期待与憧憬，忽然全都有了回应。

然而我站在原地，没有接过那束花。

那鲜艳的红色，如同触目惊心的血。

陆昭终于注意到了我手上的遗书，笑容一点一点凝固在脸上。

不知沉默了多久，他渐渐收敛了眼中的错愕，没有生气，也没有不高兴，语气一如既往地温柔："小善，有什么想问的就问吧。"

没错，问清楚就好。

陆昭一定会给我完美的解释。

我调整好心情，假装若无其事地开口："是沈阿姨误会了吧？你怎么可能对她说那种话？"

否认，快否认。

我在心里疯狂呐喊着。

然而陆昭平静地凝视着我，轻声道："是我说的。"

我伸手扶住椅背，勉强使自己站稳："没关系，人在冲动的时候都会说出一些违背内心的气话，你又不知道她会真的去自杀，你也不想发生这种事的。"

陆昭的表情毫无波澜："我知道。"

我的心迅速往下沉，沉向地狱，沉向深渊。

为什么？

到底为什么？

我浑身都在抖："那你为什么不阻止？这封遗书上的每个字都在说她病了！她可能是患了抑郁症，你应该陪她去看医生，你应该陪她挺下去，只要你当时肯拉她一把，只要拉她一把，她就有可能不会死！"

陆昭直直地望着我："那是她自己做的选择，我没有义务阻止。"

我不敢相信自己的耳朵："她不是你最爱的人吗？"

陆昭自嘲地勾起嘴角："可她不爱我。"

那一刻，我心中对沈曼华的所有埋怨、迁怒与嫉妒，全都消失了。

只记得她温婉清丽的脸庞，冲我柔柔笑着，钩起我的手指，声音悦耳动听。

从阳台跳下去那一刻，她真的是微笑着的吗？

会不会，其实跟秦曜想象的一样，充满着无望与凄然？

我不敢想，不敢想。

陆昭高大的身形逼近我，双手压住我的肩膀，眼中散发出浓郁的阴霾："小善，你知道当一个人历尽千辛万苦，终于获得来之不易的幸福，却又在眨眼之间被摧毁殆尽，是一种什么滋味吗？

"在曼华答应我求婚的那一刻，我还以为自己是世上最幸运的男人。哪怕她并没有忘记死去的秦鸿文，哪怕她心中充满压抑和忧伤，但只要她愿意嫁给我，我就知足了。我要给她一场盛大的婚礼，我要让她做最幸福的新娘，我相信，她的心总有一天会只属于我。"

幸福在眨眼之间被摧毁殆尽，这种滋味我何尝不知道？

我退后几步，想要避开他的触碰，却被他猛地拉入怀中。

陆昭用力攥紧我："我满怀期待地带她去试穿一套又一套华丽的婚纱，可我心中最美的新娘，却忽然流着眼泪哀求我取消婚礼。究竟是多么无情的人，才会在给了我希望之后，却又狠心地浇灭？就算她从来都没有爱过我，难道连一丝怜悯都不愿给吗？我的心，被血肉模糊地掏出来，扔进了寒冰之中，彻底死了。

"所以我面无表情地看着她，对她说，既然你那么爱他，为什么不跟他一起死？她愣在那里，一句话都没有说，眼中只剩下死寂。那一刻，我意识到她想自杀。我爱了她那么多年，她的每一个眼神、每一个表情，我都能一眼看出其中含义。我假装若无其事地继续筹备婚礼，继续扮演温柔深情的未婚夫，天真地以为只要不去面对，事情就不会发生。

"直到那天晚上，她破天荒地留我在家里过夜。我并没有睡着，清楚地知道她在凌晨起床，走向阳台，在那边站了整整一夜。一天后就是我们的婚礼，而她选择用死亡来逃避。我知道我应该阻止她，可我闭上眼，假装一无所知。天亮以后，她跳了下去，床头留着一封遗书。

"从那以后，我就活在了地狱里。"

所以，沈曼华并不是从一开始就想死。

她也曾渴望过治愈和救赎，甚至在自杀前还故意留陆昭过夜，就是隐隐希望他能拉她一把。

只是陆昭不但放弃了她，还给了她致命一击。

我如坠冰窖，眼泪不受控地往下落："那秦曜呢？你这些年到处找他，担心他，都只是装装样子的吗？其实你压根儿不在乎他，是吗？"

陆昭陷入沉默，任由我的泪水浸湿他胸前的衣衫。

全是假的。

一切都是假的。

其实我早该想到的，以他的能力，如果真想找一个人，又怎会拖这么多年。

他可以眼睁睁看着沈曼华赴死，也可以眼睁睁看着秦曜走向堕落。

因为活在地狱里的人，不能只有他。

怪不得陆昭那么反感我与秦曜接触。

比起吃醋，更重要的原因在于，那不是别人，而是秦曜。

这段时间，我把秦曜当成一个疯子，毫不犹豫地否定他对陆昭的恨意，痛斥他、嘲讽他、刺激他，到头来却发现，最无辜的人竟然是他。

为什么陆昭要对我如此坦诚？哪怕随便编个蹩脚的谎言，我也会深信不疑。

我宁愿他像以前一样，继续在我面前扮演着那个痴情尽责的完美形象。

我要如何消化这一切？我要如何，接受这残酷的事实？

陆昭用指腹温柔地拭去我脸上的泪，眼神幽远："那些颓废、绝望、堕落，都是真的。在那之后很长一段时间里，每天早上睁开眼，我的第一个念头就是想要结束生命。是我放任她跳了下去的，或许，我应该陪她一起跳，每一晚我的大脑都在思考这些问题。将我从中救赎出来的人，是你，小善。

"你在我最无助的时刻降临到我身边，用稚嫩又坚定的语气告诉我，你会永远陪着我。永远，多么虚无缥缈的两个字，但你说得那么认真，让我情不自禁想要相信你。因为，你说永远，那就是永远。"

疯狂想要逃走的欲望，被骤然遏止。

那是我十八岁时对他做出的承诺，曾以为不会被当回事，然而他却把每个字都记在了心上。

陆昭抱我更紧了些，语气中藏着无尽哀愁："是你那句话让我撑了下去。每当濒临崩溃时，我都会告诉自己，没关系，我还有小善。很可笑吧，一个四十岁的男人，居然想要依靠一个小姑娘。但我就是克制不住地想让你离我近一点儿，更近一点儿。所以当初得知你要搬到我家，我高兴极了。"

"你那么认真地布置着我们的家，一点一点填满冷清的房子，以及我的心。你对我笑、对我闹，像精灵一样扑进我怀里，我开始意识到不对劲，因为每一次搂住你后，我都不想再松开，甚至，渴望得到更多。是的，我竟然对如同亲侄女般的你产生了欲望。这两年里几乎每一天，我都疯狂地想要拥有你。

"不够。虽然你的卧室就在我隔壁，可我还是觉得远远不够。我想要你躺在我的床上，我想要把你揉进我的身体里，我想要你的眼中只有我。第一次抱着你睡的那晚，我其实早就酒醒了，你的僵硬，你的惊慌失措，我全都知道，但我舍不得放开你。你那么乖，那么软，你是只属于我一个人的，最好的女孩。

"我当然明白，作为长辈，我最应该做的就是克制自己，推开你，远离你，再也不见你。你是我哥嫂的女儿，是我从小看着长大的孩子，是这世上我最不该也最不能碰的人。可是小善，我真的，就不配得到温暖吗？从生下来那一刻，到被父母抛弃，到进孤儿院，到失去曼华，我真的，就只能一生都活在孤苦中吗？我就不可以自私一次吗？"

强烈的，巨大的，几乎可以吞噬一切的猛兽，朝我紧紧压过来。

我呆了许久许久，怀疑自己听到的这些，都只是一场梦。

面前这个可怕又病态的男人，只不过是我脑海中幻化出来的形象而已。

然而他的呼吸是如此真实，眼神中那浓烈的占有欲，又岂能有假？

我的年龄，也是我们相识的年份。

从一出生，我的世界里便塞满了他的影子。

童年，青春期，成人礼，从无知孩童到敏感少女，每一个难熬的日子都有他的陪伴，这些年他给予我的温暖和关爱，甚至比我父母还要多。他是我心中最美好、最珍贵的存在。我一直以为，我喜欢他，是理所当然的。

可是，忽然之间，泡泡被戳破了。

原来我心中的神，并没有那么完美无瑕。

原来美好的表象背后，隐藏着黑暗与私欲。

然而我斩钉截铁地向他承诺永远，绞尽脑汁地亲近他，无时无刻不往他怀里钻，毫无分寸地爬上他的床，又怎么能在他终于动心时，掉头逃跑呢？

那我跟当初悔婚的沈曼华有什么区别？

陆昭附到我耳边，低低地问："所以，小善，你不会离开我的，对吗？"

似有蛊惑，似有哀求。

我是喜欢他的。

我必须喜欢他。

泪水模糊了我的视线，我一个字也说不出口，用尽最后的力气点了点头。

陆昭目光变得深沉，抬起我的下巴，微凉的唇猝不及防地贴上来，温柔地吻去我眼角的泪，嗓子无比低哑："乖。"

这是他第一次吻我，在这万念俱灰的时刻。

他炙热的气息近在咫尺，从我的眼角扫过我的脸，最后朝向我的唇。

曾经因为没能把初吻留给陆昭而悲痛欲绝的我，此刻终于可以如愿与他接吻，可在唇与唇相贴之前，我的身体却猛地僵住，下意识躲开了他。

这是我本能的反应，甚至还来不及思考，身体便已经做出了抵抗。

陆昭霎时沉下脸，眼中透出令我毛骨悚然的凉意，仿佛下一秒就会爆发。

我怕他生气，连忙踮起脚，讨好式地主动亲了下他的脸。

陆昭眼神柔和了许多，用指腹轻轻摩擦我的唇，仿佛在观赏自己的宝物，低声道："这是属于我的。"

多么柔情蜜意的一幕。

谁也不知我心底有多么恐慌无助。

然后陆昭从我手中抽走那封遗书，掏出打火机，啪的一下点燃，轻声说："过去的人与事，不必再提了。"

回忆突然占据我的大脑，他第一次牵起我手的样子，把我护在怀里的样子，站在校门口等我放学的样子，纷纷如走马灯般闪现在我眼前，然而我伸出手，却再也抓不住过去那个亲切和蔼的陆叔叔。

我透着火光注视着面前这个男人，心里知道，再也回不到过去了。

人类时刻被老天玩弄于股掌之中，还自以为是地球的主宰。

你所坚持的，相信的，爱慕的，老天爷随便一抬手，就能让它们轰然崩塌。

尽管我曾经那么畏惧捅破那层纸，畏惧我们之间的关系产生变化，然而人生就是如此，仅需一瞬，便可翻天覆地。

无法反悔。无法回头。

- 第十八章 -

神幻灭之后，还是不是神？

已经变质的感情，还能再恢复如初吗？

如果，我没有打开那个保险箱，没有打开那封遗书，结果会不会不一样？

那晚，我像往常一样准备回卧室睡觉，陆昭却忽然抓住了我的手。

他温柔却又不容抵抗地将我拉进怀中，在我耳边低语："以后，一起睡吧。"

我曾经几次主动爬上他的床，早该习惯与他一同睡，然而我躺到他身边，感受着他的身体像座山一般压过来，心底却没来由地战栗。所幸他并没有强行对我做些什么，就只是用力抱紧我，仿佛生怕我消失似的。

有了第一晚，就会有第二晚、第三晚，那之后的每一晚，我们都睡在同一张床上。有时候我会固执地睡在自己卧室，然而每当清晨醒来，便又回到了他的怀里。

我时常盯着陆昭英俊沉静的睡颜，在心里劝自己想开点儿，这曾经是我梦寐以求的生活，应该开心接受才对，何苦自寻烦恼呢。然而每当我闭上眼，都会不可控制地想起沈曼华，以及不知身在何处的秦曜。

他会不会还在等着那封已经被烧毁的遗书？

陆昭明知道沈曼华打算自杀，却选择了冷眼旁观。而我在知道真相后，选择投入陆昭的怀抱，装作一切都没发生过。

我们，真的有资格开心吗？

我爸妈还是经常会过来送点儿小菜，顺手帮着打扫一下卫生。每次看着他们一边唠叨一边整理陆昭的床铺，我心里都在想，如果他们知道陆昭每天晚上都会把我压倒在那张床上，会是什么反应？会带我走吗？

陆昭偶尔会带我去参加应酬，我不得不穿上束手束脚的礼服，格格不入地站在那儿，看着他与生意伙伴谈笑风生。酒会上多的是成熟优雅的美女，任何一位都比我更有资格站在陆昭身旁，我并无嫉妒之心，反而隐隐希望她们过来代替我。

我就像一个挂件，被陆昭时时拴在身上，每分每秒都必须处于他的视线范围内。

那天洗完澡，我刚披上浴巾，明明已经反锁的浴室门却忽然被打开，陆昭拿着备用钥匙站在门口，直直望向我。

我慌乱地用浴巾盖住身体，肌肤起了层层鸡皮疙瘩。

陆昭缓步走近我，将我逼至墙角，沉声问："为什么要这么防着我？"

我无比难堪，裸露的身体因紧张而发着抖，反驳道："洗澡锁门也有错吗？"

陆昭抬手碰向我身上的浴巾，我以为他要抽走它，紧张得汗毛直立，他观察着我的反应，脸色越来越暗："就这么怕我？"

再这样下去，我一定会惹他生气。

明明我每时每刻都陪在他身边，他却还是越来越没有安全感，甚至更加偏执。

爱，能让人变疯魔吗？

一想到曾经强大又温和的陆昭变成了现在这个样子，我的心就碎成无数片。

是我的错，一定是我的错。

我强压下心底的慌张，安抚道："陆叔叔，我没有怕你，只是有点儿冷，所以才发抖的。"

陆昭神色凛然，用力箍住我的腰，微茧的掌心紧贴着我的肌肤，炽热的呼吸一下一下喷洒在我的脖颈处："现在还冷不冷？"

我生出惧意，小声哀求："陆叔叔，你先出去等我好吗？我想穿件衣服。"

然而陆昭吻了吻我的耳垂，用命令式语气道："在我面前穿。"

随后他徐徐放开我，脸上没有任何表情，身上散发出令人窒息的压迫感，目不转睛地审视着我。似乎在有意考验我。

心一点一点沉下去。

我不能，也不敢拒绝他。

双手剧烈颤抖着，我缓缓摘掉身上的浴巾，虽然室内气温并不低，我却仍觉得寒意刺骨。陆昭的视线像一道刺，牢牢扎在我身上。

我赤着身子，仿佛正被铐在一个舞台上，羞耻、窘迫、恐惧，却无处可逃。

陆昭拿起睡裙递向我，我不敢与他对视，低头接过裙子，战战兢兢地穿上。

明明只过了两分钟，我却像是煎熬了整整两个小时，手心甚至冒出虚汗。

陆昭终于弯起嘴角，摸摸我的头，声音异常温柔："小善很乖，作为奖励，叔叔帮你吹头发，好不好？"

我沉默，感受着他的指尖抚过我湿漉漉的头发。

我们现在是什么关系呢？

算在一起了吗？是男女朋友吗？

但我仍然尊称他为陆叔叔，我们仍然是大家眼中关系融洽的叔侄。

可是我们之间又有着不同寻常的亲密，四下无人时，他会亲昵地把我拉坐到他腿上，会在我毫无提防时忽然从背后抱过来，会在睡觉时不留一丝缝隙地紧密贴近我。

虽然暂时还没有跨过那道防线，但我清楚是迟早的事。

他只是在等我做好心理准备。

每安全度过一天，我都会在心里长长松一口气。

我总是无法控制地害怕陆昭，然后又迅速陷入自责，像个做错事的孩子，埋怨自己不应该对他产生抗拒心理。

脑子里仿佛时刻有对小人在打架，一会儿觉得，干脆就这么沉沦下去吧，反正我的心跟身体都是属于他的；一会儿又觉得，如果还能回到以前的时光该多好，那时一切还没有扭曲，我只是一个无知的暗恋少女。

林芬猝不及防地向我们发送了喜帖，新郎是在旅行途中认识的帅哥，两人一见如故，恋爱三个月就领了证。我曾以为她会一直喜欢陆昭，她却只是一笑而过，仿佛那几年付出的感情只是一阵风，轻飘飘就散了。

我却为此钻起了牛角尖，不明白感情为何如此易碎。

林芬一脸坏笑，指指我的脖子："你也谈恋爱了吧？"

我从包里掏出化妆镜，盯着脖颈处那道红印，心口发颤："这应该是虫子咬的。"

林芬笑得更加夸张："你真傻还是假傻？我一眼就看出来这是吻痕了好吗？该不会连是谁搞出来的你都不知道吧？"

尽管早上照镜子时我已经隐隐有些猜疑，可被旁人如此赤裸裸地揭露出来，还是令我汗毛骤起。

我猛地望向不远处的陆昭，他正在与旁人交谈，似乎预感到什么，漫不经心地将目光转向我，微微勾起唇角。

这些天，这些夜，在我熟睡时，他都对我做过什么？

我根本不敢质问他。

一旦问出口，反而失去了掩饰的理由，会崩坏得更加彻底。

或许，是我反应太大了，他是陆昭，他应当有权利对我做任何事。

我躲在房间里一遍又一遍地翻看过去的日记，提醒自己，我喜欢陆昭，陆昭也喜欢我，这一直以来都是我的梦想，我是幸福的。

彷徨与迷茫都只是暂时的，我只是还没能适应我们现在的关系。

陆昭的声音冷不丁出现在耳边："在看什么？"

我一个激灵，连忙合上日记。

陆昭随意地把我拉坐到他腿上，抽走我手中的日记，低垂着眸，翻开了第一页。

大脑轰然炸开。

脸颊像火烧般烫起来，这些年我所有的心思全被摊开在了当事人面前，比赤身裸体更让我难堪百倍，我挣扎着想从陆昭腿上离开，却被他用力箍住了腰。

陆昭沉默着看了几页，眼神越来越深邃。

每一分、每一秒都是那么漫长。

不知过了多久，他终于放下日记，炙热的视线落在我身上："喜欢我？"

我根本不敢直视他，踌躇着开口："只是小时候写着玩的。"

陆昭轻抚我的脸，语气似在诱哄："乖，回答叔叔，小善是不是喜欢我？"

他想得到肯定答案。

即使日记上已经写得那么明显，他还是希望从我口中得到准确无误的回答。

我暗恋了十二年的男人，看了我的日记，抱着我坐在腿上，等待我对他进行告白。

明明只要点点头就可以。

可我低下头，一个字都说不出口。

身体忽然一轻，我被陆昭拦腰抱起，还没反应过来，后背就碰到了床垫。陆昭紧跟着压了过来，炽热的呼吸贴近我的唇，修长的手指缓缓探进我衣服里。

身上的汗毛瞬间立了起来，我条件反射地僵住四肢，无法动弹。

我当然明白陆昭想干什么，这一次，跟以前都不一样。

没事的，既然陆叔叔想要，我应该配合他。

我闭上眼，在心里不断安慰着自己。

他滚烫的指尖在我身上缓缓游走，点燃每一寸肌肤，从胸口到腰间，继续往下滑。

我还是忍不住睁开眼："陆叔叔！"

陆昭低眸看我，声音喑哑："怎么了？"

我攥紧拳头，指甲嵌进手心的肉里，轻声道："你还记不记得，七岁那年，因为被我爸打了一顿，我哭到了深夜，嗓子都哭哑了，是你一直在耐心地陪着我，给我唱摇篮曲，哄我入睡。那首摇篮曲，你还可以再唱一次给我听吗？"

陆昭动作猛地停住，眼中阴云密布，慢慢收回手，将我裹进怀里，声音里带着一丝隐忍："好。"

他一定会在心里责怪我狡猾吧，故意借童年回忆来提醒他的叔叔身份。

可我太害怕了，无法控制地害怕。

我甚至想去接受催眠，把害怕这种情绪从我脑子去除掉。

那样我一定就可以无忧无虑地跟陆昭在一起了。

每当他的呼吸贴近我，我总会想起小时候，他牵着我的手，走过一个又一个台阶，我拽着他的衣袖冲他撒娇，他眉眼都是笑意，一把将小小的我抱到怀里。

那么干净，那么温柔。似星空，似流水。

他是我生命中最值得信赖与依靠的避风港，是我唯一的陆叔叔。

然而当我回到现实，这位陆叔叔却在贪婪地吸吮我的脖子，留下一道又一道刺眼的吻痕。

我呆呆地望着天花板，在心里告诉自己，我是幸福的。

时间缓缓往前爬，我无暇计算这样的日子究竟持续了多久，只是越来越恐惧黑夜的降临，却无力阻挡。

浑浑噩噩间，我做了场梦。

那时我才十几岁，青春洋溢，热情无畏，是最勇敢的年纪。

陆昭也还远远不到四十岁，还是英姿飒爽的小叔叔。

他正戴着耳机，倚靠在校门口等我放学。

我背着书包，一蹦一跳地扑入陆昭怀中，调皮地摘下一只耳机塞进自己耳朵里。

那是一首老歌，歌词正唱到一句"为何偏偏喜欢你"。

我抬头看向陆昭，他也正注视着我。

清澈透亮的双眸，高挺的鼻尖，棱角分明的下巴，以及微薄的唇，笑起来如同秋日微风。

这是我记忆中的他。

我的指尖触向他的脸，喃喃自语："我好想你，陆叔叔。"

他笑着摸摸我的头，柔声道："傻瓜，我一直都在。"

微风徐徐袭过，吹乱少女的心。

这种梦，究竟算美梦还是噩梦呢？

明明梦见了那么美好的场景，心中却盛满深不见底的悲伤。

梦醒之后，一切皆为虚无。

那天不是节日，也不是谁的生辰，陆昭却打扮正式，提出要带我回家一趟。

我跟他上了车，中途随口问："今天有什么事吗？"

陆昭专心开车，微微扯起嘴角："我们的事。"

我突然有不好的预感："什么意思？"

陆昭神情淡然："总要跟哥嫂交代的。"

我的声音开始颤抖："交代什么？"

陆昭目视前方："告诉他们，我想要你。"

心跳骤停。

我哽了好几秒喉咙才发出声音："我爸会打死我的。"

陆昭语气温柔："别怕，我护着你。"

我拼命摇头："我爸妈不可能同意的，他们甚至会连你一起打，然后把你赶出家门，跟你断绝关系，再也不让我和你见面。"

陆昭目光坚定："没关系，哪怕付出一切，我也会坚持到让他们同意。"

我感到呼吸越来越困难："如果他们永远都不同意呢？"

陆昭始终保持着镇定："那我就带你离开这里。我在外地有几套房子，你喜欢哪儿我们就住哪儿，谁也找不到我们。"

我愕然："爸妈怎么办？公司怎么办？"

陆昭转头冲我一笑："我有小善就够了。"

他竟然有这么大的决心。

我强忍住扑过去抢方向盘的冲动，陷入沉默。

离家越近，我的神经越紧绷。

就这样确定了吗？

再也无法回头了吗？

车终于停在我家楼下。

这个时间，我妈一定正在厨房准备午饭，我爸则躺在沙发上看电视，我妈偶尔唤他去洗洗菜、掰掰蒜。

陆昭打开车门，准备下去，我猛地攥住了他的衣袖。

他回头看我，我的声音里带着浓重的哭腔："不要，求你了陆叔叔，不要。"

陆昭坐了回来，目光深沉："你在怕什么？"

是啊，我在怕什么呢？

怕我爸妈知道？怕未知的变化？还是，怕陆昭？

我死死抓着他的胳膊："我还没有做好心理准备。"

陆昭低声道："小善，你想准备到什么时候呢？"

我不知道。

我垂下头："再给我点儿时间好吗？"

陆昭温热的指尖抚上我的脸："可是叔叔很没有安全感，总觉得小善会从我身边逃走。"

我心口一滞，小声道："不会的，陆叔叔。"

陆昭倾身靠过来，吻了吻我的耳垂："怎么保证？"

我惶恐地躲开他，下意识望向车窗外，生怕撞见父母或邻居。

陆昭开门下车，我连滚带爬地跟过去拽住他："陆叔叔！"

他牵过我的手，脸上没有表情："来都来了，上去吃顿饭。"

我这才松了口气，乖乖任他牵着，快走到家门口时，才匆忙抽回手。

不久后，因为一个重要的设计项目，陆昭需要去国外出差，一走就是好几天。

出发前，他脸色极其阴沉，我上前安抚："别担心，我会乖乖在家等你的。"

说完气氛立刻凝固住，因为我上一次这样答应他时，很果断地食了言。

陆昭眼中掺杂了万般情绪，将我拉进怀里："等我回来后，小善应该就可以准备好了吧？"

我僵住，一时分不清他在让我准备什么。

是跟我爸妈坦白，还是……

陆昭没有追问，声音里似有叹息："真想把你锁进箱子里，去哪儿都随身带着。"

我笑道："那得需要一个很大很大的箱子了。"

陆昭突然将我打横抱起，径直放进敞开的行李箱。

这是他出差专用的行李箱，空间很大，塞进去一个成人绰绰有余。

在我愣神间，陆昭挑起我耳边的一缕头发，缠绕在指间，幽幽地看着我："小善，叔叔把你锁进去好不好？"

我心底升起一股凉意，分不清他是不是在开玩笑。

我们四目相对，空气中流动着暗涌，黑暗铺天盖地袭来。

那双曾经带给我无数温暖与慰藉的手，缓慢地，一点一点地，掐住了我的脖子。

- 第十九章 -

我在床上躺了不知多久，脖颈处还残留着细微的触感。

陆昭已经离开去了机场，他刚才并没有用力，且很快就收回了手。

似乎只是一个小小的玩笑而已。

然而那一瞬间骤然升起的恐惧，还是令我有一种无比压抑的窒息感。

我目不转睛地盯着床头的闹钟，时针缓慢往前移动，终于停在了我想要的时间，陆昭乘坐的那趟航班，已经确定飞走了。

在经历了无数个与陆昭拴在一起的日子后，我终于获得了短暂的自由。

蜜蜜约我逛街，我很努力冲她笑。

她却钩住我的肩膀："怎么感觉你不太开心？发生什么事了？算起来咱俩好久都没有单独约会了，陆昭该不会是在囚禁你吧？你们俩到底怎么回事？"

我连忙摇头："别瞎猜，我挺好的。"

蜜蜜的语气难得正经起来："按理说，你这些年唯一的梦想就是跟陆昭在一起，如今终于得偿所愿，应该每天幸福得像是泡在蜜罐里一样啊。可你现在这状态太不对劲了，萎靡，颓丧，脸上毫无光彩，像被榨干了似的。上次我约你出来，陆昭居然全程陪同，当时我就感觉太不正常了，而且他看向你的眼神，充满病态的占有欲，你不觉得很吓人吗？"

我要如何去否定这一切呢？否定自己这些年的坚持？否定年少时的梦？

我只能继续逼自己微笑："真的没事啦。"

蜜蜜表情严肃："你确定没事？你真的确定，自己还喜欢陆昭？"

我低下头："我确定。"

蜜蜜叹了口气："不要自欺欺人了，我劝你赶紧从陆昭家搬出来，免得搞到最后，你俩一起登上法制新闻。趁现在情况还没有太严重，及时止损。两个人在一起，应该互相治愈，而不是堕落沉沦。"

我陷入沉默。

如果我搬出去，一切就会回到正轨吗？

以前那个如秋日微风般温柔的陆叔叔，就会回来吗？

与蜜蜜告别后，我独自走在回陆昭家的路上。

远处的天空一点一点变暗，如同我逐渐下沉的心。

世界并没有变，街头小巷依然上演着人间百态，以前常去的那家奶茶店仍旧排着长队，放学的高中生们骑着自行车呼啸而过，只留下欢声笑语。

只是这一切，似乎都与我无关了。

我已经失去了快乐的资格。

离陆昭家越近，我的脚步越沉，沉到再也迈不起腿。我缓缓坐在路边，双手紧紧抱住膝盖，发了许久的呆，直到被手机铃声唤回思绪。

出差这几天，陆昭每晚都会准时给我打电话，确认我的行踪。

刚准备按下接听键，手机却暮地被抢走。

我诧异地抬起头，看见了不知何时出现在身旁的秦曜。

他直接挂掉陆昭的电话，动作熟练地关机，漫不经心地道："不想接就别接。"

他还跟以前一样，毒舌，恶劣，没礼貌，一开口就让人怒火中烧。

我刚想爆粗，却见他穿着一套不怎么合身的西装，领带系得乱七八糟，衬衫还打着皱褶，像极了偷穿大人衣服的男高中生，忍不住笑出了声。

秦曜不悦地瞪我："笑个屁，公司要求必须穿西装，我能有什么办法。"

原来他真的去认认真真工作了。

我倍感欣慰："恭喜你重新做人。"

秦曜弯下腰直视我："所以，说好的遗书呢？"

我愣了愣，低头盯着自己脚尖："没找到。"

有些事，还是不要告诉他比较好。

他好不容易才走出阴影，我不能再让他陷回去。

秦曜冷笑："也是，都这么多年了，估计早被陆昭扔了。"

我沉默不语，秦曜在我旁边坐下来，语气变得轻柔："你没事吧？"

轻飘飘的四个字，却差点儿让我隐忍已久的眼泪掉下来。

我猛地站起："为什么你们每个人都要问我有没有事？我能有什么事？我美梦成真，我的喜欢得到了回应，我每天跟喜欢的人如胶似漆，简直是全天下最幸福快乐的人！"

秦曜目光渐渐凉下来："哦。"

我转身就走。

我曾经信誓旦旦地告诉秦曜，就算陆昭要拉我一起下地狱，我也心甘情愿。

如今我确实活在了地狱里。

这是我自己选的路，哪怕前方万劫不复，我愿意，我活该。

我不顾一切地大踏步往前走，奔向陆昭的家，奔向牢笼深处。

然而我踏进电梯，一只手忽然伸过来按住了即将合上的电梯门。

秦曜一直跟在我身后，从未离开。

他皱紧眉头瞪我："你这哪里像是幸福快乐的样子？更像是赶着去投胎。"

我咬牙切齿："你想干吗？"

秦曜扯起嘴角："再绑架你一次。"

我呆住："你又犯病了？"

秦曜眼神变得认真："照照镜子，看看你都被他折磨成什么样子了。本来就长得不咋地，现在更是像个要死不活的女鬼。通过我的观察，这段时间你根本连独处的机会都没有，陆昭变态般地禁锢着你，我甚至怀疑有一天他会把你剁碎了吞进肚子里，因为那样你就彻底无法离开他了。虽然我不清楚你们之间到底发生了什么，但我确信，你一点儿都不开心。作为你的未婚夫，我有义务把你从陆昭身边绑走。"

多么讽刺，这个干尽坏事的昔日绑架犯，此刻竟然扮起了正义使者。

如果他知道到底发生了什么，还会想要管我吗？

我狠了狠心，讥讽道："你有什么资格指责陆昭？难道你就不变态？"

秦曜一脸得意："那我也是个年轻英俊的变态，他只是个老变态。"

我沉下脸瞪他："滚。"

秦曜笑了笑："不想走也行。你应该知道，既然我拍了你那么多照片，自然也拥有大量你和陆昭的亲密照，只要我把它们打印出来，先寄一些到你父母那儿，再寄一些到你们公司，猜猜看，陆昭会是什么下场？温文尔雅的天才设计师，居然在私底下强迫侄女跟他亲热，他会在一夜之间沦为最大的笑柄。你父母会想方设法隔离你们，你同事会用异样的眼神打量你们，陆昭本来就有点儿心理变态了，如果再被这么一刺激，说不定会拉着你一起死哦。"

脖颈处陡然一凉。

后背一层一层冒出冷汗。

我攥紧拳头，想要拼了命地往他身上砸，却怎么都抬不起胳膊，只能颤声反驳："陆叔叔没有强迫我，我是自愿的。"

秦曜走进电梯，声音变得低沉："白痴，你这不叫自愿，而是自欺欺人。无论你怎么催眠自己，都控制不了心中本能的排斥。"

我流着泪摇头："不，我是喜欢他的。"

秦曜帮我擦掉眼泪："其实你心里比谁都清楚，你跟陆昭现在的关系是畸形的、不正常的，并且随着时间的推移会越来越扭曲。你喜欢的只是自己幻想中那个完美好叔叔，而不是真正的他。但你太过心软，也太过执拗，总是迟迟下不了决定，那就由我来充当这个拆散你们的反派角色，反正我在你心中已经够恶劣了，你可以尽情地把责任推到我身上，怨我、恨我，都没关系。"

心中有个声音在呐喊：推开他！反驳他！拒绝他！

然而我的躯体仿佛被操控了，无力地垂下双手，如同木偶般，放弃了挣扎。

或许，是命中注定的。

沈曼华是我生命中永远拔不掉的刺，她在我第一次决心跟陆昭告白时出现，断了我的所有念想。而现在，即使她早已死去，也要派她的儿子来阻止我。

叮的一声。

电梯门缓缓打开，陆昭家，到了。

秦曜收敛了所有的戾气，轻声道："开门，去收拾行李。"

我仍然记得，第一天搬进这栋房子时的雀跃与欣喜。

那是我一生中最快乐的时光。

给绿植浇了水，给冰箱添置上新鲜食物，把沙发上的抱枕排列整齐，把床上的被子、枕头铺平理顺。

然后，我带上兔子玩偶，彻底搬离了陆昭家。

他送我的那枚公寓钥匙，被我留在了茶几上。

委托林芬帮我递交了辞职信，我开始面试新工作，暂住在蜜蜜那儿。

最终我还是没能乖乖在家等他。

我不敢想象当陆昭回到空无一人的房子里时，会是什么样的心情。

错愕？崩溃？绝望？

从出生就被他捧在手心里的女孩，承诺要永远陪在他身边的女孩，狠狠地抛弃了他。

秦曜的威胁根本不是理由，只要我想，大可以豁出去跟他撕破脸。归根结底，还是我自己动摇了。

旁人的三言两语怎会轻易改变一个人呢，无非是自己的心不够坚定罢了。

我的懦弱与犹豫，彻彻底底地证明了少女的誓言有多么虚无缥缈。

所谓永远，不过是一场浪漫却又残忍的笑话。

住蜜蜜家那几天，我向她倾诉了很多，她无比震惊："怪不得你会下决心离开，都这样了谁还敢喜欢他？"

我低头不语。

那个曾经最大胆勇猛的蜜蜜，忽然褪去了所有叛逆，轻轻抱住我："要记住，你没有对不起任何人。有些事可以忍，有些事不可以，每个人都要有自己的原则和底线。你只不过是离开了一个不正常的疯子而已，换谁都会这么做。"

不正常的疯子。

陆昭居然也会被这样形容。

我苦笑，更像在哭。

那是一个阴天，四处都灰蒙蒙的，似乎随时可能会下暴雨。

我穿好正装，准备去参加新公司的面试。蜜蜜挽着我的手一起下楼，准备骑车送我过去。这些天她怕我情绪不好，一直陪着我。

一走到楼下，我便看见了那个熟悉的身影。

他满脸的疲态，连胡子都没有刮，看上去憔悴极了，仿佛一夜之间就老了十岁。

空中响起一道闷雷，开始有淅淅沥沥的雨滴落下来。

我呆立原地，看着陆昭一步一步走向我，他眼中布满红血丝，像是好几天没睡觉。

他站在雨中，颤颤巍巍地朝我伸出手，声音无比沙哑："跟我回家。"

我心口绞痛，几乎要站不稳。明明先离开的人是我，感到撕心裂肺的人却也是我。

蜜蜜挡在我身前："陆叔叔，您是长辈，应当比我们晚辈更懂得什么事该做，什么事不该做。罗善确实喜欢过您，但那只是青春期的懵懂悸动，而且，已经是过去时了。即使她现在跟您回去，也只是因为愧疚和自责，而不是因为爱。如果您还有点儿理智，就清醒一点儿，不要一错再错，不要毁了曾经那份感情。"

过去时，过去时，多么无情的过去时。

只要活着，岁月总会抹平一切，唯有死亡才能带来永恒。

如果我在打开那封遗书之前死去，是不是就可以堂堂正正地向全世界宣布，我喜欢了陆昭一辈子。

下一秒，陆昭骤然跪在了我们面前，膝盖与地面发生猛烈的碰撞，他浑身都被雨水浸湿，语气中带着浓重的悲恸，每个字都像要滴出血来："还给我……把她还给我……把小善还给我……"

那是我的陆叔叔吗？

那个温文尔雅的陆叔叔，那个一丝不苟的陆叔叔，那个总是穿着整洁白衬衫的陆叔叔，此刻怎么会像一个卑贱的小丑？

我猛地扑上去抱住他，蜜蜜根本拉不住我。

我们在雨中紧紧相拥，我在陆昭怀里压抑不住地哽咽："陆叔叔，我跟你回家！我现在就跟你回家！但我们还像小时候一样，做正常的叔侄好不好？"

又一道雷响起，雨越下越大。

陆昭霎时惨白了脸，跪坐在地上，久久未能出声。

他死死盯着我，眼中的哀求与疯狂在一点一点消退，最后他凄然一笑，充满苦涩与自嘲，然后缓缓推开怀中的我，从地上跌跌撞撞地站起，转身离去。

有一瞬间，我好想追上去抓住他，告诉他我后悔了。

离开他的每分每秒，我都在后悔。

我也是个疯子，我唾弃自己的优柔寡断，痛恨自己的不够坚定。

把我抓回去囚禁起来也没关系，他想对我做什么就做什么，我会乖乖听话，我会努力克服恐惧心理，我再也不会躲闪逃避，再也不会因为沈曼华的事去猜忌他、害怕他，我要拼尽全力对他好，给予他充足的安全感。

我不在乎什么好与坏、对与错、原则与底线，只要他冲我露出温柔的微笑，我就什么都愿意。

即使他并没有那么完美，即使他有着阴暗的另一面，他也还是我的陆叔叔。

无论亲情还是爱情，我只知道我想陪着他，这就够了。

然而我呆呆地坐在地上，眼睁睁看着大雨吞没他的影子，最终还是没有追上去。

我彻底失去了他。

就像当初对沈曼华死心一样，他也对我死了心。

深情与绝情，仅在一念之间。

- 第二十章 -

十二岁，在大人还以为我们是无知孩童时，我其实已经对那位经常来家里的叔叔怦然心动了。

他总是穿着干净的白衬衫，笑起来如同秋日微风，每次都会从口袋里掏出五颜六色的糖果逗我开心。

他叫陆昭，就连念出他的名字，都会令我心头小鹿乱撞。

小时候总是天马行空地幻想着未来，坚信自己长大后一定会向陆昭轰轰烈烈地告白，哪怕全世界都反对，我们也会不顾一切地相爱。

就像所有言情小说里写的那样，我爸一定会打断我的腿，千方百计阻止我们在一起，但是我偏要逆天而行，一路披荆斩棘，对陆昭不离不弃。最终我们用真心打动所有人，皆大欢喜。

我一直以为，我们一定会走过那些步骤的。甚至天真地觉得，被父母打断腿犹如一个神圣的仪式，必须经历一次，才能证明我对陆昭至死不渝的心意。

然而现实却是，我所幻想的，一件也没发生。

没有轰轰烈烈地告白，没有不顾一切地相爱，没有歇斯底里地反对，我父母甚至从头到尾都不知道发生过什么。

我的爱没有那么至死不渝，我也没有披荆斩棘的勇气。

好似一场梦。

仿佛发生了很多事，又仿佛什么都没发生。

当我反应过来的时候，才恍然发现，曾经刻进我血肉里的漫长暗恋，就这么结束了。

万事皆有终，谁也无法避免。

在蜜蜜家住了一阵子后，我自己出去租了间单身公寓。

虽然很小，却是完完全全属于我一个人的空间，洗澡甚至不需要关门。

每天早上七点起床，匆匆洗漱后，拿起一片面包，边吃边赶地铁。

新公司不算大，但工作量并不比之前少，马不停蹄地忙活一上午后，中午会有两小时休息时间。

有时候我会跟同事去楼下饭店吃午餐，有时候我会犯懒叫外卖，吃完趴在办公桌上闭目养神片刻。

大部分情况下，我都需要一个人在公司赶稿到深夜。一片漆黑的办公区域，只有我的座位还亮着灯。

休息日我更喜欢在家睡到天荒地老，蜜蜜却总是拉着我到处参加聚会，偶尔还会碰见阴魂不散的秦曜，不知究竟是巧合还是他故意为之，反正我每次都要跟他进行一番激烈斗嘴。

这些就是我现在的生活。

或者说，这原本就是我应该经历的生活。

充实、普通、正常。

我以为我会伤心很久，事实上，没多久我就被忙碌的工作与社交淹没。

所谓儿女情长，大概只有很闲的人才有资格去考虑。

当我被领导当众痛骂却一句话都不敢回嘴的时候，才恍然意识到，原来这才叫真正长大。在这之前的二十几年，我都是被人悉心庇护着的。

起初我还会躲进卫生间默默掉几滴不甘心的泪，后来渐渐也就免疫了，甚至被骂完后还能赔着笑脸为领导送上热咖啡，然后把已经改过一百次的方案再改上一千次、一万次。

菜鸟终有一日会变成老油条，曾经流过的泪，全都化为麻木的心。

正如秦曜当初预言的那样，我和陆昭已经很久没有联系了。我再也没收到过那句——晚安，小善。

他的名字静悄悄地躺在我的手机通讯录里，疏远得像陌生人。

很难想象，我曾经居然那么黏着他过。

没有他的生活，好像也没有那么难熬。

总会慢慢适应的。

人生就是如此，越害怕什么，便越会发生什么，但真正经历过后，又会发现其实也没什么。

所有的执念，情与痴，最终都会随着时间而消逝，化为虚影。

又一年除夕悄然而至，我妈竟然把秦曜叫回家吃起了年夜饭，俨然把他当成了准女婿。

尽管我编了无数个分手理由，但换来的只有我妈不以为然的白眼。

秦曜态度殷切地陪我爸妈聊天、包饺子、看电视，比我这个亲生女儿还要尽孝。

趁着我们单独在屋外贴春联时，我提醒他不要入戏太深，我们又不是真的在交往。

秦曜收起嬉皮笑脸的模样，目光凝重地注视着我："罗善，我不是在演戏，我对你，是认真的。"

我莫名紧张起来，以为他要告白，大脑立刻开始组织语言，思考如何委婉拒绝他。

转念一想，为什么要委婉？我应该指着他鼻子狠狠一通嘲笑才解气。

秦曜白皙俊秀的脸庞慢慢靠近我，轻声低语："很认真在耍你。"

……

我当机立断一掌挥向他的脑壳。

身后忽然传来一声轻咳，我的后背瞬间僵住，不用回头也知道，是陆昭来了。

自从那场暴雨过后，我便再也没有见过他。

秦曜故意钩着我的肩膀，不咸不淡地打了声招呼。

我低垂着头不敢看他，只听见那道温润柔和的嗓音在耳边响起："好久不见。"

进屋后，我悄悄抬头打量陆昭，他一身西装革履，外面套着长大衣，面容清俊，嘴角带着浅浅的温和笑意，看上去似乎没有遭受任何创伤。

一切都比我想象中正常，他并没有深陷于颓丧和绝望，笑容依然清和明朗，言谈间带着随性淡然，面对我和秦曜的故作亲密，他没有丝毫介意，仿佛之前种种全都没有发生过。只是，他始终没有把视线转向我，一直在与我爸妈寒暄。

那个如秋日微风般温柔的陆叔叔，回来了。只是，不再属于我。

我就像一个毒瘤，为他带去疯魔和偏执，而我一离开，他便回到了正轨。

是啊，他比我多活了二十年，经历过无数风雨，是再成熟不过的大人，怎么会因为区区一个我就被轻易击垮呢？

我在他心中并没有那么重要，他并不会为了我的离去而崩溃消沉，我的所作所为并没有毁掉他，这是一件多么值得庆幸的事。

我从未如此感谢过自己的微不足道。

茶几上摆着一盒进口糖果，是我小时候最喜欢的牌子。

其实，我早就不爱吃糖了。

童年时期当成宝的糖果，年纪越大越觉得太过甜腻，而且还会长胖。就连平时喝的奶茶和可乐，也更倾向买无糖的。

但我还是剥了一颗放进嘴里，顺手将糖纸丢进客厅垃圾桶。忽然之间，感觉有一道视线落在自己身上，我迟疑地转过头，与陆昭四目相对。

我妈在厨房忙着准备年夜饭，我爸在研究刚到手的红酒，秦曜在低头回复手机消息，就在这谁都没有注意到的时刻，陆昭幽深的目光转向了我。

全世界仿佛只剩下我和他。

那是我再熟悉不过的眼神，那些个我们时时拴在一起的日子，每一个他把我压在身下的夜晚，他都会用这种眼神望着我。

脆弱的、无望的、疯狂的、炽热的，充满着浓烈占有欲的眼神。

然而一瞬过后，我又发现他眼中似乎什么都没有，只是无意间望过来而已。

我呆滞了许久，才恍惚意识到刚才只是幻觉。

愣怔间，一只手突然伸过来隔开了我的视线，秦曜靠了过来，抱怨道："公司女同事一直缠着我聊天，好麻烦。"

我将注意力转移到他身上，苦口婆心道："那是因为她喜欢你，你态度好一点儿，虽然她瞎了，但也不要因此挖苦人家。"

我妈一筷子敲中我的脑袋："你才应该态度好一点儿。"

秦曜幸灾乐祸地冲我眨眨眼。

我从冰箱里端出昨晚就准备好的蛋糕，郑重地摆到他面前，一本正经道："生日快乐，笨蛋。"

然后我带头唱起生日歌，爸妈积极地跟着我合唱，秦曜的表情凝固在脸上，眼中从愕然到惊喜，脸颊迅速浮现出一层红晕，他慌慌张张低头掩饰，像个倔强又柔软的青春期小男孩。

我忍不住偷笑，又是帮他插蜡烛，又是逼他戴生日帽。

虽然我曾经那么讨厌他，但是，我没办法不管他。

这是我与沈曼华的约定，是我唯一能为她做的事。

饭桌上，我妈又一次提出要帮陆昭介绍对象："我老熟人家的女儿，三十几岁，经营着自己的油画工作室，特别有艺术天赋，跟你简直是天生一对，长得可漂亮了，就是性子有点儿傲，不过你脾气好，肯定能治得住她。"

陆昭沉默不语，我妈忽然推推我的肩膀："帮我劝劝你陆叔叔！"

所有人的目光齐齐转向我，包括陆昭。他直直盯着我，眼中没有任何情绪。

我低下头，避开了陆昭的视线："是啊，见见吧。"

半晌，听见他用淡然的语气回答："那就见见。"

这么多年来，这是他第一次同意去相亲。

我妈欣慰地大笑："好！好！我敢打包票，你们一定会相中对方！"

我爸更是激动："下次不要再带那么多糖果回家了，要带就带你自己的喜糖！"

饭桌上一片欢声笑语，我扯起嘴角，也跟着笑。

或许不久后他就会邂逅真正的灵魂伴侣，深爱他、信任他、包容他，为他带去阳光和活力，从里到外地温暖他、治愈他。只不过那个人，不会是我了。

年夜饭一结束，陆昭就匆匆离去。临走前，他为我和秦曜分别都准备了厚厚的红包，如今他只是一个再正常不过的、大方又亲切的长辈。

我冲陆昭道谢，换作以前，他一定会温柔地摸摸我的头，在我耳边低声吐出一个字：乖。

然而这一次，他只是沉静地点点头，一句话都没有说。

明明近在咫尺，却犹如隔着一片没有尽头的海。

我听见自己用轻到不能再轻的声音说了句："再见，陆叔叔。"

这声再见，早就该说了。

陆昭背对着我，没有回头。

看着那个独自离去的背影，我知道，他从此再也不会摸我的头了。

我二十四岁的生日愿望，是希望陆叔叔安好。

以往我的愿望总是向陆昭告白，或是跟陆昭在一起。

但从那一天开始，我的愿望变成了希望他安好。

即使没有我，也请一切安好。

我想，从那时起，自己就预知了现在的结局。

秦曜一直赖在我家看完整场"春晚"才走，我一边骂他一边送他下楼。

他忽然从口袋里掏出两条手链，同时递向我，故作惬意："给，只准选一条。"

我望着那条熟悉的星空手链，诧异道："原来你没把它扔掉？"

秦曜语气不悦："白痴，我怎么可能乱扔你的东西。"

我又望向另一条手链。

白色的细珠串上，吊着一只小巧玲珑的兔子。

虽然幼稚，但也挺可爱。

我困惑地皱起眉："这个不是被我丢垃圾桶了吗？"

秦曜面无表情："我捡回来了。"

想象他埋头翻垃圾桶的滑稽模样，我忍不住笑道："傻子。"

秦曜不耐烦地瞪我，我还是在笑。

夜空中忽然绽开绚丽的烟花，映照出他略带羞赧的脸。

我条件反射地伸长胳膊，想要够到天上的烟火。

秦曜嫌弃道："你弱智啊？"

我瞪他，就知道这浑蛋狗嘴里吐不出象牙来。

他轻笑，也伸长了胳膊："那我陪你一起。"

我微微一怔，收回胳膊，顺手拍了下他的脑袋。

他毫不客气，用力揉乱了我的发型。

回到家，我妈正在收拾客厅的垃圾桶，准备拿出去扔掉。

我下意识开口："等等。"

我妈莫名其妙地看着我："怎么？丢了什么宝贝在里面？"

愣了许久，我摇头："没有。"

我妈随口使唤："没有就去把垃圾倒了！"

我老实接过垃圾袋。

我妈瞥了眼我的手腕："哪来的手链？"

我低头，笑了一下："新年礼物。"

入夜，躺进被窝，手机忽然传来一条短信，只有简短四个字。

是蜜蜜群发的"新年快乐"。

她一向如此敷衍。

我放下手机，看向天花板。

窗外照进来一束浅浅的月光，美得不似人间景象。

- 完 -

图书在版编目（CIP）数据

花脸小姐 / 屋里丝丝著 . -- 广州 : 花城出版社，
2022.8
ISBN 978-7-5360-9728-5

Ⅰ.①花… Ⅱ.①屋… Ⅲ.①短篇小说－小说集－中
国－当代 Ⅳ.① I247.7

中国版本图书馆 CIP 数据核字 (2022) 第 102971 号

出 版 人：张懿
责任编辑：欧阳佳子 詹燕纯
特约监制：符虚 花卷 蕙米
产品经理：慕夏
特约编辑：孙悦久
营销支持：潘宇轩
版式设计：冉冉设计工作室
封面插画：小柴
封面设计：青空工作室

书 名	花脸小姐	
	HUALIAN XIAOJIE	
出版发行	花城出版社	
	（广州市环市东路水荫路 11 号）	
经 销	全国新华书店	
印 刷	北京联兴盛业印刷股份有限公司	
地 址	北京市大兴区春林大街 16 号 1 幢等 2 幢	
开 本	880 毫米 × 1230 毫米 32 开	
印 张	10.25 2 插页	
字 数	250,000 字	
版 次	2022 年 8 月第 1 版 2022 年 8 月第 1 次印刷	
定 价	45.00 元	

购书热线：020-37604658 37602954
欢迎登录花城出版社网站：http://www.fcph.com.cn